*MORALIDADE
PARA GAROTAS BONITAS*

ALEXANDER McCALL SMITH

MORALIDADE PARA GAROTAS BONITAS

Tradução:
BETH VIEIRA

COMPANHIA DAS LETRAS

Copyright © 2001 by Alexander McCall Smith

Título original:
Morality for Beautiful Girls

Capa:
Barrie Tullett
sobre detalhe de ilustração
da Academy of Natural Sciences of Philadelphia/
CORBIS/ Stock Photos

Mapas:
Sírio Cançado

Preparação:
Cacilda Guerra

Revisão:
Andréa Vidal de Miranda
Marise Simões Leal

Os personagens e as situações desta obra são reais apenas no universo da ficção; não se referem a pessoas e fatos concretos, e sobre eles não emitem opinião.

Dados Internacionais de Catalogação na Publicação (CIP)
(Câmara Brasileira do Livro, SP, Brasil)

Smith, Alexander McCall, 1948- .
    Moralidade para garotas bonitas / Alexander McCall Smith ; tradução Beth Vieira. — São Paulo : Companhia das Letras, 2005.

Título original: Morality for beautiful girls.
ISBN 85-359-0635-5

1. Romance inglês — Escritores africanos I. Título.

05-2150   CDD-823

Índice para catálogo sistemático:
1. Romances : Literatura africana em inglês 823

2005

Todos os direitos desta edição reservados à
EDITORA SCHWARCZ LTDA.
Rua Bandeira Paulista, 702, cj. 32
04532-002 — São Paulo — SP
Telefone: (11) 3707-3500
Fax: (11) 3707-3501
www.companhiadasletras.com.br

*Este livro é para
Jean Denison
e Richard Denison*

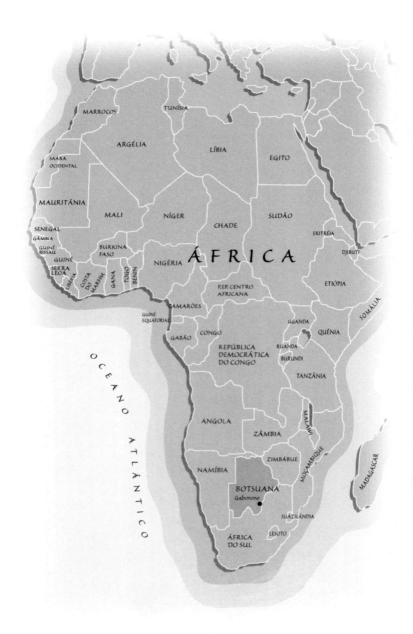

1
O MUNDO SEGUNDO
OS OLHOS DOS OUTROS

Mma Ramotswe, filha do finado Obed Ramotswe, natural de Mochudi, perto de Gaborone, Botsuana, África, e o sr. J. L. B. Matekoni, filho do finado Pumphamilitse Matekoni, de Tlokweng, sitiante e, nos anos derradeiros, zelador-chefe do Escritório Central da Estrada de Ferro, haviam anunciado seu noivado. Os dois formavam o casal ideal e essa era uma opinião quase unânime: ela, fundadora e proprietária da Agência Nº 1 de Mulheres Detetives, a única agência de detetives de Botsuana voltada para os interesses das mulheres e do público em geral; ele, dono da oficina mecânica Tlokweng Road Speedy Motors e tido por muitos como um dos melhores mecânicos do país. É sempre bom que haja interesses independentes num casamento, diz a sabedoria popular. Os casamentos tradicionais, em que o homem toma todas as decisões e controla a maioria dos bens da família, são muito convenientes para mulheres que desejam passar a vida cozinhando e cuidando dos filhos, mas os tempos hoje são outros e, para as que têm instrução e querem fazer alguma coisa da vida, sem dúvida é muito melhor que ambos os cônjuges tenham uma ocupação.

Já havia muitos desses casamentos. Como o de Mma Maketetse, por exemplo, que montara uma pequena fábrica de shorts de brim para alunos de primeiro grau. O começo fora num quartinho de costura mal ventilado e apertado, nos fundos da casa, mas, ao contratar as primas para cortar e costurar para ela, acabara dona de um dos melhores negócios de Botsuana e, apesar da competição feroz de confecções bem maiores do Cabo, estava agora exportando shorts para a Namíbia. Era casada com o sr. Cedric Maketetse, dono de duas lojas de bebida na capital, Gaborone, e de uma terceira em Francistown, aberta fazia pouco tempo. Na época do casório, o jornal local publicara um artigo levemente incômodo com um título meio capcioso: *Fabricante de calções vai juntar os trapos com comerciante de bebida.* O casal era sócio da Câmara de Comércio e estava óbvio que o sr. Maketetse tinha imenso orgulho do sucesso comercial da esposa.

Claro que toda mulher dona de um negócio próspero tem de ficar de olho nos pretendentes, que podem muito bem estar só atrás de um belo jeito de passar o resto da vida no bem-bom. Havia vários desses casos, e Mma Ramotswe reparara que as conseqüências de uniões assim eram quase sempre calamitosas. O marido torrava em bebida ou no jogo todo o dinheiro ganho com o empreendimento da esposa; às vezes se punha a gerenciar o negócio e acabava arruinando tudo. Os homens são bons negociantes, pensava Mma Ramotswe, mas as mulheres não ficam atrás. Por natureza, são mais econômicas; têm de ser, na eterna tentativa de administrar a casa com um orçamento apertado e alimentar as bocas sempre escancaradas dos filhos. Criança come sem parar, ninguém consegue cozinhar abóbora ou angu em quantidade suficiente para encher as barriguinhas famintas. Quanto aos homens, se quiser vê-los felizes de fato, é só lhes dar grandes quantidades de carne de primeira. Era de desacorçoar qualquer um.

"Será uma bela união", as pessoas diziam ao saber do noivado dos dois. "Ele é um homem confiável e ela é uma mulher muito boa. Serão felizes, cada qual na direção de seu próprio negócio, tomando chá lado a lado."

Mma Ramotswe estava ciente do veredicto popular e concordava inteiramente com ele. Verdade que, depois do casamento desastroso com Note Mokoti, trompetista de jazz e mulherengo incorrigível, decidira nunca mais casar de novo, apesar das freqüentes propostas. Aliás, na primeira vez em que fizera o pedido, o sr. J. L. B. Matekoni levara um sonoro não, mas por fim, uns seis meses depois, Mma Ramotswe acabara aceitando. É que ela tinha percebido que, para saber se um homem vai ou não dar um bom marido, basta fazer a si própria uma pergunta bem simples. Tão simples que toda mulher — ou ao menos toda mulher que teve um bom pai — consegue responder sem titubear. Ela se fizera essa pergunta em relação ao sr. J. L. B. Matekoni e a resposta fora inequívoca.

"O que teria meu falecido paizinho achado dele?" Tinha se perguntado isso depois de aceitar o pedido de casamento, mais ou menos como nos perguntamos se por acaso dobramos a esquina certa, num cruzamento. Lembrava-se de onde estava quando fizera a pergunta — dando uma volta num fim de tarde pela região da represa, por uma daquelas trilhas que seguem em ziguezague entre moitas cheias de espinhos. A certa altura interrompera o passeio e olhara para o céu, para aquele azul desbotado, esmaecido, que, de uma hora para outra, com o pôr-do-sol, torna-se todo rajado de vermelho e cobre. Depois fizera a pergunta em voz alta, como se houvesse alguém ali para ouvi-la.

Erguera os olhos para o céu, meio que esperando que a resposta estivesse escrita lá. Mas claro que não estava e, além do mais, já sabia qual era, nem precisava olhar. Não restava a menor dúvida de que Obed Ramotswe, que conhecera tudo quanto é tipo de homem na época em que trabalhava nas minas distantes e que também sabia quais eram as fraquezas deles, teria aprovado o sr. J. L. B. Matekoni. E, sendo esse o caso, então não precisava ter o mínimo receio quanto ao futuro marido. Ele seria bom para ela.

Sentada no escritório da Agência Nº 1 de Mulheres Detetives junto com sua assistente Mma Makutsi, primeira colocada de sua turma no curso do Centro de Formação de Secretárias de Botsuana, Mma Ramotswe refletia sobre as decisões que seria obrigada a tomar por causa de seu iminente casamento com o sr. J. L. B. Matekoni. O mais urgente, claro, era decidir onde iriam morar. Mas essa questão se resolvera com muita rapidez: a casa dele, situada nas cercanias do antigo Clube da Força de Defesa de Botsuana, embora sem dúvida bastante agradável, com a velha varanda colonial e o telhado brilhante de telhas galvanizadas, não era tão adequada quanto a dela, em Zebra Drive. O jardim era ralo; pouco mais que um pátio varrido, na verdade, ao passo que ela tinha uma bela coleção de mamoeiros, algumas acácias que davam boa sombra e um fértil canteiro de melões. Além do mais, em se tratando de interiores, não havia grande coisa que recomendasse os corredores espartanos e os quartos desertos do sr. J. L. B. Matekoni, sobretudo se comparados com o estilo da casa dela. Ficaria de coração partido se tivesse de abandonar a sala de estar com seu amplo tapete que cobria parte do chão de cimento queimado vermelho, a lareira em cujo console repousava a placa homenageando sir Seretse Khama, senhor supremo, estadista e primeiro presidente de Botsuana, a máquina de costura de pedal, que continuava funcionando muito bem mesmo com falta de luz, quando as máquinas de costura mais modernas se calavam.

Nem precisaram falar muito sobre o assunto. Na verdade, a decisão em favor de Zebra Drive nem sequer foi mencionada com todas as letras. Depois que Mma Potokwani, supervisora-geral da fazenda dos órfãos, convencera o sr. J. L. B. Matekoni a adotar duas crianças — um menino pequeno e sua irmã paraplégica —, os órfãos tinham se mudado para a casa dela e acabaram se instalando em definitivo ali. Depois disso, ficara implícito que, no devido tempo, a família inteira moraria na casa de Zebra Drive. Por enquanto, o sr. J. L. B. Matekoni continuaria morando sozinho, mas passaria a fazer as refeições noturnas na casa de Mma Ramotswe. Essa fora a parte fácil do arranjo. Restava ainda a questão dos negócios. Sentada à escrivaninha, observando Mma Makutsi mexer com a papelada no armário do arquivo, no pequeno escritório que ocupavam, os pensamentos de Mma Ramotswe concentraram-se na difícil tarefa que havia pela frente. Não tinha sido uma decisão fácil de tomar, mas ela a tomara e precisava se preparar para colocá-la em prática. Negócios são negócios, não há como fugir disso.

Uma das regras mais elementares para conduzir bem um negócio é não duplicar as instalações da empresa, a menos que haja motivo para tanto. Depois que ela e o sr. J. L. B. Matekoni se casassem, passariam a ter dois negócios e também dois escritórios. Está certo que eram duas atividades muito distintas, mas o escritório da Tlokweng Road Speedy Motors tinha um tamanho bem razoável, e nada mais lógico do que Mma Ramotswe transferir sua agência para lá. Ela fizera uma inspeção minuciosa nas instalações do sr. J. L. B. Matekoni e chegara a consultar um pedreiro sobre o assunto.

"Não haverá o menor problema", ele lhe dissera, depois de fazer uma vistoria na oficina e no escritório. "Posso pôr uma porta nova daquele lado ali. Assim seus clientes poderão entrar sem precisar encostar na graxa toda da oficina mecânica."

Juntar os dois escritórios permitiria que Mma Ramotswe alugasse o seu, e o rendimento faria uma bela diferença. No momento, a verdade um tanto incômoda a respeito da Agência Nº 1 de Mulheres Detetives era que não estava rendendo o suficiente. Não se trata de falta de clientes — havia um fluxo constante deles. O problema era que o trabalho de investigação consumia muito tempo e as pessoas simplesmente não teriam como pagar por seus serviços se Mma Ramotswe cobrasse uma taxa mais realista, baseada nas horas trabalhadas. Uns duzentos pulas para tirar uma dúvida ou para encontrar uma pessoa desaparecida eram uma quantia razoável, e em geral valia a pena desembolsá-la, mas milhares de pulas pelo mesmo serviço eram algo bem diferente. As pessoas prefeririam ficar com a dúvida a ter certeza, quando a diferença entre uma e outra e significava uma grande soma de dinheiro.

Receitas e despesas talvez até se equilibrassem, não fosse o salário que Mma Ramotswe tinha de pagar a Mma Makutsi. Contratara-a inicialmente como secretária, com base no princípio de que todo negócio que se preza precisa ter uma secretária, mas não demorou a perceber os outros talentos existentes por trás dos óculos enormes. Mma Makutsi fora então promovida a detetive assistente, posição que lhe dera o status que tanto ansiava. Entretanto, Mma Ramotswe se sentira na obrigação de aumentar-lhe também o salário, condenando as finanças da agência a mergulharem ainda mais fundo no vermelho.

Discutira o assunto com o sr. J. L. B. Matekoni, que concordara com ela quanto às poucas opções restantes.

"Se continuar assim", ele ponderou com gravidade, "vai acabar na bancarrota. Já vi isso acontecer. Eles nomeiam uma pessoa chamada de gerente preposto. Um verdadeiro abutre, que fica rondando, rondando em volta. É uma coisa muito ruim de acontecer com um negócio."

Mma Ramotswe estalou a língua no céu da boca. "Eu não quero que isso me aconteça. Seria um fim muito triste para minha agência."

Eles haviam se entreolhado com um semblante desanimado. Depois o sr. J. L. B. Matekoni dissera: "Terá de despedi-la. Já fui obrigado a despedir mecânicos, no passado. Não é fácil, mas negócios são negócios".

"Ela ficou tão feliz quando a promovi", falou Mma

Ramotswe baixinho. "Não posso de repente chegar e dizer-lhe que ela não é mais uma detetive. Ela não tem ninguém aqui em Gaborone. Os parentes estão todos em Bobonong. São gente muito pobre, eu acho."

O sr. J. L. B. Matekoni abanou a cabeça. "Tem muita gente pobre no mundo. Muitas dessas pessoas sofrem uma barbaridade. Mas ninguém pode levar um negócio adiante só com ar. Todo mundo sabe disso. É preciso somar o que entra e subtrair o que se gasta. A diferença é o lucro. No seu caso, há um sinal de menos na frente desse número. A senhora não pode..."

"Eu não posso", interrompeu Mma Ramotswe, "eu não posso despedi-la agora. Sou como mãe para ela. Ela quer tanto ser detetive e trabalha com tanto afinco."

O sr. J. L. B. Matekoni olhou para os sapatos. Desconfiava que Mma Ramotswe estava esperando que ele propusesse alguma coisa, mas não sabia bem o quê. Será que ela esperava que ele lhe oferecesse dinheiro? Que ele arcasse com as despesas da Agência Nº 1 de Mulheres Detetives, mesmo já tendo deixado bem claro que ele deveria continuar com o negócio de mecânico enquanto ela atendia seus clientes e resolvia seus problemas inquietantes?

"Eu não quero que o senhor pague nada", disse Mma Ramotswe, olhando para ele com uma firmeza que o fez admirá-la e, ao mesmo tempo, temê-la.

"Claro que não", falou mais que depressa o sr. J. L. B. Matekoni. "Eu não estava nem pensando numa coisa dessas."

"Por outro lado", continuou Mma Ramotswe, "o senhor bem que está precisando de uma secretária na oficina. Suas contas vivem numa eterna confusão, não é verdade? O senhor nunca anota o quanto pagou para aqueles inúteis dos seus aprendizes. Imagino até que tenha feito empréstimos a eles. Tem alguma coisa anotada?"

O sr. J. L. B. Matekoni se fez de desentendido. Como

é que ela descobrira que os rapazes lhe deviam, cada um, mais de seiscentos pulas e que não haviam dado sinais de estar em condições de lhe pagar de volta?

"Quer que ela venha trabalhar para mim?" perguntou, surpreso com a sugestão. "E como é que fica a posição dela de detetive?"

Mma Ramotswe demorou uns instantes para responder. Ainda não pensara direito, mas um plano começava a se delinear em sua cabeça. Se elas se mudassem para a oficina, Mma Makutsi poderia manter o cargo de detetive assistente e, ao mesmo tempo, cuidar dos interesses do sr. J. L. B. Matekoni. Que, por sua vez, poderia pagar-lhe um salário por isso, o que significava que a contabilidade da agência se veria livre de boa parte do fardo. Isso, somado ao aluguel que ela receberia depois que locasse o escritório atual, tornaria a situação financeira da firma bem mais sólida.

Explicou a proposta ao sr. J. L. B. Matekoni. Embora tivesse manifestado várias vezes suas dúvidas quanto à utilidade de Mma Makutsi, ele conseguiu perceber os pontos positivos do plano de Mma Ramotswe, dentre os quais o não pouco importante fato de que aquilo manteria sua noiva feliz. E sem dúvida isso era o que ele mais queria na vida.

Mma Ramotswe pigarreou.

"Mma Makutsi", começou. "Estive pensando sobre o futuro."

Mma Makutsi, que tinha terminado de rearrumar o armário do arquivo, preparara um chá de *rooibos* e estava se acomodando para a folga de meia hora que em geral tirava às onze da manhã. Havia começado a ler uma revista — um velho exemplar da *National Geographic* — que a prima, professora, lhe emprestara.

"O futuro? É, o assunto é sempre interessante. Mas

não tanto quanto o passado, a meu ver. Tem um artigo excelente nesta revista, Mma Ramotswe. Depois que eu terminar de ler, eu lhe empresto. É sobre nossos ancestrais lá da África Oriental. Tem um tal de dr. Leakey trabalhando por lá. É um doutor em ossos muito famoso."

"Doutor em ossos?" Mma Ramotswe ficou intrigada. Mma Makutsi expressava-se muito bem, tanto em inglês quanto em setsuana, mas às vezes usava umas expressões bem inusitadas. O que seria um doutor em ossos? Soava como alguma coisa ligada a feitiçaria, mas claro que não seria possível qualificar o dr. Leakey de bruxo.

"É", insistiu Mma Makutsi. "Ele sabe tudo sobre ossos antigos. Desenterra os ossos e nos conta sobre nosso passado. Veja isto aqui."

Levantou uma foto estampada em página dupla. Mma Ramotswe contraiu os olhos para tentar enxergar melhor. A vista já não era a mesma, tinha reparado, e temia que, mais cedo ou mais tarde, fosse acabar igualzinha a Mma Makutsi, com aqueles insólitos óculos imensos.

"Esse é o dr. Leakey?"

Mma Makutsi fez que sim. "É, Mma, é ele. Esse crânio que ele está segurando pertenceu a uma pessoa que viveu primeiro que nós. Uma pessoa anterior, de quem nós somos sucessores."

Mma Ramotswe viu-se de repente atraída pela história. "E essa pessoa anterior de quem nós somos sucessores, quem era?"

"A revista diz que era uma pessoa do tempo em que havia muito pouca gente no mundo", explicou Mma Makutsi. "Nesse tempo, todos viviam na África Oriental."

"Todos?"

"É. Todos. O meu povo. O seu povo. Todos os povos. Todos nós viemos do mesmo pequeno grupo de ancestrais. O dr. Leakey provou isso."

Mma Ramotswe ficou pensativa. "Quer dizer então que, em certo sentido, somos todos irmãos e irmãs?"

"Somos. Somos todos um mesmo povo. Esquimós, russos, nigerianos. São todos iguais a nós. O mesmo sangue. O mesmo DNA."

"DNA?" repetiu Mma Ramotswe. "O que vem a ser isso?"

"É alguma coisa que Deus usou para fazer as pessoas", explicou Mma Makutsi. "Todos nós somos feitos de DNA e de água."

Mma Ramotswe ponderou as implicações dessas revelações por alguns instantes. Não tinha opinião formada sobre esquimós e russos, mas os nigerianos eram outros quinhentos. Entretanto, Mma Makutsi estava certa, refletiu ela: para que a fraternidade universal pudesse significar alguma coisa, seria preciso que incluísse até os nigerianos.

"Se as pessoas soubessem disso", falou, "se soubessem que somos todos da mesma família, acha que elas seriam mais gentis umas com as outras?"

Mma Makutsi largou a revista. "Tenho certeza que sim. Se soubessem disso, acho que teriam muita dificuldade para fazer mal umas às outras. Talvez até sentissem um pouco mais de vontade de ajudar."

Mma Ramotswe calou-se. As palavras de Mma Makutsi tinham complicado ligeiramente as coisas, mas ela e o sr. J. L. B. Matekoni haviam tomado uma decisão e não existia alternativa, a não ser dar a má notícia.

"Isso tudo é muito interessante", falou, tentando fazer a voz soar firme. "Preciso ler um pouco mais sobre o dr. Leakey quando sobrar um tempinho. No momento, sou obrigada a passar todo o meu tempo livre pensando em como manter este negócio funcionando. As contas não estão nada boas, Mma. Nossa contabilidade não é como as que a gente vê publicadas nos jornais — sabe como é, aquelas que têm duas colunas, rendimentos e gastos, e a primeira é sempre muito maior que a segunda. Aqui, é o contrário."

Parou, observando o efeito de suas palavras em Mma Makutsi. Era difícil saber o que ela estava pensando, por trás daqueles óculos.

"O que significa que sou obrigada a fazer alguma coisa", continuou. "Se eu não fizer nada, vou acabar tendo que entregar tudo para um gerente preposto. Ou então para o gerente do banco. É isso que acontece com negócios que não dão lucro. É muito ruim."

Mma Makutsi olhava fixamente para a escrivaninha. Depois ergueu a vista para Mma Ramotswe e, por alguns momentos, os galhos da acácia do outro lado da janela se refletiram em suas lentes. Mma Ramotswe achou isso um pouco desconcertante; era como ver o mundo pelos olhos de outra pessoa. Bem na hora em que estava pensando nisso, Mma Makutsi mexeu a cabeça e Mma Ramotswe viu, num relance, o reflexo do próprio vestido vermelho.

"Estou fazendo o melhor possível", disse Mma Makutsi baixinho. "Espero que a senhora me dê uma chance. Estou muito feliz de ser a detetive assistente da agência. Não quero ser apenas uma secretária pelo resto da vida."

Calou-se e olhou para Mma Ramotswe. Como seria, pensou Mma Ramotswe, viver a vida de Mma Makutsi, que tirara 9,7 de média nos exames finais do Centro de Formação de Secretárias de Botsuana, mas que vivia tão sozinha, sem ninguém no mundo a não ser os parentes que moravam na distante Bobonong? Sabia que Mma Makutsi mandava dinheiro para eles porque uma vez vira sua secretária no prédio do correio, comprando um vale postal no valor de cem pulas. Imaginava que tivessem sido avisados da promoção e que sentissem orgulho de ver a sobrinha, ou o que quer que ela fosse deles, se saindo tão bem em Gaborone. Só que, na verdade, essa sobrinha deles estava sendo mantida no emprego por um ato de caridade; era Mma Ramotswe quem alimentava todas aquelas bocas em Bobonong.

Desviou o olhar para a escrivaninha de Mma Makutsi e a foto ainda exposta do dr. Leakey segurando o crânio. O dr. Leakey olhava da foto direto para ela, como se perguntasse: e então, Mma Ramotswe? O que me diz dessa sua assistente?

Ela pigarreou de novo. "Não precisa se preocupar, Mma. A senhora vai continuar sendo detetive assistente. Mas terá de fazer alguns outros serviços, depois que nos mudarmos para a Tlokweng Road Speedy Motors. O sr. J. L. B. Matekoni precisa de uma ajuda com a papelada. A senhora vai trabalhar metade como secretária e a outra metade como detetive assistente." Fez uma pausa e depois acrescentou, mais que depressa: "Mas pode continuar dizendo que é detetive assistente. Esse será seu título oficial".

Pelo resto do expediente, Mma Makutsi ficou mais calada do que de costume. Fez o chá da tarde de Mma Ramotswe em silêncio, entregou-lhe a caneca sem dizer uma palavra, mas no final do dia parecia ter aceitado seu destino.

"Suponho que o escritório do sr. J. L. B. Matekoni esteja uma bagunça", comentou. "Não consigo imaginá-lo cuidando dos documentos do jeito correto. Homens não gostam dessas coisas."

Mma Ramotswe sentiu-se aliviada com a mudança de tom. "Está uma bagunça total. E a senhora lhe prestará uma ajuda preciosa, se conseguir arrumar aquilo tudo."

"Aprendemos a fazer isso no Centro de Formação de Secretárias. Uma vez eles nos mandaram para um escritório que estava num estado lastimável e tivemos que organizar tudo. Éramos quatro alunas — eu e três moças bonitas. As três passaram o tempo inteiro conversando com os homens do escritório, enquanto eu fazia o trabalho."

"Ah!", fez Mma Ramotswe. "Já estou até vendo."

"Trabalhei até as oito da noite", continuou Mma Makutsi. "As outras moças saíram às cinco da tarde e foram para um bar, junto com os homens, e me deixaram lá. Na manhã seguinte, o diretor do Centro de Formação falou que tínhamos feito um excelente trabalho e que iríamos receber nota máxima por isso. As outras moças acharam uma maravilha. E disseram que, apesar de eu ter feito a arrumação toda sozinha, elas tinham ficado com a parte mais difícil do serviço, que era manter os homens fora do caminho, sem atrapalhar. E achavam mesmo isso."

Mma Ramotswe sacudiu a cabeça. "São todas umas inúteis, essas moças. Tem muita gente assim em Botsuana, hoje em dia. Mas ao menos a senhora sabe que teve êxito. Hoje, é uma detetive assistente. E elas, o que são? Nada, é o que eu imagino."

Mma Makutsi tirou os óculos enormes e limpou as lentes com o maior cuidado, usando o canto de um lenço.

"Duas delas se casaram com homens muito ricos", falou. "Moram em casarões perto do Hotel do Sol. Já cruzei com elas, andando para lá e para cá com óculos escuros caríssimos. A terceira foi para a África do Sul e virou modelo. Já vi fotos dela numa revista. Arrumou um marido que trabalha como fotógrafo na revista. E que também tem um bocado de dinheiro; ela está muito feliz. O apelido dele é Polaroid Khumalo. É bem bonitão, e muito conhecido."

Repôs os óculos e olhou para Mma Ramotswe.

"Aparecerá um marido para a senhora, um dia desses", falou Mma Ramotswe. "E esse homem será um grande felizardo."

Mma Makutsi abanou a cabeça. "Não acredito que vá aparecer um marido. Não existem homens suficientes em Botsuana. Esse é um fato sabido. Todos eles estão casados. Não sobrou nenhum."

"Bem, a senhora não precisa se casar. Moças solteiras podem ter uma vida muito boa, hoje em dia. Eu sou solteira. Eu não sou casada."

"Mas vai se casar com o sr. J. L. B. Matekoni. A se-

nhora não ficará solteira por muito mais tempo. A senhora pode..."
"Eu não precisaria me casar com ele", interrompeu Mma Ramotswe. "Estava muito contente sozinha. Poderia ter continuado desse jeito."
Em seguida calou-se. Havia reparado que Mma Makutsi tirara de novo os óculos e se pusera a limpá-los outra vez. As lentes tinham embaçado.
Mma Ramotswe refletiu por alguns instantes. Nunca fora capaz de presenciar demonstrações de tristeza sem fazer algo a respeito. Era uma qualidade meio incômoda para uma detetive, em razão do grande volume de infelicidade inerente ao seu ramo de trabalho, mas ela continuava de coração mole, e não por falta de tentar endurecê-lo. "Ah, e tem mais uma coisa", disse. "Eu não lhe falei que nesse seu novo emprego a senhora ocupará o cargo de vice-gerente da Tlokweng Road Speedy Motors. Portanto, não vai se limitar apenas às tarefas de secretária."
Mma Makutsi ergueu os olhos e sorriu.
"Isso é muito bom. A senhora é muito boa para mim, Mma."
"E haverá mais dinheiro também", prosseguiu Mma Ramotswe, atirando fora a cautela. "Não muito, mas um pouquinho mais. A senhora vai poder enviar uns cobres extras para seu pessoal em Bobonong."
Mma Makutsi animou-se sensivelmente com essa notícia e houve um quê de deleite na maneira como executou as últimas tarefas do dia e datilografou as cartas que Mma Ramotswe rascunhara à mão. Por outro lado, Mma Ramotswe parecia estar agindo com uma certa morosidade. Tudo culpa do dr. Leakey, concluiu. Se ele não tivesse entrado na conversa, talvez pudesse ter sido mais firme. No fim, além de promovê-la de novo, acabara oferecendo a Mma Makutsi um aumento de salário, sem consultar o sr. J. L. B. Matekoni. Teria de avisá-lo, claro, mas talvez não de imediato. Havia sempre um momento oportuno

para dar as notícias mais difíceis e era preciso aguardar esse momento. Os homens costumam baixar a guarda em determinadas horas, e a arte de ser uma mulher bem-sucedida e vencer no campo do inimigo era esperar que essa hora chegasse. Porque, quando ela chegava, dava para manipular um homem sem fazer o menor esforço. Mas era preciso esperar.

2
UM MENINO NO MEIO DA NOITE

Eles estavam acampados no Okavango, nos arredores de Maun, sob o escudo imponente da copa dos mopanes. Ao norte, a menos de um quilômetro dali, esparramava-se o lago, uma faixa de azul em meio aos marrons e aos verdes do campo. O mato, alto e farto, dava uma boa cobertura aos bichos. Para ver um elefante, era preciso ter os olhos bem abertos porque, com aquela exuberância de vegetação, ficava muito difícil discernir até mesmo os volumosos contornos cinzentos de um paquiderme se mexendo devagar por entre o capim.

O acampamento, composto por um grupo semipermanente de cinco ou seis barracas grandes de lona armadas em meia-lua, pertencia a um homem que todos conheciam como Rra Pula, seu Chuva, por causa da crença, empiricamente comprovada em diversas ocasiões, de que a presença dele trazia a tão esperada chuva. Rra Pula não se fizera de rogado e deixara que a crença se perpetuasse. A chuva significava boa sorte; daí o brado de "Pula! Pula!", "Chuva! Chuva!", quando alguém queria comemorar um lance feliz ou invocar os bons fados. Rra Pula era um homem de rosto magro, com aquela pele grossa e salpicada de manchas do branco que passou a vida toda debaixo do sol africano. As sardas e manchas haviam se tornado uma coisa só, deixando-o amarronzado por inteiro, qual um pálido biscoito saído do forno.

"Aos poucos ele está ficando como nós", um de seus homens comentou, ao sentar-se ao pé do fogo, certa noite. "Um dia vai acordar e será um motsuana, da mesma cor que nós."

"Não se faz um motsuana só com a mudança da cor da pele", disse outro. "Um motsuana é um motsuana por dentro. Um zulu é a mesma coisa que nós por fora, mas por dentro será sempre um zulu. Também não se pode transformar um zulu num motsuana. Eles são diferentes."

Fez-se silêncio em volta da fogueira, enquanto todos ponderavam sobre a questão.

"Tem muita coisa que faz de nós o que nós somos", disse por fim um dos rastreadores. "Mas o mais importante é o útero da mãe. É dali que a gente tira o leite que nos faz um motsuana ou um zulu. Leite motsuana, criança motsuana. Leite zulu, criança zulu."

"No útero a criança não bebe leite", corrigiu um dos mais jovens. "Não funciona assim."

O mais velho lançou um olhar furibundo. "Então o que é que nós comemos durante os primeiros nove meses, dr. Sabichão? Vai me dizer que é o sangue da mãe? É isso que vai me dizer?"

O mais moço sacudiu a cabeça. "Eu não tenho bem certeza do que nós comemos", falou. "Mas ninguém toma leite antes de nascer. Disso eu tenho certeza."

O mais velho fez um ar zombeteiro. "Você não sabe coisa nenhuma. Por acaso tem algum filho, tem? O que sabe sobre esse assunto? Um homem sem filhos falando sobre filhos como se tivesse um monte deles. Eu tenho cinco filhos. Cinco."

Ergueu os dedos de uma das mãos. "Cinco filhos", repetiu. "E os cinco foram feitos pelo leite da mãe."

Fez-se silêncio de novo. Na outra fogueira, sentados em cadeiras, e não sobre tocos, estavam Rra Pula e seus dois clientes. O som de suas vozes, um murmúrio ininteligível, chegava até os empregados, que continuaram calados. De repente, Rra Pula levantou-se.

"Tem alguma coisa ali", ele disse. "Pode ser um chacal. De vez em quando eles se aproximam bastante do fogo. Os outros bichos mantêm distância."

Um dos clientes, um homem de meia-idade de chapéu de abas largas, molengas, levantou-se também e espiou o negrume. "E um leopardo, seria capaz de se aproximar tanto assim?", perguntou.

"Jamais", respondeu Rra Pula. "São criaturas muito tímidas."

Uma senhora, sentada numa banqueta dobrável de lona, virou bruscamente a cabeça. "Tem alguma coisa ali, sim", ela disse. "Ouçam."

Rra Pula largou a caneca que tinha nas mãos e gritou para seus homens: "Simon! Motopi! Um de vocês me traga uma lanterna, rápido".

O mais moço da turma pôs-se de pé e correu até a barraca dos equipamentos. Na volta, a caminho de onde estava o patrão, também escutou o barulho, acendeu a lanterna e percorreu o círculo de sombras em torno do acampamento com o facho potente de luz. Só viram silhuetas de moitas e pequenas árvores, todas estranhamente chatas e unidimensionais sob o clarão penetrante.

"Mas isso não vai assustar o animal?", perguntou a mulher.

"Pode ser que sim", respondeu Rra Pula. "Mas é melhor evitarmos surpresas, não é verdade?"

O facho de luz oscilou e por alguns momentos iluminou as folhas de uma acácia. Depois baixou para a base da árvore e foi nesse momento que eles a viram.

"É uma criança", disse o homem de chapéu molenga. "Uma criança? Aqui?"

Ela estava de quatro no chão. Pega pelo facho de luz, era idêntica a um bicho apanhado pelos faróis de um carro, paralisada pela indecisão.

"Motopi!", gritou Rra Pula. "Pegue a criança. Traga-a até aqui."

Com ajuda da lanterna, Motopi avançou depressa pelo capim alto, mantendo a luz sobre a pequena figura. Quando chegou mais perto, a criança recuou com um movimento abrupto, buscando de novo a escuridão, mas parece que algo atrapalhou-lhe a fuga: ela tropeçou e caiu. Motopi estendeu os braços para a frente e, sem querer, deixou cair a lanterna, que bateu numa pedra, fazendo um barulho que todo mundo ouviu, e depois se apagou. Mas, a essa altura, o empregado já apanhara o menino, que se contorcia e dava chutes no ar.

"Não lute comigo, meu pequeno", ele falou em setsuana. "Não vou machucar você. Não vou machucar você."

O garoto esperneou de novo, e seu pé acertou em cheio o estômago do homem.

"Não faça isso!" Motopi sacudiu o menino e, segurando firme com uma das mãos, com a outra deu-lhe um tabefe no ombro.

"Pronto! É isso que você terá se tentar chutar seu tio! E vai levar mais, se não tomar jeito!"

O menino, surpreendido pelo golpe, parou de resistir e relaxou o corpo.

"E mais uma coisa", resmungou o empregado, enquanto caminhava para a fogueira de Rra Pula. "Você fede."

Pôs o menino no chão, ao lado da mesa onde estava o lampião, mas não soltou seu pulso, para o caso de ele tentar fugir ou mesmo chutar um dos brancos.

"Quer dizer então que era esse o nosso pequeno chacal", disse Rra Pula, olhando para o garotinho.

"Ele está nu", observou a mulher. "Está sem um fiapo de roupa."

"Que idade será que ele tem?", perguntou alguém. "Não pode ter mais que seis ou sete. No máximo."

Rra Pula erguera o lampião e aproximara a luz do menino, iluminando uma pele que parecia raiada por minúsculas cicatrizes e arranhões, como se ele tivesse sido arrastado através de um espinheiral. A barriga era chupada, e as costelas, visíveis; as nádegas, minúsculas, contraídas, não tinham carne; e, de um lado a outro do peito de um dos pés, abria-se uma ferida de bordas esbranquiçadas em torno de um miolo escuro.

O menino olhou para a luz e deu a impressão de recuar, fugindo da inspeção.

"Quem é você?", perguntou Rra Pula em setsuana. "De onde vem?"

A criança continuou mirando a luz, mas não reagiu à pergunta.

"Tente em calanga, Motopi", disse Rra Pula. "Tente em calanga, depois em herero. Talvez ele seja um herero. Ou um masarva. Você consegue se fazer entender nessas línguas, Motopi. Veja se consegue arrancar alguma coisa dele."

O empregado se pôs de cócoras, para ficar na altura do garoto. Começou numa língua, pronunciando as palavras com o maior cuidado, mas, sem obter resultado, passou para outra. O menino continuou mudo.

"Acho que ele não fala. Acho que não entende o que eu estou dizendo."

A mulher adiantou-se e estendeu a mão para tocar no ombro da criança.

"Meu pobrezinho", começou ela. "Até parece que você..."

Mas antes de terminar soltou um grito e recolheu a mão, assustada. O menino lhe dera uma mordida.

Motopi agarrou o garoto pelo braço direito e deu-lhe um puxão. Depois, inclinando-se, esbofeteou-o com força no rosto. "Não! Criança má!"

A mulher, indignada, empurrou o homem para o lado. "Não bata nele", exclamou. "Não percebe que ele está assustado? Não teve intenção de me machucar. Eu é que não devia ter tentado tocá-lo."

"Não podemos aceitar que as crianças saiam por aí mordendo todo mundo, Mma", falou o rapaz, em voz baixa. "Nós não gostamos disso."

A mulher tinha enrolado um lenço em volta da mão, mas um pouquinho de sangue já aparecia no tecido.
"Vamos pôr um pouco de penicilina nisso", disse Rra Pula. "Mordida de gente às vezes infecciona."
Baixaram os olhos em direção ao menino, que se deitara no chão, como se estivesse se preparando para dormir, mas atento a todos os movimentos, vigiando tudo.
"Esse menino tem um cheiro muito estranho", disse Motopi. "O senhor reparou, Rra Pula?"
Rra Pula farejou o ar. "Reparei, sim. Talvez seja da ferida. Está supurada."
"Não", insistiu Motopi. "Eu tenho um nariz muito bom. Estou sentindo o cheiro dessa ferida, mas tem um outro cheiro também. Um cheiro que não se sente numa criança."
"Cheiro de quê?", perguntou Rra Pula. "Você reconhece?"
Motopi fez que sim com a cabeça. "É cheiro de leão. Não existe mais nada que tenha esse cheiro. Só leão."
Por alguns instantes, ninguém falou nada. Então Rra Pula riu. "Um pouco de água e sabão resolve isso em dois tempos. E mais alguma coisa para a ferida que ele tem no pé. Pó de sulfa seca tudo bem rápido."
Motopi apanhou o menino com toda a prudência. O menino o olhou firme, encolheu-se, mas não resistiu.
"Dê uma lavada nele e leve para a sua barraca", disse Rra Pula. "Não deixe que fuja."
Os clientes voltaram a suas cadeiras em volta da fogueira. A mulher trocou olhares com o homem, que arqueou uma sobrancelha e deu de ombros.
"De onde terá vindo?", perguntou ela a Rra Pula, enquanto este cutucava o fogo com um pedaço de pau.
"De uma das aldeias locais, imagino. A mais próxima fica a uns trinta quilômetros naquela direção. É provável que seja um menino pastor, que se perdeu e começou a vagar pelo mato. Isso acontece, de vez em quando."
"Mas por que ele não tem uma peça de roupa no corpo?"

Rra Pula deu de ombros de novo. "Tem menino pastor que só usa um avental pequeno para se cobrir. Ele pode ter perdido o dele num espinheiro. Vai ver que o largou em algum lugar."

Ergueu os olhos para a cliente. "Isso acontece muito na África. Tem muita criança que se perde. Depois acaba aparecendo. Sem sofrer nada. A senhora não está preocupada com ele, está?"

Ela franziu o cenho. "Claro que estou. Podia ter acontecido uma porção de coisas com ele. Que me diz dos animais selvagens? E se por acaso ele tivesse sido pego por um leão? Uma porção de coisas podia ter acontecido com ele."

"Pois é", concordou Rra Pula. "Podia. Mas não aconteceu. Amanhã vamos levá-lo a Maun e deixá-lo com a polícia de lá. Eles resolverão o assunto. Descobrirão de onde ele vem e o levarão para casa."

A senhora parecia pensativa. "Por que o seu empregado disse que ele cheira a leão? Não foi uma coisa meio esquisita de dizer?"

Rra Pula riu. "As pessoas dizem um bocado de coisas muito esquisitas por aqui. Elas vêem o mundo de um jeito diferente. Aquele meu empregado, Motopi, é um rastreador de caça excelente. Mas tem uma certa queda para falar sobre os bichos como se eles fossem seres humanos. Diz que os animais lhe contam coisas. Diz que consegue farejar o medo de um bicho. É assim que ele fala. E ponto."

Os três ficaram por algum tempo em silêncio, depois a mulher resolveu ir para a cama. Deu boa-noite a Rra Pula e ao outro cliente, que continuaram em volta da fogueira por mais uma meia hora, sem falar muita coisa, apreciando a lenha que ardia devagarinho e as fagulhas que subiam lá para cima. Dentro de sua barraca, o empregado permanecia imóvel, deitado de atravessado na entrada, para que a criança não conseguisse sair sem incomodá-lo. Mas era muito improvável que o menino tentasse escapar; tinha caído no sono mais ou menos logo depois de ser posto dentro da barraca. E o homem, prestes a adormecer ele próprio, o espiava com um olho, através da pálpebra semicerrada e pesada. O menino, coberto por uma manta fina de pele, ressonava. Comera o pedaço de carne que haviam lhe dado, rasgando gulosamente os nacos, e tomara com avidez a água oferecida numa caneca, só que lambendo o líquido como um animal faria para matar a sede. Motopi reparara que o cheiro estranho continuava presente — aquele cheiro ácido rançoso tão parecido com o cheiro dos leões. Mas por que um menino teria cheiro de leão?

3
ASSUNTOS DE MECÂNICA

A caminho da Tlokweng Road Speedy Motors, Mma Ramotswe já havia decidido se abrir com o sr. J. L. B. Matekoni. Sabia que excedera sua autoridade ao promover Mma Makutsi a vice-gerente da oficina — ela não teria gostado nem um pouco se por acaso a situação fosse inversa e ele tentasse promover algum funcionário seu. Sabia também que precisava contar a ele o que acontecera, tintim por tintim. O sr. J. L. B. Matekoni tinha um bom coração e, embora sempre houvesse considerado Mma Makutsi um luxo com o qual Mma Ramotswe, na prática, não poderia arcar, claro que acabaria entendendo como era importante para a moça uma boa posição. Afinal, que diferença fazia Mma Makutsi ter ou não o título de vice-gerente, desde que continuasse prestando os serviços que lhe cabia prestar? Verdade que precisaria incluir também a questão do aumento de salário. Essa parte seria um pouco mais difícil.

Durante a tarde, dirigindo a pequenina van branca que o sr. J. L. B. Matekoni consertara para ela poucos dias antes, Mma Ramotswe tomou o caminho da Tlokweng Road Speedy Motors. A van estava funcionando muito bem, depois de o sr. J. L. B. Matekoni ter gastado um bocado do seu tempo livre mexendo no motor. Substituíra muita coisa por peças novinhas em folha, importadas, como, por exemplo, o carburador e um jogo de freios. Agora, bastava encostar o pé no pedal do breque que a van parava no ato. Antes de toda aquela demonstração de interesse do sr. J. L. B. Matekoni pela van, Mma Ramotswe era obrigada a pisar no breque umas três ou quatro vezes, e só depois é que começava a diminuir a marcha.

"Acho que nunca mais vou entrar na traseira de ninguém", disse Mma Ramotswe, muito agradecida, no dia em que testou os novos freios. "Agora vou poder parar exatamente no momento em que eu quiser."

O sr. J. L. B. Matekoni pareceu um tanto alarmado. "É importantíssimo manter os freios sempre em ordem", aconselhou. "Nunca mais deixe que fiquem no estado em que ficaram. Basta me pedir que eu providencio para que estejam sempre tinindo."

"Farei isso", prometeu Mma Ramotswe. Interessava-se pouquíssimo por carros, embora fosse apaixonada por sua pequenina van branca, que a servia com tamanha fidelidade fazia muito tempo. Nunca conseguira entender por que as pessoas se esfalfavam para conseguir um Mercedes Benz; havia tantos outros tipos de veículo capazes de transportá-las em perfeita segurança para qualquer lugar, sem que para isso fosse preciso gastar uma fortuna. Esse interesse por carros era uma coisa bem masculina, a seu ver. Desde pequenos, os meninos viviam brincando com carrinhos feitos de arame, e a paixão não esmorecia nunca. Por que será que os homens tinham tanto interesse por carros? Um carro nada mais era do que uma máquina. No entanto, se fosse mesmo só isso, por que eles também não se interessavam por máquinas de lavar roupa ou por ferros elétricos? Nunca vira homem interessado nisso. Nunca vira nenhum grupinho de homens parados na esquina, conversando sobre máquinas de lavar roupa.

Estacionou na frente da Tlokweng Road Speedy Motors e saltou da pequena van branca. Pela janelinha do escritório, que dava para o pátio dianteiro, viu que a saleta estava vazia, o que significava que o mais provável era que o sr. J. L. B. Matekoni estivesse debaixo de algum carro na oficina, ou ao lado daqueles dois imprestáveis aprendizes, tentando ensinar-lhes algum detalhe complicado de mecânica. Ele já havia dito que não nutria lá grandes esperanças de conseguir fazer alguma coisa por aqueles rapazes, e ela concordara. Não estava nada fácil convencer os jovens da necessidade de trabalhar, hoje em dia; todos esperavam que tudo lhes fosse entregue de mão beijada. Não pareciam entender que aquilo que tinham em Botsuana — e o que tinham era um bocado — fora obtido com trabalho árduo e abnegação. Botsuana jamais tomara dinheiro emprestado para depois se afundar em dívidas externas, como acontecera com tantos outros países da África. Eles tinham economizado bastante e gasto com parcimônia, prestando contas de cada tostão, de cada tebe. Nada fora parar nos bolsos dos políticos. Podemos nos orgulhar de nosso país, pensou Mma Ramotswe; e eu me orgulho. Orgulho-me daquilo que meu pai, Obed Ramotswe, fez; orgulho-me de Seretse Khama e de como ele inventou um novo país de um lugar ignorado pelos britânicos. Podem não ter dado muita atenção a nós, refletiu ela, mas agora sabem do que somos capazes. E nos admiram por isso. Tinha lido o que dissera o embaixador norte-americano: "Nós saudamos o povo de Botsuana pelo que conseguiu fazer". Palavras que a deixaram orgulhosa. Sabia que as pessoas dos outros continentes, pessoas que viviam naqueles países distantes, assustadores, tinham Botsuana em alta conta.

Era muito bom ser africano. Havia coisas terríveis acontecendo na África, coisas que acarretavam vergonha e desespero só de pensar nelas, mas a África não se resumia a isso. Por maior que fosse o sofrimento dos africanos, por mais dilacerantes a crueldade e o caos provocados pelos soldados — meninos armados, no fim das contas —, ainda assim havia tanta coisa na África da qual se orgulhar. Havia a bondade, por exemplo, a capacidade de sorrir, a arte e a música.

Deu a volta até a entrada da oficina. Viu dois carros

lá dentro, um na rampa, o outro estacionado rente à parede, com a bateria ligada a um pequeno carregador, junto de um dos pneus dianteiros. Viu também peças espalhadas pelo chão — um cano de escapamento e outra que ela não identificou — e uma caixa de ferramentas aberta debaixo do carro na rampa. Mas nem sinal do sr. J. L. B. Matekoni.

Foi só quando um deles se levantou que Mma Ramotswe percebeu a presença dos aprendizes. Estavam ambos sentados no chão, encostados num tambor vazio de óleo, jogando o tradicional jogo de pedrinhas. E então o mais alto, cujo nome ela nunca conseguia lembrar, levantou-se e limpou as mãos no macacão imundo.

"Olá, Mma", disse ele. "Ele não está. O patrão. Foi para casa."

O aprendiz sorriu de uma forma que ela considerou levemente ofensiva. Foi um sorriso largo, com um ar de intimidade, o tipo de sorriso que ele poderia quem sabe reservar para uma moça em algum baile. Ela conhecia bem o tipo. O sr. J. L. B. Matekoni lhe contara que o único interesse que aqueles jovens tinham na vida eram as moças, e ela não duvidava. O mais perturbador, no fundo, é haver um bocado de moças interessadas neles, nos cabelos besuntados de brilhantina e nos sorrisos faiscantes.

"Por que ele foi para casa tão cedo?", perguntou. "O trabalho já terminou? É por isso que vocês dois estão aí sentados?"

O aprendiz sorriu. Parecia até saber de alguma coisa, e Mma Ramotswe se perguntou o que seria. Ou talvez aquela expressão no rosto dele fosse apenas sentimento de superioridade, uma manifestação da condescendência com que provavelmente tratava todas as mulheres.

"Não", ele retrucou, dando uma olhada para o amigo ainda no chão. "Está longe de terminar. Ainda temos que cuidar daquele carro lá em cima." E fez um gesto casual na direção do veículo sobre a rampa.

Então foi a vez de o outro aprendiz se erguer. Devia ter acabado de comer algo e exibia uma linha fina de farinha em volta da boca. O que as moças achariam daquilo? Essa foi a idéia marota que passou pela cabeça de Mma Ramotswe. Imaginou o garoto pondo todo o seu charme para funcionar, feliz da vida na expectativa de alguma paquera, sem a menor idéia de que estava com farinha em volta dos lábios. Podia até ser bonito, mas aquele contorno branco provocaria risos, e não batidas aceleradas no coração.

"O patrão tem se ausentado muito nos últimos dias", disse o segundo aprendiz. "Às vezes ele vai embora às duas da tarde. E nos deixa aqui com todo o serviço."

"Só que tem um problema", acrescentou o outro aprendiz. "Não podemos fazer tudo. Somos bons de mecânica, mas não sabemos tudo, não ainda."

Mma Ramotswe deu uma espiada no carro sobre a rampa. Era uma daquelas antigas peruas francesas que acabaram ficando muito populares em várias partes da África.

"Aquele ali é um exemplo", disse o primeiro aprendiz. "Está soltando vapor pelo escape. O vapor sai em nuvens gordas. Isso quer dizer que a junta de vedação está estragada, o que faz o líquido de refrigeração entrar na câmara do pistão. E isso causa o vapor. Muito vapor."

"Bem", falou Mma Ramotswe, "e por que vocês não consertam, então? O sr. J. L. B. Matekoni não vai passar o resto da vida segurando a mão de vocês, sabiam?"

O mais jovem deles fez tromba. "A senhora acha que é assim tão simples, Mma? Acha que é simples, é? Alguma vez já tentou tirar o cabeçote do bloco dos cilindros de um Peugeot? Já fez isso alguma vez na vida, Mma?"

Mma Ramotswe fez um gesto para acalmar os ânimos. "Eu não estava criticando vocês. Por que não pedem ao sr. J. L. B. Matekoni para mostrar como se faz?"

O mais velho parecia irritado. "Falar é muito fácil, Mma. O problema é que ele não mostra. E ainda por cima sai e deixa a gente aqui, tendo que explicar aos fregueses. Eles não gostam. Eles dizem: Cadê meu carro? Como é que vocês querem que eu me locomova, se pretendem levar dias e dias para consertar meu carro? Quer dizer então que terei de andar a pé, feito alguém que não tem carro? É assim que eles falam, Mma."

Mma Ramotswe permaneceu em silêncio por alguns momentos. Parecia muito improvável que o sr. J. L. B. Matekoni, normalmente tão minucioso em tudo, permitisse que algo do gênero acontecesse com seu negócio. Ganhara fama pela excelência de seus serviços mecânicos, e pela rapidez também. Se alguém não ficasse satisfeito com o serviço feito, tinha todo o direito de levar o carro de volta para que o sr. J. L. B. Matekoni refizesse tudo, sem cobrar nada. Sempre trabalhara desse jeito, e era inconcebível que deixasse um carro largado na rampa, aos cuidados daqueles dois aprendizes que pareciam saber tão pouco a respeito de motores; e que, além disso, deviam ser bem capazes de fazer um serviço matado de vez em quando.

Decidiu apertar um pouco mais o aprendiz mais velho. "Está querendo me dizer", falou ela, com voz moderada, "está querendo me dizer que o sr. J. L. B. Matekoni não *liga* para esses carros?"

O aprendiz encarou-a de forma rude, de tal forma que os olhares se cruzaram. Se o rapaz tivesse um mínimo de boas maneiras, pensou Mma Ramotswe, não me fitaria assim direto nos olhos; baixaria a vista, como convém a uma pessoa mais nova na presença de alguém mais velho.

"Isso mesmo", respondeu o aprendiz, com toda a simplicidade. "De uns dez dias para cá, o sr. J. L. B. Matekoni parece ter perdido todo o interesse pela oficina. Ontem mesmo ele me falou que estava pensando em passar uns tempos na aldeia dele e que, se resolvesse mesmo ir, eu ficaria tomando conta de tudo. Ele disse que eu teria de dar o melhor de mim."

Mma Ramotswe respirou fundo. Sabia que o garoto estava dizendo a verdade, mas a essa verdade era difícil dar crédito.

"E tem mais uma coisa", continuou o aprendiz, limpando as mãos num pedaço de estopa. "Faz dois meses que ele não paga o fornecedor de peças. Eles ligaram outro dia, numa das vezes em que o patrão saiu mais cedo. Quem atendeu fui eu, não foi, Siletsi?"

O outro aprendiz balançou a cabeça, confirmando.

"Pois é", continuou ele. "Disseram que se não receberem no prazo de dez dias vão parar de nos enviar as peças sobressalentes. Me mandaram dar esse recado ao sr. J. L. B. Matekoni, para ver se ele se animava. Foi o que disseram. Pra eu falar com o patrão. Foi isso que eles disseram que eu devia fazer."

"E você falou?", perguntou Mma Ramotswe.

"Falei. Eu disse: 'Preciso dar uma palavrinha com o senhor, Rra. Só uma palavrinha'. E aí então eu dei o recado."

Mma Ramotswe observava a fisionomia do rapaz. Obviamente, ele devia estar gostando de fazer o papel de funcionário preocupado, papel que até então não tivera muitas ocasiões de interpretar.

"E aí, o que houve? O que foi que ele disse do seu recado?"

O aprendiz deu uma fungada e passou a mão pelo nariz.

"Disse que iria tentar fazer algo a respeito. Foi o que ele disse. Mas sabe o que eu acho? Sabe o que eu acho que está acontecendo, Mma?"

Mma Ramotswe olhou para ele, intrigada.

O rapaz continuou: "Acho que o sr. J. L. B. Matekoni parou de se importar com a oficina. Acho que ele está cheio disto aqui. Acho que quer transferir tudo para nós.

Depois, a intenção dele é ir lá para as terras dele e plantar melão. É um homem velho, já, Mma. Está cheio disto aqui".

Mma Ramotswe respirou fundo de novo. O descaramento da afirmação do garoto a deixara perplexa: que desplante daquele... daquele *inútil* daquele aprendiz, que só pensava em infernizar as moças que passavam em frente à oficina. O mesmo aprendiz que uma vez fora consertar um motor com martelo — o sr. J. L. B. Matekoni o pegara no pulo — tinha o despeito de falar que seu patrão estava pronto para se aposentar.

Levou bem um minuto para se recompor o suficiente e conseguir responder.

"Você é um jovem muito grosseiro", disse ela por fim. "O sr. J. L. B. Matekoni não perdeu o interesse por sua oficina. E não é um velho. Tem só quarenta e poucos anos, o que de modo algum faz dele um velho, não importa o que vocês achem. E, para concluir, ele não tem a menor intenção de transferir a oficina para vocês dois. Isso significaria o fim dos negócios dele. Entenderam bem?"

O mais velho buscou apoio com o colega, que estava de olhos fixos no chão.

"Entendi, sim, Mma. Desculpe."

"Acho bom mesmo se desculpar. E eis uma notícia fresquinha para vocês dois. O sr. J. L. B. Matekoni acabou de nomear uma pessoa para ser vice-gerente desta oficina. Essa pessoa vai começar em breve a trabalhar aqui, de modo que acho melhor vocês ficarem atentos."

Este último comentário provocou o efeito desejado no aprendiz mais velho, que soltou o pedaço de estopa que vinha segurando e olhou aflito para o colega.

"E quando é que ele começa?", perguntou todo nervoso.

"Ela começa na semana que vem", disse Mma Ramotswe.

"Ela? Uma mulher?"

"Exato", confirmou Mma Ramotswe, virando-se para sair. "É uma senhora chamada Mma Makutsi, e ela é muito severa com aprendizes. De modo que não haverá mais essa coisa de sentar por aí pelos cantos, jogando pedrinhas. Entenderam bem?"
Os aprendizes balançaram a cabeça, ambos com ar sombrio.
"Então, mãos à obra e tentem consertar aquele carro", ordenou Mma Ramotswe. "Vou passar por aqui daqui a algumas horas para ver em que pé vocês estão."
Voltou para a van e embarcou. Tinha conseguido dar a impressão de ser uma mulher muito decidida ao dar as ordens aos aprendizes, mas estava longe de se sentir decidida por dentro. Na verdade, achava-se extremamente preocupada. Pela sua experiência, quando as pessoas começavam a se comportar de modo estranho, diferente do habitual, era sinal de que havia algo de errado. O sr. J. L. B. Matekoni era um homem conscientioso ao extremo, e homens conscienciosos ao extremo não deixam os fregueses a ver navios, a menos que seja por um bom motivo. Mas que motivo seria esse? Alguma coisa relacionada com o iminente casamento deles? Teria mudado de idéia? Estaria querendo escapulir?

Mma Makutsi trancou a porta da Agência Nº 1 de Mulheres Detetives. Mma Ramotswe saíra mais cedo para ir até a oficina conversar com o sr. J. L. B. Matekoni. Ficara terminando as cartas que precisavam ser enviadas pelo correio. Aliás, nenhum pedido teria lhe parecido excessivo, tal sua alegria com a promoção e com a notícia do aumento de salário. Era quinta-feira e o dia seguinte seria dia de pagamento, mesmo que fosse receber conforme o antigo holerite. Compraria alguma coisa por antecipação, pensou — quem sabe um *doughnut* a caminho de casa. Ao voltar, sempre passava por uma pequena barraca que vendia *doughnuts* e outras guloseimas fritas, e o cheiro era tentador. Um *doughnut* grande custava dois pulas — uma guloseima cara, sobretudo quando se pensava em quanto custaria um jantar. A vida em Gaborone era cara; tudo parecia custar duas vezes mais do que custava em sua terra natal. No interior, dez pulas davam para muita coisa; em Gaborone, dez notas de um pula pareciam derreter na mão da gente.

Mma Makutsi alugava um quartinho de fundos numa casa numa travessa da avenida Lobatse. O cômodo era a metade de um pequeno barracão construído com tijolos vazados que dava para a cerca de trás e para uma viela sinuosa, freqüentada por cães de cara chupada. Os cães tinham uma ligação superficial com as pessoas que moravam nas casas, mas pareciam preferir a companhia de seus semelhantes, com quem vagavam em bandos de dois ou de três. Alguém devia dar comida para eles, se bem que a intervalos irregulares, porque as costelas estavam à mostra e eles escarafunchavam o tempo todo as latas de lixo em busca de restos de alimentos. Às vezes, quando Mma Makutsi deixava a porta aberta, um desses cachorros entrava e ficava olhando para ela com aqueles olhos sentidos e famintos, até ser enxotado. Essa talvez fosse uma indignidade ainda maior do que a que enfrentava no trabalho, quando as galinhas entravam no escritório e começavam a bicar seus pés.

Ela comprou o *doughnut* e comeu-o ali mesmo junto da barraca, lambendo o açúcar dos dedos ao terminar. Em seguida, estando a fome saciada, tomou o caminho de casa, a pé. Podia pegar o microônibus para voltar — era uma forma de transporte barata o suficiente —, mas gostava de caminhar sob o frescor do anoitecer e, em geral, não tinha a menor pressa de chegar em casa. Perguntava-se como estaria ele; se o dia fora bom ou se a tosse o teria cansado demais. Nos últimos dias, andara melhorzinho, embora já muito fraco, e ela conseguira dormir duas noites de sono ininterrupto.

O irmão fora morar com ela dois meses antes, percorrendo de ônibus o longo trajeto da cidade natal até Gaborone. Fora buscá-lo no terminal rodoviário, pegado à estação de trem, e por breves momentos olhara para o irmão sem reconhecê-lo. Da última vez que o vira, era um homem forte, até corpulento; e à sua frente estava alguém encurvado, magro, com uma camisa que dançava no peito. Ao perceber quem era, correra para ele; ao cumprimentá-lo, ficara chocada de ver que a mão estava quente, seca, com a pele toda rachada. Erguera a mala, embora o irmão tivesse tentado fazer isso sozinho, e carregara a bagagem até o ponto do microônibus que fazia a rota da avenida Lobatse.

Ao chegarem, ele fora direto para a esteira que Mma Makutsi colocara do outro lado do quarto. Ela havia estendido um arame de parede a parede e pendurado nele uma cortina, para dar ao irmão um pouco de privacidade, para criar a sensação de que ele possuía um lugar só para si, mas o tempo todo escutava a respiração difícil e muitas vezes acordava com os resmungos que ele soltava durante o sono.

"Você é uma boa irmã por me receber em sua casa", ele dissera. "E eu sou um homem de sorte por ter uma irmã como você."

Ela protestara, dizendo que não era trabalho algum, que gostava de tê-lo consigo e que ele poderia continuar morando com ela depois que melhorasse e encontrasse um trabalho em Gaborone, mas sabia que isso não iria acontecer. E ele também, ela tinha certeza disso, mas nem um nem outro falava sobre a doença cruel que ia acabando devagar com a vida dele, feito a estiagem que seca a paisagem.

Dessa vez, tinha boas notícias para dar. O irmão estava sempre muito interessado em ouvir o que se passava na agência, sempre pedia que ela lhe contasse todos os detalhes de seu dia de trabalho. Não conhecia Mma

Ramotswe — Mma Makutsi não queria que ela soubesse da doença do irmão —, mas tinha uma imagem muito clara de como era a detetive e interessava-se por ela.
"Qualquer dia vou conhecê-la. E então terei como agradecer pelo que fez por minha irmã. Se não fosse por ela, você jamais teria se tornado uma detetive assistente."
"Ela é uma boa mulher."
"Eu sei que é. Estou até vendo essa senhora simpática, com seu sorriso e suas gordas bochechas, tomando chá com você. Fico feliz só de imaginar isso."
Mma Makutsi lamentou não ter pensado em comprar um *doughnut* para ele, mas em geral o irmão não tinha o menor apetite e seria desperdício. A boca doía, segundo ele, e a tosse dificultava a ingestão de alimentos. Em geral, tomava apenas umas poucas colheradas de sopa que ela preparava no fogareiro a querosene, e mesmo isso ele às vezes tinha dificuldade de manter no estômago.
Havia mais alguém no quarto quando ela chegou em casa. Ouviu a voz estranha e, durante alguns instantes, temeu que algo terrível tivesse acontecido em sua ausência, mas ao entrar viu que a cortina fora puxada e que tinha uma senhora sentada numa banqueta dobrável, ao lado da esteira. Ao escutar barulho na porta, a senhora levantou-se e virou-se.
"Sou enfermeira do Hospital Anglicano", falou ela. "Vim ver seu irmão. Meu nome é irmã Baleje."
A enfermeira tinha um sorriso agradável e Mma Makutsi simpatizou imediatamente com ela.
"É muita bondade sua vir vê-lo", disse Mma Makutsi. "Eu escrevi aquela carta para que vocês soubessem que ele não está bem."
A enfermeira meneou a cabeça. "Agiu certo. Podemos passar de vez em quando para vê-lo. Podemos trazer comida, se precisar. Podemos fazer alguma coisa para ajudar, mesmo que não seja muito. Temos alguns remédios que podemos dar a ele. Não são muito fortes, mas ajudam um pouco."

Mma Makutsi agradeceu e baixou os olhos para o irmão.

"É a tosse que o incomoda mais. Isso é o pior, eu acho."

"Não é fácil", falou a enfermeira. Sentou-se no banquinho de novo e pegou na mão do irmão de Mma Makutsi. "Você precisa tomar mais água, Richard. Não pode deixar que a sede aumente muito."

Ele abriu os olhos e olhou para a irmã Balye, mas não disse nada. Não tinha certeza do motivo que a levara até ali, mas achou que talvez fosse uma amiga da irmã, ou quem sabe uma vizinha.

A enfermeira olhou para Mma Makutsi e fez-lhe um gesto para que se sentasse no chão, ao lado deles. Depois, ainda segurando a mão dele, debruçou-se e afagou com doçura seu rosto.

"Jesus, Nosso Senhor", disse ela, "que nos ajuda em nossos sofrimentos. Olhe para este pobre homem e tenha piedade dele. Faça com que seus dias sejam alegres. Faça com que seja feliz, pelo bem de sua boa irmã, que cuida dele na doença. E lhe dê paz no coração."

Mma Makutsi fechou os olhos, pousou a mão no ombro da enfermeira e assim ficaram, sentadas em silêncio ao lado dele.

4
UMA VISITA AO DR. MOFFAT

Na mesma hora em que Mma Makutsi sentou-se junto do irmão, Mma Ramotswe parou a pequenina van branca diante do portão da casa do sr. J. L. B. Matekoni, situada nas cercanias do antigo Clube da Força de Defesa de Botsuana. Sabia que ele estava em casa: o indefectível caminhão verde usado para tudo — apesar de ele ter um veículo bem melhor parado na oficina — estava estacionado na frente da porta, aberta por causa do calor. Mma Ramotswe deixou a van na rua, para não ter de ficar entrando e saindo do carro para abrir o portão, e para chegar à entrada passou por um punhado de plantas mirradas que o sr. J. L. B. Matekoni chamava de jardim.

"Ó de casa!", ela gritou da porta. "Tem alguém aí?"

Da sala de estar, veio uma voz. "Estou aqui, sim, Mma Ramotswe."

Mma Ramotswe entrou e a primeira coisa em que reparou foi no estado do chão do vestíbulo, empoeirado e sem brilho. Desde que a enfezada e desagradável empregada do sr. J. L. B. Matekoni, chamada Florence, fora presa por posse ilegal de arma, a casa vivia em bagunça. Ela o lembrara várias vezes de que seria preciso arrumar outra empregada, ao menos até o casamento, e ele prometera que iria cuidar do assunto. Mas não mexera uma palha e Mma Ramotswe acabara decidindo que teria simplesmente de levar a própria empregada lá qualquer hora e tentar fazer uma faxina geral na casa toda.

"Os homens são capazes de viver na maior bagun-

ça, se nós deixarmos", tinha comentado com uma amiga. "Não conseguem cuidar de uma casa nem de um quintal. Não sabem como fazer isso."
Atravessou o vestíbulo, a caminho da sala de estar. Ao entrar, o sr. J. L. B. Matekoni, que estivera deitado de comprido em seu confortável sofá, pôs-se de pé e tentou parecer menos desgrenhado.
"Que bom vê-la, Mma Ramotswe. Eu não a vejo há vários dias."
"É verdade. Talvez porque o senhor ande muito ocupado."
"Pois é", disse ele, sentando-se de novo. "Andei ocupadíssimo. Tem tanto trabalho para ser feito."
Ela não fez nenhum comentário, mas ficou observando enquanto ele falava. Havia alguma coisa errada; ela acertara.
"Muito trabalho na oficina?"
Ele encolheu os ombros. "Sempre tem muito trabalho na oficina. O tempo todo. As pessoas não param de chegar com carros e dizer faça isso, faça aquilo. Acham que eu tenho dez pares de mãos. Só pode ser isso que elas pensam."
"Mas o senhor não espera que elas levem o carro para consertar?", Mma Ramotswe perguntou com delicadeza. "Não é para isso que servem as oficinas?"
O sr. J. L. B. Matekoni olhou rapidamente para ela, depois encolheu os ombros de novo. "Talvez. Mas ainda assim tem trabalho demais."
Mma Ramotswe olhou em volta da sala e reparou na pilha de jornais no chão, assim como no pequeno monte do que lhe pareceram cartas por abrir sobre a mesa.
"Passei pela oficina. Esperava encontrá-lo lá, mas disseram que o senhor saiu mais cedo. Disseram que o senhor tem saído mais cedo nestes últimos dias."
O sr. J. L. B. Matekoni olhou para ela, depois desviou a vista para o chão. "Estou achando difícil ficar lá o dia

inteiro, com todo aquele serviço para fazer. Mas uma hora ele acaba sendo feito. Os dois rapazes estão lá. Eles conseguem."

Mma Ramotswe ficou pasma. "Aqueles dois? Aqueles seus aprendizes? Mas o senhor não vivia dizendo que eles eram uns inúteis, que não sabiam fazer nada? Como pode dizer agora que são capazes de fazer tudo o que precisa ser feito?"

O sr. J. L. B. Matekoni não respondeu.

"E então, sr. J. L. B. Matekoni?", insistiu Mma Ramotswe. "Qual é sua resposta para isso?"

"Eles acabam dando um jeito." A voz dele estava estranha, sem entonação. "Deixe que eles acabam dando um jeito."

Mma Ramotswe levantou-se. Não adiantava falar com ele, não enquanto estivesse naquele humor — que sem dúvida não parecia dos melhores. Talvez estivesse doente. Ouvira dizer que uma gripe podia deixar a pessoa num estado de grande letargia por uma, até duas semanas; talvez fosse essa a melhor explicação para o comportamento incomum. E, nesse caso, teria de esperar que sarasse.

"Falei com Mma Makutsi", ela disse, enquanto se preparava para ir embora. "Acho que ela já pode começar a trabalhar na oficina nos próximos dias. Eu dei a ela o título de vice-gerente. Espero que não se incomode."

A resposta dele a deixou sem ar.

"Vice-gerente, gerente, diretora executiva, ministra das oficinas. O que a senhora achar melhor. Não faz a menor diferença, faz?"

Mma Ramotswe não conseguiu pensar numa resposta que fosse adequada, de modo que se despediu e começou a se encaminhar rumo à porta.

"Ah, por falar nisso", disse o sr. J. L. B. Matekoni, quando ela já ia saindo, "estou pensando em dar um pulo nas terras, logo mais. Quero ver como está o plantio. Talvez fique por lá uns tempos."

Mma Ramotswe olhou-o nos olhos. "E nesse meio-tempo, o que acontece com a oficina?"

O sr. J. L. B. Matekoni soltou um suspiro. "A senhora dirige. A senhora e aquela sua secretária, a vice-gerente. Deixe que ela tome conta. Vai dar tudo certo."

Mma Ramotswe franziu os lábios. "Está bem. Nós ficamos cuidando da oficina, sr. J. L. B. Matekoni, até que esteja se sentindo melhor."

"Eu estou ótimo. Não se preocupe comigo. Estou ótimo."

Mma Ramotswe não foi direto para Zebra Drive, mesmo sabendo que os dois filhos adotivos estariam a sua espera em casa. Motholeli, a menina, já teria preparado a refeição da noite àquela altura, e para isso não precisava nem de muita supervisão nem de ajuda, apesar da cadeira de rodas. E o menino, Puso, que costumava ser bastante irrequieto, já teria gasto quase toda a energia e estaria pronto para tomar banho e ir para a cama, duas coisas que Motholeli podia providenciar sozinha.

Em vez de ir para casa, virou à esquerda na avenida Kudu e passou diante de vários prédios de apartamentos, até chegar à rua Odi, onde seu amigo, o dr. Moffat, morava. Fora ele quem cuidara de seu pai, nos tempos em que era diretor do hospital de Mochudi, e, sempre que Mma Ramotswe tinha algum problema, achava um tempinho para escutá-la. Conversara sobre Note com ele antes de falar com qualquer outra pessoa, e ele lhe dissera, com o máximo de doçura possível, que, pela sua experiência, homens como Note não mudavam nunca.

"Não espere que se torne um homem diferente", havia dito o médico. "Gente como ele raramente muda."

O dr. Moffat era um homem ocupado, ela não queria tomar muito o tempo dele, mas resolvera ver se estava em casa e se por acaso poderia lançar alguma luz no estranho comportamento do sr. J. L. B. Matekoni. Haveria alguma infecção estranha rondando, que deixava as pessoas cansadas e apáticas? E, se fosse esse o caso, quanto tempo, mais ou menos, isso iria durar?

O dr. Moffat acabara de chegar em casa. Recebeu Mma Ramotswe na porta e levou-a até o consultório.

"Estou preocupada com o sr. J. L. B. Matekoni", ela explicou. "Deixe-me contar como ele está."

O médico ouviu por alguns minutos, depois interrompeu-a.

"Acho que sei qual é o problema com ele. Existe uma doença chamada depressão. Uma doença diferente de todas as outras, e muito comum também. A mim, está parecendo que o sr. J. L. B. Matekoni talvez esteja deprimido."

"E tem tratamento?"

"Tem, e em geral é muito simples. Quer dizer, desde que seja mesmo depressão. Existem ótimos antidepressivos hoje em dia. Se tudo correr bem, e é muito provável que sim, em três semanas ele já deve começar a se sentir melhor, talvez até um pouco antes. Os comprimidos levam um certo tempo para agir."

"Eu vou dizer a ele que venha aqui imediatamente", disse Mma Ramotswe.

O dr. Moffat parecia não estar muito convencido. "Às vezes, as pessoas acham que não há nada errado com elas. Talvez ele não queira vir. Uma coisa é eu lhe dizer qual é a causa provável do problema; outra bem diferente é ele aceitar que precisa se tratar e vir me ver."

"Pode deixar que eu faço ele vir. Pode ter certeza disso. Garanto que ele virá procurá-lo."

O médico sorriu. "Tome cuidado, Mma Ramotswe. Essas coisas às vezes são espinhosas."

5
O HOMEM PÚBLICO

Na manhã seguinte, Mma Ramotswe estava na Agência Nº 1 de Mulheres Detetives antes de Mma Makutsi chegar. Fato incomum esse, porque, em geral, até ela estacionar sua pequenina van branca na porta, Mma Makutsi já teria aberto a correspondência e feito o chá. Contudo, aquele seria um dia difícil, e Mma Ramotswe precisava fazer uma lista dos afazeres inadiáveis.

"A senhora chegou bem cedo, Mma", disse Mma Makutsi. "Alguma coisa errada?"

Mma Ramotswe refletiu por alguns instantes. Em certo sentido, havia um bocado de coisas erradas, mas não queria desencorajar Mma Makutsi, de modo que disfarçou.

"Não, nada", disse. "É que nós temos de começar a nos preparar para a mudança. E também é preciso que a senhora vá dar uma ajeitada na oficina. O sr. J. L. B. Matekoni não está se sentindo muito bem e talvez se ausente por alguns dias. O que significa que a senhora, além de vice-gerente, terá de exercer a função de gerente interina. Na verdade, esse é seu novo título, a partir de agora."

Mma Makutsi abriu um sorriso imenso. "Farei o melhor possível como gerente interina. Prometo que a senhora não ficará decepcionada."

"Claro que não. Sei que é muito boa no que faz."

Durante os sessenta minutos seguintes, trabalharam num silêncio amistoso. Mma Ramotswe rascunhou sua lista de coisas por fazer, depois riscou alguns itens e acrescentou outros. O comecinho da manhã era a melhor hora para trabalhar, sobretudo na estação mais quente. Nos meses de calor, antes da chegada das chuvas, a temperatura subia muito no decorrer do dia, até que o próprio céu dava a impressão de esbranquiçar. No frescor da manhã, quando o sol mal aquecia a pele e o ar ainda era ameno, qualquer tarefa parecia possível; depois, sob o calorão do dia, tanto o corpo como a mente ficavam lerdos. Era fácil raciocinar pela manhã — redigir listas de coisas por fazer —, depois as pessoas só conseguiam pensar no final do dia, horário em que o calor começava a abrandar. Esse era o único defeito de Botsuana, pensou Mma Ramotswe. Ela sabia que o país era perfeito — todos os botsuanos sabiam disso —, mas seria ainda mais perfeito se os três meses mais quentes do ano pudessem ser um pouco menos quentes.

Às nove horas, Mma Makutsi preparou um chá de *rooibos* para Mma Ramotswe e um chá comum para si. Mma Makutsi tentara se acostumar ao chá de *rooibos*, chegara inclusive a ingeri-lo numa demonstração de lealdade à patroa, durante os primeiros meses de emprego, mas acabara tendo de confessar que não gostava do sabor. Dali em diante, passaram a usar dois bules de chá, um para ela, outro para Mma Ramotswe.

"É muito forte", dissera Mma Makutsi. "E, para mim, tem cheiro de rato."

"Tem nada", protestara Mma Ramotswe. "Este chá é para quem gosta de fato de chá. Chá comum é para qualquer um."

O trabalho parava na hora do chá. Por tradição, aquele era um momento para as pessoas se colocarem a par dos mexericos e outras amenidades, nunca para tratar de assuntos mais profundos. Mma Makutsi pediu notícias do sr. J. L. B. Matekoni e obteve um relatório muito breve do encontro pouco satisfatório que Mma Ramotswe tivera com ele.

"Parece até que ele perdeu o interesse por tudo", ela falou. "Eu podia ter dito a ele que a casa estava pegando fogo que ele provavelmente não teria dado a menor importância ao fato. Foi muito estranho."

"Já vi gente assim", disse Mma Makutsi. "Tenho uma prima que foi mandada para aquele hospital em Lobatse. Fui visitá-la lá. Havia um bocado de gente internada, todo mundo só sentado, olhando o nada. E também havia gente gritando com as visitas, gritando coisas esquisitas, sem sentido."

Mma Ramotswe franziu o cenho. "Aquele hospital é para loucos. O sr. J. L. B. Matekoni não está ficando louco."

"Claro que não", Mma Makutsi apressou-se em dizer. "Ele jamais enlouqueceria. Claro que não."

Mma Ramotswe sorvia seu chá. "Mas eu ainda tenho que convencê-lo a ir ver o médico. Me contaram que eles têm como curar esse tipo de comportamento. Chama-se depressão. Existem comprimidos que a pessoa pode tomar."

"Isso é bom", disse Mma Makutsi. "Ele vai melhorar. Tenho certeza que sim."

Mma Ramotswe entregou sua caneca para que Mma Makutsi a enchesse de novo. "E como vai o pessoal lá de Bobonong?", perguntou. "Estão todos bem na família?"

Mma Makutsi despejou o chá de um vermelho intenso na caneca. "Estão todos muito bem, obrigada, Mma."

Mma Ramotswe suspirou. "Acho que deve ser bem mais tranqüilo viver em Bobonong do que aqui em Gaborone. Aqui temos todos esses problemas em que pensar, mas em Bobonong não tem nada. Só uma montoeira de pedras." E nessa altura interrompeu-se. "Claro que é um lugar excelente, Bobonong. Um lugar muito bom."

Mma Makutsi riu. "A senhora não precisa ser polida para falar de Bobonong. Eu mesma rio de lá. Não é um lugar bom para todo mundo. E eu não gostaria de voltar, agora que vi como é viver em Gaborone."

"Seria um desperdício a senhora voltar para lá. De que adianta ter um diploma do Centro de Formação de Secretárias de Botsuana num lugar como Bobonong? As formigas dariam cabo dele."

Mma Makutsi deu uma olhada para a parede onde estava pendurado seu diploma do Centro de Formação de Secretárias. "Precisamos nos lembrar de levar isso para o novo escritório, quando mudarmos. Eu não gostaria de deixá-lo aqui."

"Claro que não", disse Mma Ramotswe, que não tinha diplomas. "Esse diploma é importante para os clientes. Dá a eles mais confiança."

"Obrigada", agradeceu Mma Makutsi.

Terminado o intervalo do chá, Mma Makutsi foi lavar as xícaras na torneira dos fundos e justamente quando voltava para a sala o cliente chegou. Era o primeiro cliente em mais de uma semana e nenhuma das duas estava preparada para receber o homem alto e forte que bateu na porta conforme as regras de boas maneiras vigentes em Botsuana, aguardando educadamente ser convidado a entrar. Tampouco estavam preparadas para o fato de ele ter chegado de chofer uniformizado num Mercedes Benz com chapa oficial do governo.

"A senhora sabe quem eu sou, Mma?", ele perguntou, enquanto aceitava o convite para se sentar numa cadeira em frente à escrivaninha de Mma Ramotswe.

"Claro que sei, Rra", respondeu Mma Ramotswe cortesmente. "O senhor é alguma coisa do governo. O senhor é um Homem Público. Já o vi nos jornais várias vezes."

O Homem Público fez um gesto impaciente com a mão. "Sim, tem esse lado, claro. Mas a senhora sabe quem eu sou quando não estou agindo como um Homem Público?"

Mma Makutsi tossiu com toda a educação e o Homem Público virou-se de lado para olhá-la.

"Esta é minha assistente", explicou Mma Ramotswe. "Ela sabe muitas coisas."

"O senhor também é parente de um chefe", disse Mma Makutsi. "Seu pai é um primo da família. Sei disso porque também venho daquelas bandas."

O Homem Público sorriu. "É verdade."

"E sua mulher", continuou Mma Ramotswe, "é parente do rei do Lesoto, se não me engano. Vi uma foto dela também."

O Homem Público soltou um pequeno assobio. "Ora, vejam só! Eu vim parar no lugar certo, sem dúvida. As senhoras parecem estar a par de tudo."

Mma Ramotswe meneou a cabeça para Mma Makutsi e sorriu. "Nosso negócio é estar a par das coisas", ela disse. "Um detetive particular que não está a par de tudo não serve para nada. Informação, é com isso que nós lidamos. É o nosso trabalho. Assim como o seu é dar ordens aos funcionários públicos."

"Não é só dar ordens", rebateu o Homem Público, com uma certa irritação. "Eu também tenho que elaborar planos de ação. Tenho que tomar decisões."

"Claro", disse Mma Ramotswe, mais que depressa. "Deve dar um trabalhão ser Homem Público."

O Homem Público concordou balançando a cabeça. "Não é brincadeira. E não fica nem um pouco melhor quando a gente está preocupado com outras coisas. Tenho acordado todas as noites por volta das duas, três da madrugada, e minhas preocupações me fazem sentar na cama. Depois, não durmo mais e, quando vou tomar decisões pela manhã, minha mente está zonza e não consigo pensar. É isso que ocorre quando a pessoa vive preocupada."

Mma Ramotswe sabia que estavam começando a chegar ao porquê de ele ter ido consultá-la. E era mais fácil chegar lá deixando que o cliente se aproximasse do assunto de forma indireta do que desfechar um interrogatório direto. Parecia-lhe menos grosseiro permitir que a questão fosse abordada desse modo.

"Nós podemos ajudar a diminuir as preocupações. Às vezes, conseguimos até fazê-las desaparecer por completo."
"Foi o que me contaram. As pessoas dizem que a senhora realiza verdadeiros milagres. Ouvi dizer isso."
"O senhor é muito gentil, Rra."
Mma Ramotswe ficou em silêncio por alguns instantes, repassando mentalmente as várias possibilidades. Era bem provável que se tratasse de um caso de infidelidade, o mais comum dos problemas para a maioria dos clientes que a consultava, sobretudo se, como no caso do Homem Público, fossem pessoas muito ocupadas, com empregos que as obrigavam a passar muitas horas fora de casa. Ou talvez fosse algo político, e isso seria terreno novo para ela. Não entendia nada sobre o funcionamento dos partidos políticos, a não ser que havia um bocado de intriga no meio. Tinha lido tudo a respeito dos presidentes norte-americanos e das dificuldades surgidas com esse e aquele escândalo, com mulheres, arrombadores e por aí afora. Seria possível que houvesse coisa semelhante em Botsuana? Dificilmente. E, se houvesse, preferiria não se envolver. Não conseguia se imaginar em situações que exigissem encontros com informantes em cruzamentos escuros a altas horas da noite, ou conversas com jornalistas sussurradas em torno de mesas de bar. Por outro lado, Mma Makutsi poderia gostar da oportunidade...

O Homem Público ergueu a mão, como a exigir silêncio. O gesto foi imperioso, porém ele era o herdeiro de uma família muito bem relacionada e talvez esse tipo de coisa estivesse no sangue.

"Presumo que posso falar em absoluto sigilo", ele disse, dando uma olhada rápida para Mma Makutsi.

"Minha assistente é discretíssima. Pode confiar nela."

O Homem Público estreitou a vista. "Tomara. Eu sei como são as mulheres. Elas gostam de falar."

Os olhos de Mma Makutsi arregalaram-se de indignação.

"Posso lhe garantir, Rra", disse Mma Ramotswe, em tom frio, "que a Agência Nº 1 de Mulheres Detetives se rege pelo mais rigoroso princípio de confidencialidade. O mais rigoroso. E isso vale não só para mim, mas também para aquela senhora sentada ali, Mma Makutsi. Se tem alguma dúvida quanto a isso, então seria mais apropriado procurar outra agência de detetives. Não temos nenhuma objeção." Fez uma breve pausa. "E tem mais uma coisa, Rra. Fala-se muito pelo país todo, e grande parte dessa conversa fiada, na minha opinião, é feita por homens. As mulheres em geral estão ocupadas demais para ficar batendo papo."

Juntou as mãos sobre a escrivaninha. O que dissera não tinha volta e ela não se espantaria se o Homem Público virasse as costas e fosse embora. Um homem na posição dele não devia estar acostumado a ver os outros lhe falarem daquele jeito e seria de presumir que não aceitaria aquilo de muito bom grado.

Por um momento, o Homem Público não disse nada, limitando-se a fitar Mma Ramotswe.

"Pois é", falou por fim. "Pois é. A senhora tem toda a razão. Desculpe ter sugerido que não seria capaz de guardar um segredo." Em seguida, virando-se para Mma Makutsi, acrescentou: "Sinto muito ter insinuado isso a seu respeito, Mma. Não foi uma boa coisa de dizer".

Mma Ramotswe sentiu que a tensão se desfazia. "Ótimo", falou. "Agora, por que não nos conta quais são suas preocupações? Minha assistente vai ferver a água. O senhor prefere chá de *rooibos* ou chá comum?"

"*Rooibos*", disse o Homem Público. "É bom para preocupações, eu acho."

"Como a senhora já sabe quem eu sou, não preciso começar do começo, ou pelo menos não lá do comecinho de tudo. A senhora sabe que sou filho de um ho-

mem importante. Isso a senhora sabe. E sabe também que sou o primogênito, o que significa que terei de ser o chefe da família quando Deus chamar meu pai para ir ter com Ele. Oxalá isso ainda leve muito tempo.
"Tenho dois irmãos. Um sofre de algum problema na cabeça e não fala com ninguém. Nunca falou com ninguém e nunca se interessou por nada, desde pequeno. De modo que nós o mandamos tomar conta de um posto de gado e ele está feliz onde está. Fica por lá o tempo todo e não causa o menor problema. Gosta de contar as cabeças de gado e, quando termina de contá-las, começa de novo. Isso é tudo que quer fazer na vida, mesmo já estando com trinta e oito anos.
"E tem também meu outro irmão. É bem mais novo que eu. Estou com cinqüenta e quatro anos, e ele tem só vinte e seis. É filho de outra mãe. Meu pai é antiquado e casou-se com duas mulheres. A mãe dele é a esposa mais nova. Há também muitas irmãs mulheres — tenho nove irmãs de diversas mães, sendo que muitas delas estão casadas e têm filhos também. De maneira que somos uma família grande, mas pequena em termos de filhos importantes do sexo masculino. Na verdade, somos apenas eu e esse irmão de vinte e seis anos. Ele se chama Mogadi.
"Gosto bastante desse irmão. Como sou bem mais velho, lembro-me perfeitamente dele quando bebê. Depois que cresceu um pouco, ensinei-lhe muitas coisas. Mostrei-lhe como encontrar lagartas mopanes. Mostrei-lhe como pegar as aleluias quando elas saem de seus buracos, com as primeiras chuvas. Ensinei-lhe o que se pode comer no mato e o que não se deve tocar.
"Aí, um belo dia, ele salvou minha vida. Estávamos no posto de gado onde nosso pai cria uma parte dos bois. Havia alguns basarvas lá, porque esse posto de meu pai não fica muito longe da região deles, no deserto do Kalahari. É um lugar muito seco, mas tem um moinho de vento que meu pai mandou instalar para bombear água

para os bois. Tem muita água subterrânea ali, e com um gosto excelente. Os basarvas gostavam de ir beber daquela água quando estavam vagando por lá; costumavam fazer uns servicinhos para meu pai em troca de um pouco do leite das vacas e, se estivessem com sorte, um pouco de carne também. Gostavam de meu pai porque nunca apanhavam dele; existe muita gente que gosta de açoitar o lombo dos basarvas com *sjamboks*. Nunca endossei o espancamento dessa gente, nunca.

"Eu levava meu irmão para ver um grupo de basarvas que estavam morando debaixo de uma árvore ali por perto. Os basarvas faziam uns estilingues muito bons com couro de avestruz e eu queria dar um a meu irmão. Estávamos levando um pouco de carne para oferecer a eles, em troca do estilingue. Pensei que talvez também pudessem nos dar um ovo de avestruz.

"As chuvas tinham acabado de terminar e havia capim novo e flores. A senhora sabe como fica tudo por lá, depois que caem as primeiras chuvas. A terra de repente amacia e surgem flores, muitas flores, por toda parte. É muito lindo e, por uns tempos, a gente se esquece de como pode ser quente e seca a região. Caminhávamos por uma trilha de boi, eu na frente e meu irmãozinho logo atrás de mim. Ele levava uma vara comprida, que ia arrastando pelo mato. Eu me sentia muito feliz de estar ali, com meu irmão caçula, e com aquele capim novo que faria engordar o gado outra vez.

"De repente meu irmão me chamou e eu parei. E lá estava ela, do nosso lado, sobre o capim — uma cobra com a cabeça levantada do chão e a boca escancarada, silvando. Era uma cobra grande, o comprimento dela devia ser o equivalente a minha altura, e se erguera a coisa de um metro do chão. Eu vi na hora que tipo de cobra era aquela e meu coração parou.

"Fiquei muito quieto, porque sabia que qualquer movimento podia levar a cobra a me atacar e ela estava assim de mim. Bem pertinho mesmo. A cobra me olhava, com aqueles olhos raivosos que toda *mamba* tem, e eu achava que ela iria me morder e que não havia nada que eu pudesse fazer.

"Naquele momento, escutei um barulho de alguma coisa raspando e vi que meu irmãozinho caçula, que só tinha uns onze ou doze anos na época, estava empurrando a ponta da vara pelo chão, para aproximá-la da cobra. Ela mexeu a cabeça e, antes que pudéssemos entender o que ocorrera, já dera o bote na ponta do pau. Com isso, tive tempo de virar, pegar meu irmão no colo e correr pela trilha. A cobra simplesmente sumiu. Havia mordido o pedaço de pau, podia ter quebrado uma presa. Não sei ao certo o que houve, só sei que preferiu não ir atrás de nós.

"Ele salvou minha vida. A senhora sabe muito bem, Mma, o que acontece com alguém mordido por uma *mamba*. A pessoa não tem a menor chance. De modo que, daquele dia em diante, eu sabia que devia minha vida àquele meu irmão caçula.

"Isso foi há catorze anos. Hoje em dia, não caminhamos mais pelo mato com muita freqüência, mas ainda gosto bastante de meu irmão e foi por isso que fiquei muito triste quando ele veio me ver aqui em Gaborone e me contou que ia se casar com uma estudante universitária. Estava cursando ciências exatas quando conheceu essa moça de Mahalapye. Sei quem é o pai dela, porque ele é servidor num de nossos ministérios. De vez em quando eu o vejo sentado embaixo das árvores, junto com outros servidores, na hora do almoço, e agora ele deu de me acenar toda vez que vê meu carro passar. No começo eu acenava de volta, mas não me dou mais ao trabalho. Por que eu haveria de me ver na obrigação de acenar o tempo todo para esse servidor? Só porque a filha dele conheceu meu irmão?

"Meu irmão está morando na fazenda que temos no

norte de Pilane. Ele administra tudo muito bem e meu pai está satisfeitíssimo com o que anda fazendo por lá. Meu pai, na verdade, deu a fazenda para ele, e agora o dono é ele. O que o torna um homem bem de vida. Tenho uma outra fazenda, que também era de meu pai, de modo que não tenho ciúmes disso. Mogadi casou-se com essa moça faz uns três meses e ela se mudou para a sede que temos lá. Meu pai e minha mãe também moram na sede. Minhas tias passam boa parte do ano com eles. É um casarão enorme e tem lugar para todo mundo.

"Minha mãe não queria que essa mulher se casasse com meu irmão. Disse que ela não daria uma boa esposa e que só traria infelicidade para a família. Também achei que não era boa idéia, mas, no meu caso, apenas porque acredito saber muito bem por que ela se casou com ele. E ela não se casou com ele porque o amava, nem nada parecido; o que eu acho é que foi incentivada pelo pai a se casar com meu irmão porque ele é de uma família rica e importante. Nunca hei de me esquecer, Mma, a forma como o pai dela olhou para a casa, quando foi falar do casamento com meu pai. Os olhos dele estavam arregalados de cobiça, era como se fosse possível enxergá-lo somando os valores de tudo. Chegou inclusive a perguntar a meu irmão quantas cabeças de gado ele tinha — isso de um homem que não deve ter nem um boi de seu!

"Aceitei a decisão de meu irmão, mesmo achando que não era boa, e tentei receber da melhor maneira que pude a sua nova mulher. Mas não foi fácil. Isso porque, durante o tempo todo, deu para perceber que ela tramava para pôr meu irmão contra a família. Está óbvio que ela quer que minha mãe e meu pai saiam da casa e hostiliza abertamente minhas tias. A casa se tornou um lugar em que há uma vespa encurralada, sempre zumbindo e tentando picar os outros.

"Só isso já seria ruim o suficiente, eu suponho, mas depois aconteceu uma coisa que me deixou ainda mais preocupado. Eu estava visitando a área, algumas semanas atrás, e dei um pulo até a casa de meu irmão. Quando cheguei, me informaram que ele não estava passando bem. Entrei no quarto e lá estava ele, deitado, segurando o estômago. Tinha comido alguma coisa muito ruim, ele me disse; talvez fosse carne estragada.

"Perguntei a ele se havia consultado um médico e ele respondeu que não era caso para tanto. Que iria melhorar logo, mesmo que naquela hora não estivesse se sentindo lá muito bem. Em seguida fui falar com minha mãe, que estava sozinha na varanda.

"Ela me chamou para sentar a seu lado e, depois de se certificar de que não havia ninguém em volta, contou o que lhe passava pela cabeça.

"'Essa nova esposa de seu irmão está tentando acabar com ele', ela disse. 'Vi quando ela entrou na cozinha, antes que a refeição fosse servida. Eu vi com estes olhos. E avisei para ele não comer mais, porque achei que aquilo estava podre. Se eu não tivesse dito isso, ele teria comido o prato todo e teria morrido. Ela está tentando envenená-lo.'

"Perguntei a ela por que a moça faria uma coisa dessas. 'Pois se acabou de se casar com um belo marido rico', falei, 'por que haveria de querer se ver livre dele tão cedo?'

"Minha mãe deu risada. 'Porque ela será muito mais rica como viúva do que como esposa. Se ele morrer antes de terem filhos, ficará tudo para ela. Seu irmão já fez o testamento. Esta fazenda, esta casa, tudo. E assim que ela estiver de posse disso poderá nos atirar fora, junto com todas as suas tias. Mas antes ela precisa matá-lo.'

"De início achei a história ridícula, mas, quanto mais eu ponderava a respeito, mais eu percebia existir um motivo muito óbvio para aquela mulher fazer isso; vi que bem poderia ser verdade. Não posso falar diretamente com meu irmão, porque ele se recusa a escutar qualquer coisa que deponha contra a mulher, de modo que achei melhor procurar alguém de fora da família para cuidar do assunto e verificar o que está acontecendo."

Mma Ramotswe ergueu a mão para interrompê-lo. "Temos a polícia, Rra. Isto está me parecendo coisa para a polícia. Eles estão acostumados a lidar com envenenadores e gente dessa laia. Nós não somos esse tipo de detetives. Ajudamos as pessoas que têm algum problema na vida. Não estamos aqui para solucionar crimes."

Enquanto falava, Mma Ramotswe notou a crista caída de Mma Makutsi. Sabia que a assistente tinha uma visão diferente do papel que exerciam as duas; e era essa a diferença, pensou Mma Ramotswe, entre quase quarenta e vinte e oito anos. Aos quase quarenta — ou até mesmo quarenta, se alguém quiser ser meticuloso com as datas — não se está mais à cata de emoções; aos vinte e oito, se houver alguma emoção dando sopa, então que venha. Mma Ramotswe entendia isso, claro. Ao se casar com Note Mokoti, ansiava pelo glamour que viria com o fato de ser mulher de um músico conhecido, de um homem que fazia as pessoas virarem a cabeça todas as vezes que entrava num lugar, de um homem que parecia exalar na própria voz a fragrância dos acordes palpitantes de jazz que tirava de seu reluzente trompete Selmer. Quando o casamento acabou, após um período miseravelmente breve, deixando como marco apenas aquela lápide triste e diminuta assinalando a curta vida do bebê prematuro que tiveram, Mma Ramotswe ansiara por uma vida de estabilidade e ordem. Certamente não estava atrás de emoções e, de fato, Clovis Andersen, autor de sua bíblia profissional, *Os princípios da investigação particular*, dizia com toda a clareza já na página dois do livro, se é que não era na primeira página mesmo, que todo aquele que se tornasse detetive particular na esperança de obter uma vida mais emocionante podia ir tirando o cavalinho da chuva, porque não era essa a natureza do trabalho de investigação. *Nossa tarefa*, ele escrevera num parágrafo que ficara impresso na memória de Mma Ramotswe e que ela repetira do começo ao fim para Mma Makutsi, ao contratá-la, *é ajudar as pessoas que precisam resolver questões não resolvidas em suas vidas. Há pouquíssimo drama em nossa profissão; o que há, isso sim, é um processo de observação paciente, de dedução e de análise. Somos vigias sofisticados, vigiando e relatando; não existe nada de romântico em nosso serviço, e aqueles que estão atrás de romance deveriam largar este manual, nesta página, e procurar outra coisa para fazer.*

Os olhos de Mma Makutsi tinham ficado vidrados ao ouvir Mma Ramotswe citar essa passagem. Estava muito óbvio, mesmo então, que ela via o serviço de um jeito diferente. E nesse momento, com ninguém menos do que o Homem Público sentado à frente delas, falando sobre intrigas de família e possíveis envenenamentos, Mma Makutsi achava que enfim lá estava uma investigação que permitiria a elas abocanhar algo que valeria de fato a pena. E, bem quando surgia a chance, Mma Ramotswe parecia decidida a abrir mão do cliente!

O Homem Público fitava Mma Ramotswe. A interrupção dela o deixara irritado e ele parecia estar fazendo um grande esforço para controlar seu desprazer. Mma Makutsi reparou que seu lábio superior tremeu de leve enquanto ele escutava.

"Eu não posso procurar a polícia", ele disse, lutando para manter a voz normal. "O que eu vou dizer à polícia? Eles vão me pedir alguma prova, mesmo de mim. Vão dizer que não podem pura e simplesmente entrar numa casa e prender uma mulher que sem dúvida dirá que não fez nada, e com o marido do lado, ainda por cima, berrando *Esta mulher não fez nada. Do que é que vocês estão falando?*"

Calou-se e olhou para Mma Ramotswe como se tivesse acabado de expor seu lado do caso.

"E então?", disse ele, de repente. "Se eu não posso procurar a polícia, então a coisa se torna tarefa para um detetive particular. É para isso que vocês servem, não é verdade? É ou não é, Mma?"

Mma Ramotswe não fugiu do olhar do Homem Público, o que por si só já era um gesto de afirmação. Na sociedade tradicional, jamais poderia ter olhado tão fixo nos olhos de um homem na posição dele. Teria sido de extrema grosseria fazer isso. Mas os tempos eram outros, e ela, cidadã da moderna República de Botsuana, onde havia uma Constituição que garantia a dignidade de todos os cidadãos, de detetives mulheres inclusive. A Constituição entrara em vigor a partir daquele dia, em 1966, em que a bandeira britânica fora arriada, no estádio de esportes, e aquela maravilhosa bandeira azul fora hasteada, diante de uma multidão ululante. Era um recorde que país nenhum na África, nenhum, possuía. E ela era, afinal de contas, Preciosa Ramotswe, filha do falecido Obed Ramotswe, um homem cuja dignidade e cujo valor eram iguais aos de qualquer outro homem, fosse ele de uma família de peso ou não. Ele tinha sido capaz de olhar no olho de qualquer pessoa até o dia de sua morte, e ela deveria ser capaz de fazer o mesmo.

"Sou eu que decido se aceito ou não um caso, Rra. Não posso ajudar todo mundo. Tento ajudar as pessoas o quanto posso, mas, se não posso fazer uma coisa, então peço desculpas e digo que não posso ajudar a pessoa. É assim que nós trabalhamos na Agência Nº 1 de Mulheres Detetives. No que se refere ao senhor, não vejo como poderemos descobrir aquilo que precisamos descobrir. Esse é um problema de família. Não vejo como uma estranha conseguiria descobrir alguma coisa que ajudasse a desvendar o caso."

O Homem Público permaneceu calado. Deu uma olhada rápida para Mma Makutsi, mas depois baixou os olhos.

"Entendo", disse após um tempinho. "Acho que a senhora não quer me ajudar, Mma. E isso é muito triste para mim." Calou-se de novo por mais alguns momentos, depois prosseguiu: "Tem licença para exercer este trabalho, Mma?".

Mma Ramotswe levou um susto. "Licença? Existe alguma lei que exija licença para ser detetive particular?"

O Homem Público sorria, mas os olhos estavam gelados. "Provavelmente não. Não verifiquei ainda. Mas talvez haja. Regulamentos, a senhora sabe como são essas coisas. Nós temos que regular as atividades empresariais. É por isso que impusemos licença para vendedor ambulante e licença para comerciante, as quais podemos tomar de volta quando as pessoas não servem para vendedor ambulante ou negociante. A senhora sabe como funcionam essas coisas."

Foi Obed Ramotswe quem respondeu; Obed Ramotswe, pelos lábios da filha, sua Preciosa.

"Não estou ouvindo o que o senhor diz, Rra. Não estou ouvindo."

Mma Makutsi de repente mexeu de forma ruidosa nos papéis que tinha sobre a mesa.

"Claro que a senhora tem razão, Mma", interveio ela. "Não dá para ir até lá e simplesmente perguntar àquela mulher se ela por acaso planeja matar o marido. Isso não daria certo."

"Não", concordou Mma Ramotswe. "E é por isso que não podemos fazer nada neste caso."

"Por outro lado", Mma Makutsi apressou-se em acrescentar, "eu tenho uma idéia. Acho que sei como isso poderia ser feito."

O Homem Público torceu o corpo para olhar Mma Makutsi de frente.

"Qual é sua idéia, Mma?"

Mma Makutsi engoliu em seco. Seus óculos imensos pareciam luzir com a força do brilho de sua idéia.

"Bem", começou. "É importante entrar na casa e escutar o que as pessoas ali estão dizendo. É importante observar aquela mulher que planeja fazer uma coisa tão má. É importante olhar no coração dela."

"Exato", disse o Homem Público. "É isso que eu quero que as senhoras façam. Que olhem dentro daquele coração e encontrem o mal. Depois vocês erguerão uma tocha iluminada diante daquele mal e dirão a meu irmão: *Veja! Veja o mau coração de sua mulher. Veja como ele é ardiloso, como fica tramando coisas o tempo todo!*"

"Não seria assim tão simples", interveio Mma Ramotswe. "A vida não é assim tão simples. Não mesmo."

"Por favor, Mma", disse o Homem Público. "Vamos escutar o que tem a nos dizer esta inteligente mulher de óculos. Ela tem idéias muito boas."

Mma Makutsi ajustou os óculos e prosseguiu: "Existem criados na casa, não?".

"Cinco", informou o Homem Público. "E há também os empregados que cuidam das terras. Homens que cuidam do gado. E também os velhos empregados de meu pai. Eles não podem mais trabalhar, mas ficam sentados ao sol, na frente da casa, e meu pai os alimenta bem. Estão todos muito gordos."

"Pois então", disse Mma Makutsi. "Uma empregada doméstica vê tudo. É ela quem arruma a cama do marido e da mulher, não é verdade? A cozinheira vê o que entra no estômago da família. Os empregados estão o tempo todo ali, observando, vigiando. E falando com as outras empregadas. As empregadas sabem tudo."

"Então está propondo ir até lá conversar com as empregadas?", perguntou o Homem Público. "Mas será que elas vão se abrir com a senhora? Será que não vão ficar com medo de perder o emprego? Eu acho que vão, acho que elas vão negar tudo, vão dizer que não está acontecendo nada e pronto."

"Mas Mma Ramotswe sabe como conversar com as pessoas", argumentou Mma Makutsi. "As pessoas conversam com ela. Eu já vi. Será que o senhor não daria um jeito de ela passar alguns dias na casa de seu pai? Será que não dá para providenciar isso?"

"Claro que dá", disse o Homem Público. "Posso dizer a meus pais que há uma mulher que me prestou um favor político. Que ela precisa se ausentar de Gaborone por alguns dias por causa de uns probleminhas por aqui. Eles vão recebê-la."

Mma Ramotswe deu uma olhada rápida para Mma Makutsi. Não cabia a sua assistente fazer sugestões do gênero, ainda mais quando o resultado da interferência era obrigá-la a embarcar num caso que não tivera a menor intenção de assumir. Precisava trocar algumas palavrinhas com Mma Makutsi a respeito desse assunto, mas não iria constrangê-la na frente desse homem de modos autocráticos, tão cheio de orgulho. Aceitaria o caso, não porque as ameaças pouco veladas tivessem surtido efeito — a isso ela reagira com toda a clareza, ao dizer que não estava ouvindo o que ele dizia —, mas porque lhe fora apresentada uma forma de descobrir o que precisava ser descoberto.

"Muito bem, então. Nós vamos pegar o caso, Rra. Não por causa de alguma coisa que o senhor tenha me dito, sobretudo as coisas que eu não ouvi." Mma Ramotswe fez uma breve pausa, para que o efeito de suas palavras fosse sentido. "Mas decidirei como agir só quando estiver lá. O senhor não deve interferir."

O Homem Público meneou a cabeça entusiasmado. "Isso é ótimo, Mma. Estou muito satisfeito com esse arranjo. E desculpe se eu disse coisas que não deveria ter dito. A senhora há de compreender que meu irmão é muito importante para mim. Eu não teria dito nada, não fosse o receio que tenho por ele. É só isso."

Mma Ramotswe olhou para seu interlocutor. De fato, ele amava o irmão. Não devia ser fácil vê-lo casado com uma mulher de quem desconfiava tanto. "Eu já me esqueci do que foi dito, Rra. Não precisa se preocupar."

O Homem Público pôs-se de pé. "Então a senhora começa amanhã? Vou providenciar tudo."

"Não. Começo daqui a alguns dias. Tenho muitos afazeres aqui em Gaborone antes disso. Mas não se preocupe, porque, se houver algo que possa ser feito por seu pobre irmão, eu o farei. Depois que pegamos um caso, nós não nos descuidamos mais dele. Eu lhe prometo isso."

O Homem Público debruçou-se sobre a escrivaninha e pegou a mão dela na dele. "A senhora é uma mulher muito boa, Mma. O que dizem a seu respeito é verdade. Cada palavra que ouvi."

Depois virou-se para Mma Makutsi. "E a senhora, Mma. A senhora é muito inteligente. Se algum dia chegar à conclusão de que se cansou da carreira de detetive particular, venha trabalhar para o governo. Ele precisa de mulheres como a senhora. A maioria das mulheres que temos trabalhando conosco não serve. Elas só querem saber de esmaltar as unhas. Eu já vi. A senhora trabalharia com afinco, acredito."

Mma Ramotswe estava prestes a dizer alguma coisa, mas o Homem Público já se encaminhava para a porta. Da janela, as duas viram o motorista abrir elegantemente a porta do carro e batê-la em seguida.

"Se algum dia eu fosse trabalhar para o governo", disse Mma Makutsi, acrescentando mais do que depressa, "e eu não estou dizendo que vou, claro. Mas eu me pergunto, se eu fosse, quanto tempo levaria até eu ter um carro como esse, com chofer e tudo."

Mma Ramotswe riu. "Não acredite em tudo o que ele diz. Homens assim fazem muita promessa. Ele é um homem muito burro. E muito orgulhoso também."

"Mas estava dizendo a verdade sobre a mulher do irmão, não estava?" perguntou Mma Makutsi, ansiosamente.

"É provável. Não acho que tenha inventado essa história. Mas lembre-se do que diz Clovis Andersen. Toda história tem dois lados. Até agora, só ouvimos um deles. O lado burro."

* * *

A vida estava ficando complicada, pensou Mma Ramotswe. Acabara de aceitar um caso que podia não ser nem um pouco simples e que a obrigaria a se afastar de Gaborone por uns dias. Isso, por si só, já era problemático o suficiente, mas a situação toda tornava-se bem mais difícil com o sr. J. L. B. Matekoni e a Tlokweng Road Speedy Motors para cuidar. Sem falar na questão das crianças; agora que se haviam instalado em sua casa em Zebra Drive, ela teria de estabelecer algum tipo de rotina para os dois. Rose, sua empregada, era uma grande ajuda nesse aspecto, mas não daria para ela arcar com o fardo todo sozinha.

A lista que começara a redigir aquela manhã tinha como primeiro item a tarefa de preparar o escritório para a mudança. Agora achava que deveria promover a questão da oficina para o topo da lista e colocar o escritório em segundo lugar. E as crianças poderiam se encaixar logo abaixo: escreveu *ESCOLA* em letras maiúsculas e um número de telefone embaixo. Em seguida vinha *Arranjar alguém para consertar geladeira* e *Levar filho da Rose ao médico para tratar da asma*. Finalmente, escreveu: *Fazer alguma coisa a respeito da má esposa*.

"Mma Makutsi", disse ela. "Acho que vou levá-la até a oficina. Não podemos abandonar o sr. J. L. B. Matekoni, mesmo que ele esteja se comportando de forma estranha. A senhora precisa assumir suas funções como gerente interina imediatamente. Vou levá-la na van."

Mma Makutsi meneou a cabeça. "Estou pronta, Mma. Estou pronta para gerenciar."

6
SOB NOVA DIREÇÃO

A Tlokweng Road Speedy Motors ficava numa travessa da avenida Tlokweng, a cerca de oitocentos metros das duas grandes lojas que haviam sido construídas nos limites do bairro conhecido pelo nome de Village. Ela fazia parte de um núcleo composto por mais dois estabelecimentos de comércio: um armazém geral que vendia um pouco de tudo, de vestuário barato a querosene e melado, e uma loja de materiais de construção especializada em madeiras e chapas corrugadas para coberturas. A oficina do sr. J. L. B. Matekoni, virada para o lado leste, cercada por várias acácias, tinha uma velha bomba de gasolina na frente. A empresa petrolífera lhe prometera uma bomba mais moderna, mas a verdade é que não estava lá muito interessada em competição para seus postos mais bem equipados, de modo que, convenientemente, esquecera a promessa. Verdade que continuava a fornecer gasolina, como estava previsto nas cláusulas do contrato, mas sem muito entusiasmo, e de vez em quando deixava passar a data em que se comprometera a voltar para reabastecer os estoques. Resultado: os tanques viviam vazios.

Mas isso importava muito pouco. Os clientes apareciam na Tlokweng Road Speedy Motors porque queriam que seus carros fossem consertados pelo sr. J. L. B. Matekoni; não estavam interessados em pôr gasolina. Sabiam diferenciar um bom mecânico de alguém que apenas conserta carros. Um bom mecânico entende o veículo; é capaz de diagnosticar o problema só pelo ruído que faz o motor quando está ligado, quase como um médico experiente, que percebe o que está errado só de olhar para o paciente.

"Os motores conversam conosco", ele explicara aos seus aprendizes. "Ouçam o que eles dizem. Eles contam para nós qual é o problema que estão tendo, basta escutar."

Claro que os aprendizes não entenderam o que ele quis dizer. Tinham uma visão diferente do que vinha a ser um motor e eram incapazes de perceber que também eles, os motores, têm humores e emoções, que tanto podem se sentir estressados ou sob pressão quanto podem se sentir aliviados ou à vontade. A presença dos aprendizes na oficina fora um ato de caridade por parte do sr. J. L. B. Matekoni, que sempre se preocupara com a necessidade de legar ao país um número suficiente de mecânicos devidamente treinados para substituir sua geração, quando esta resolvesse por fim se aposentar.

"A África não irá a parte alguma até termos mecânicos", certa vez ele comentara com Mma Ramotswe. "Os mecânicos são o alicerce da construção. Por cima vêm outras pessoas. Médicos. Enfermeiras. Professores. Mas tudo está construído sobre a base dos mecânicos. Por isso é tão importante ensinarmos os jovens a serem mecânicos."

Agora, ao se aproximarem da Tlokweng Road Speedy Motors, Mma Ramotswe e Mma Makutsi viram um dos aprendizes ao volante de um carro, enquanto o outro empurrava devagar o veículo para dentro da oficina. Quando chegaram mais perto, o aprendiz que empurrava largou sua tarefa para olhar para elas e o veículo recuou tanto quanto avançara.

Mma Ramotswe estacionou a pequenina van branca debaixo de uma árvore e, junto com Mma Makutsi, caminhou até onde ficava a entrada do escritório.

"Bom dia, Bomma", disse o mais alto dos aprendizes. "A suspensão dessa sua van está ruinzinha, ruinzinha. A senhora é pesada demais para ela. Olha como está arriada num dos lados. Quer que a gente conserte para a senhora?"

"Não tem nada de errado em lugar nenhum", retrucou Mma Ramotswe. "O sr. J. L. B. Matekoni fez ele mesmo uma revisão na van. E nunca me disse nada sobre suspensão."

"É, mas ele não está dizendo nada a respeito de coisa nenhuma, ultimamente", insistiu o aprendiz. "Ele anda muito quieto."

Mma Makutsi parou e encarou o rapaz. "Eu sou Mma Makutsi", ela disse, olhando firme para ele através das lentes enormes dos óculos. "Sou a gerente interina. Se quiser falar sobre suspensão, então venha falar comigo no escritório. Aliás, o que era mesmo que estavam fazendo? De quem é aquele carro e o que vocês estão consertando?"

O aprendiz olhou por cima do ombro, em busca do apoio do amigo.

"É o carro daquela mulher que mora atrás da delegacia de polícia. Acho que ela é uma espécie de mulher da vida." O rapaz deu risada. "Ela usa o carro para paquerar os homens, mas ele não quis mais pegar. E ela também não pôde mais pegar homens. Ha, ha!"

Mma Makutsi ficou furiosa. "O carro não quis pegar, é?"

"Exato", disse o aprendiz. "Não quis pegar. E foi por isso que o Charlie e eu tivemos que ir até lá com o caminhão — para trazê-lo guinchado até aqui. Agora estávamos empurrando para dentro da oficina, para dar uma olhada no motor. Vai ser serviço grande, eu acho. Quem sabe vai precisar de um motor de arranque novo. Sabe como são essas coisas. As peças custam muito dinheiro, de modo que é bom que os homens dêem dinheiro para ela, assim ela tem com o que pagar. Ha, ha!"

Mma Makutsi baixou um pouco os óculos e olhou bem fixo por cima deles para o rapaz.

"E o que me diz da bateria?", perguntou. "Talvez seja a bateria. Vocês tentaram fazer pegar no tranco?"

O aprendiz parou de rir.

"E então?", perguntou Mma Ramotswe. "Vocês levaram os cabos? Tentaram fazer o carro pegar?"

O aprendiz abanou a cabeça. "O carro é muito velho. Deve haver outras coisas erradas com ele."

"Bobagem", disse Mma Makutsi. "Tem alguma bateria em bom estado na oficina? Ponham os cabos nela e tentem."

O aprendiz olhou para o companheiro, que deu de ombros.

"Vamos lá, mexam-se", comandou Mma Makutsi. "Tenho muita coisa que fazer no escritório. Mãos à obra, por favor."

Mma Ramotswe não abriu a boca, mas ficou observando, junto com Mma Makutsi. Os aprendizes empurraram o carro para dentro da oficina e depois ligaram os cabos da bateria a uma bateria carregada. Em seguida, de cara amarrada, um deles entrou no veículo e tentou dar a partida. O motor pegou na hora.

"Carreguem a bateria", ordenou Mma Makutsi. "Depois troquem o óleo para essa mulher e levem o carro de volta para ela. Peçam desculpas por terem levado mais tempo do que o necessário para consertar o carro, mas digam que nós fizemos uma troca de óleo de graça, para compensar o incômodo." E, virando-se para Mma Ramotswe, que estava parada do lado, sorrindo, acrescentou: "A lealdade do consumidor é fator de suma importância. Quando fazemos alguma coisa por ele, o consumidor fica conosco pelo resto da vida. Isso é muito importante nos negócios".

"Muito", concordou Mma Ramotswe. Ela tinha alimentado algumas dúvidas sobre a capacidade de Mma Makutsi dirigir a oficina, mas todas elas estavam sendo dirimidas diante do jeito decidido de sua assistente.

"A senhora conhece muita coisa sobre automóveis?", perguntou como quem não quer nada, enquanto começavam a pôr uma ordem na papelada acumulada sobre a escrivaninha do sr. J. L. B. Matekoni.

"Não muita coisa", respondeu Mma Makutsi. "Mas sou boa com máquinas de escrever, e as máquinas se parecem muito, todas elas, a senhora não acha?

A tarefa imediata das duas era descobrir quais carros aguardavam atendimento e quais estavam agendados para os dias seguintes. O mais velho dos aprendizes, Charlie, foi chamado ao escritório, onde lhe pediram para fazer uma lista dos veículos à espera de conserto. Souberam então que havia oito carros, todos estacionados nos fundos da oficina, aguardando a chegada de peças. Algumas já tinham sido encomendadas, outras não. Feita essa lista de peças que faltavam, Mma Makutsi ligou para cada um dos fornecedores, cobrando a entrega.

"O sr. J. L. B. Matekoni está muito bravo", dizia ela, também brava. "E, a menos que os senhores nos permitam executar novos consertos e receber por eles, não teremos como pagar pelas encomendas anteriores. Dá para entender isso?"

Promessas foram feitas e, na sua maioria, cumpridas. As peças começaram a chegar algumas horas depois, levadas pelos próprios fornecedores. Todas receberam a etiqueta apropriada — coisa que nunca acontecera antes, segundo os aprendizes — antes de serem colocadas sobre uma bancada, em ordem de prioridade. Nesse meio-tempo, sob a coordenação de Mma Makutsi, os aprendizes iam instalando as peças e testando os motores, até o momento de entregar o veículo para uma última vistoria. Mma Makutsi lhes perguntava o que fora feito, chegava às vezes a pedir para inspecionar o trabalho e, depois, como não sabia dirigir, passava o veículo para Mma Ramotswe para um teste final, antes de ligar para o dono e avisá-lo de que o conserto estava pronto. A oficina cobraria apenas metade do preço estipulado no orçamento, explicava, para compensar pela demora. Isso amolecera o coração dos proprietários, exceto o de um, que declarou que levaria o carro a outra oficina, no futuro.

"Nesse caso, o senhor não poderá aproveitar nossa oferta gratuita de serviços", disse Mma Makutsi em voz baixa. "O que é uma pena."

Tal aviso ocasionou a almejada mudança de idéia e, no fim do dia, a Tlokweng Road Speedy Motors devolvera seis automóveis a seus donos, e todos pareciam ter perdoado tudo.

"Foi um ótimo primeiro dia", disse Mma Makutsi, enquanto ela e Mma Ramotswe espiavam os aprendizes afastando-se pela avenida, moídos de cansaço. "Os rapazes deram um duro danado e eu os recompensei com um bônus de cinqüenta pulas para cada um. Eles ficaram muito felizes e eu tenho certeza de que se tornarão aprendizes melhores. A senhora verá."

Mma Ramotswe estava surpresa. "Acho que tem razão, Mma. A senhora é uma gerente e tanto."

"Obrigada. Mas agora temos de ir para casa, porque há muito que fazer amanhã."

Mma Ramotswe levou sua assistente para casa na pequenina van branca, por ruas apinhadas de gente saindo do trabalho. Havia microônibus superlotados que pendiam de forma alarmante para o lado, tantos eram os seus passageiros, bicicletas com gente na garupa e pessoas simplesmente andando, de braços balançando, assobiando, pensando, alimentando esperanças. Ela conhecia bem o caminho, tendo levado Mma Makutsi para casa em várias ocasiões, e estava familiarizada com as construções dilapidadas, todas com aqueles bandinhos de crianças curiosas, sempre de olho em tudo, que pareciam povoar as áreas desse tipo. Deixou a assistente no portão da frente e esperou que desse a volta até os fundos da casa e chegasse ao barracão de tijolos vazados onde morava. Pensou ter visto uma silhueta na porta, uma sombra talvez, mas nesse momento Mma Makutsi virou-se para trás e Mma Ramotswe, que não podia ser vista vigiando sua assistente, teve de ir embora.

7
A MENINA DE TRÊS VIDAS

Nem todo mundo tinha empregada, claro, mas quando se tinha um trabalho bem remunerado e uma casa do tamanho da casa de Mma Ramotswe, deixar de contratar uma empregada — ou, na verdade, não sustentar vários criados — seria considerado egoísmo. Mma Ramotswe sabia que em determinados países as pessoas não têm nenhum serviçal, mesmo quando ganham o suficiente para pagá-los. Achava isso inexplicável. Se as pessoas que estão em condições de ter empregados optarem por não tê-los, então como os empregados farão para ganhar a vida?

Em Botsuana, todas as casas de Zebra Drive — na verdade todas as casas de mais de dois dormitórios — contavam com pelo menos uma criada. E existiam leis estipulando quanto os empregados domésticos deviam receber, leis que eram violadas com muita freqüência. Havia gente que tratava seus criados muito mal, que pagava pouquíssimo a eles e que esperava ser servida a qualquer hora do dia ou da noite, e essa gente, até onde Mma Ramotswe tinha conhecimento, constituía a maioria. Esse era o grande segredo sombrio de Botsuana — essa exploração —, sobre o qual ninguém gostava de falar muito. Pelo menos ninguém gostava de falar a respeito de como os masarvas tinham sido tratados no passado (como escravos, de fato) e, se alguém hoje em dia tocava nessa questão, as pessoas se faziam de desentendidas e mudavam de assunto. Mas acontecera, e continuava acontecendo aqui e acolá, como todos bem o sabiam. Claro, esse é o tipo de coisa que ocorrera por toda a África. A escravidão fora uma grande injustiça, é verdade, mas sempre existiram africanos negreiros mais que dispostos a vender seu próprio povo, e continuava a haver legiões de africanos trabalhando por uma miséria, em condições de semi-escravidão. Era uma gente calada, uma gente fraca, e as empregadas domésticas estavam nesse grupo.

Mma Ramotswe espantava-se de ver que ainda havia quem agisse com tamanha insensibilidade para com seus criados. Ela própria estivera na casa de uma amiga que lhe contara, muito de passagem, como se não significasse nada, que a empregada tirava ao todo cinco dias de férias por ano, e férias não remuneradas, ainda por cima. Essa mesma amiga se vangloriara de ter conseguido reduzir o salário da moça por considerá-la preguiçosa.

"Mas por que ela não foi embora, depois de uma coisa dessas?", Mma Ramotswe tinha perguntado.

A amiga dera risada. "Ir embora para onde? Tem um monte de gente querendo o emprego dela, e ela sabe disso. Sabe que eu poderia arrumar alguém para fazer o mesmo trabalho pela metade do salário que recebe."

Mma Ramotswe não fez nenhum comentário, mas, mentalmente, encerrara aquela amizade ali mesmo. Esse incidente lhe dera o que pensar. Seria possível ser amigo de alguém que se comporta mal? Ou será que gente má só pode ter amigos maus, porque apenas com outras pessoas más existem elementos em comum suficientes para que surja uma amizade? Mma Ramotswe pensou em algumas figuras sabidamente más da África. Havia Idi Amin, por exemplo, e Hendrik Verwoerd, que fora primeiro-ministro da África do Sul. Idi Amin, claro, tinha alguma coisa errada na cabeça, e talvez sua maldade fosse de um tipo diferente da maldade de Hendrik Verwoerd, que parecia ser são da cabeça, mas ter um coração de gelo. Será que alguém algum dia amara Hendrik Verwoerd? Será que alguém algum dia lhe segurara a mão? Mma Ramotswe presumia que sim. Afinal, o enterro dele fora concorrido, não fora? E as pessoas não choraram do mesmo jeito como as pessoas choram no enterro de homens bons? O sr. Verwoerd tinha lá sua gente, seu círculo, e talvez nem todos fossem maus. Agora que as coisas haviam mudado na África do Sul, esse pessoal tinha de continuar vivendo. Talvez estivessem começando a entender o mal que causaram; e, ainda que não, já tinham sido em grande parte perdoados. O africano comum não costuma ter espaço para ódios no coração. Às vezes age de modo tolo, assim como os cidadãos de qualquer outra parte do mundo, mas não guarda rancor, como Nelson Mandela deixou bem claro para o mundo. Da mesma forma como fizera Seretse Khama, pensou Mma Ramotswe; se bem que pelo visto ninguém mais, fora de Botsuana, se lembrava dele. No entanto, Seretse Khama foi um dos maiores homens que a África já teve, e esse grande homem apertara a mão de seu pai, Obed Ramotswe, durante a visita feita a Mochudi para falar com o povo de lá. E ela, Preciosa Ramotswe, então ainda menina, o vira sair do carro e ser rodeado de pessoas que se amontoaram em volta, entre as quais, segurando o velho chapéu escangalhado nas mãos, estava seu pai. E, quando Seretse Khama pegou na mão de seu pai, seu próprio coração encheu-se de orgulho; lembrava-se dessa ocasião toda vez que olhava para a foto do grande estadista posta sobre o consolo da lareira.

    Essa amiga que tratava mal a empregada não era má pessoa. Comportava-se bem em relação à família e sempre fora gentil com Mma Ramotswe, mas no convívio com a criada — e Mma Ramotswe conhecera a empregada, que lhe parecera uma mulher agradável e trabalhadeira, natural de Molepolole — não demonstrava a mínima preocupação com os sentimentos dela. Mma Ramotswe chegou inclusive a cogitar a possibilidade de que esse tipo de comportamento fosse apenas fruto da ignorância: uma incapacidade de compreender as esperanças e aspirações alheias. Essa compreensão, raciocinava Mma Ramotswe, era o princípio de toda moralidade. Sabendo como o outro se sente, você pode se pôr em seu lugar e, então, sem sombra de dúvida, fica impossível infligir mais dor à pessoa. Infligir dor em tais circunstâncias seria o mesmo que ferir a si próprio.

Mma Ramotswe tinha conhecimento de que, vira e mexe, realizava-se algum debate sobre a questão da moralidade, mas, a seu ver, era tudo muito simples. Em primeiro lugar, havia a velha moralidade de Botsuana, que era correta e ponto final. Se uma pessoa se ativesse a ela, estaria fazendo a coisa acertada e não precisaria mais se preocupar a respeito. Mas claro que havia outras moralidades: a moralidade dos Dez Mandamentos, por exemplo, aprendida de cor, tantos anos antes, nas aulas de catecismo que ela freqüentava aos domingos, em Mochudi, e que também era certa, de uma forma absoluta, como a outra. Esses códigos morais eram como o código penal de Botsuana: tinham de ser obedecidos ao pé da letra. Não adiantava a pessoa fingir que era a Corte Suprema de Botsuana e decidir quais partes ia obedecer e quais não ia. Os códigos morais não foram feitos para ser seletivos, tampouco para ser questionados. Não se podia escolher acatar essa proibição, mas não aquela. *Eu não roubarei — claro que não —, mas o adultério é outra história: errado para os outros, mas não para mim.*

No entender de Mma Ramotswe, agir segundo as leis morais era, em grande parte, fazer o que é certo, porque o certo foi identificado como tal depois de um longo processo de aceitação e observância. Impossível criar uma moralidade própria, porque a experiência individual jamais será suficiente para tanto. O que lhe dá o direito de dizer que você sabe melhor como agir do que seus ancestrais? A moralidade é para todos, e isso significa que é preciso incluir a opinião de mais de uma pessoa para criá-la. E era justamente isso que enfraquecia a moralidade moderna, com sua ênfase no indivíduo e na posição individual. Se fosse dada às pessoas a oportunidade de elaborar a própria moralidade, elas idealizariam a versão mais fácil de cumprir e que lhes permitisse fazer aquilo que mais lhes agradasse fazer pelo máximo de tempo possível. E isso, no entender de Mma Ramotswe, vinha a ser puro egoísmo, não obstante o nome grandioso que se quisesse lhe dar.

Uma vez Mma Ramotswe escutara um programa do Serviço Mundial da BBC que simplesmente a deixara atônita. Era um programa sobre filósofos que se diziam existencialistas e que, até onde Mma Ramotswe pôde entender, moravam na França. Esses franceses haviam dito que todos nós devemos viver de uma forma que nos faça sentir que temos uma realidade concreta e que a coisa concreta é também a coisa certa a fazer. Mma Ramotswe escutara estupefata. Ninguém precisaria ir à França para conhecer os existencialistas, concluíra na época; ali mesmo em Botsuana havia um bocado de existencialistas. Note Mokoti, entre outros. Fora casada com um existencialista sem saber. Note, aquele homem egoísta que nunca movera uma palha em prol dos outros — nem mesmo em prol de sua mulher —, teria dado sua aprovação aos existencialistas, e eles a Note. Devia ser muito existencialista perambular de bar em bar toda noite, enquanto a mulher grávida ficava em casa, e ainda mais existencialista sair com outras moças — jovens existencialistas — encontradas pelos bares. Era uma vida excelente essa de existencialista, se bem que não muito boa para todas as outras pessoas não existencialistas em volta.

Mma Ramotswe não tratava sua empregada de forma existencialista. Rose começara a trabalhar com ela no primeiro dia de casa nova. Aliás, Mma Ramotswe não precisou de muito tempo para descobrir que havia uma rede de desempregados que lançava o aviso assim que alguém estava de mudança. Rose aparecera em Zebra Drive coisa de uma hora depois da própria Mma Ramotswe.

"A senhora vai precisar de uma empregada, Mma", ela tinha dito. "E eu sou uma ótima empregada. Trabalharei com muito empenho e não lhe darei preocupação pelo resto da vida. Estou pronta para começar já."

Mma Ramotswe fizera uma apreciação imediata. Via diante de si uma mulher de aspecto decente, bem posta, de uns trinta anos. Mas via também que era mãe e que um dos filhos esperava no portão, de olhos fixos nela. E se perguntou o que a mãe teria dito à criança. *Haveremos de comer esta noite, se esta mulher me contratar para ser empregada dela. Vamos torcer. Me espere aqui e fique na ponta do pé.* Fique na ponta do pé. É isso que se diz em setsuana, quando se torce para que alguma coisa aconteça. Equivalia à expressão "fazer figa" usada pelos brancos.

Mma Ramotswe deu uma olhada na direção do portão, viu que, de fato, a criança estava na ponta do pé e soube então que só haveria uma resposta possível.

Olhou para a mulher. "Pois é", falou. "Preciso de uma empregada e vou dar o emprego à senhora, Mma."

A mulher juntou as palmas das mãos, num gesto de gratidão, e acenou para a criança. Tenho sorte, pensou Mma Ramotswe. Tenho sorte de poder fazer alguém feliz só por dizer alguma coisa.

Rose mudou-se imediatamente e muito depressa fez ver seu valor. A casa de Zebra Drive tinha sido deixada num estado precário pelos donos anteriores, uma gente desordeira, e havia pó em todos os cantos. Durante três dias, elas varreram e enceraram, até que a casa ficou lustrosa, cheirando a cera. Além disso, Rose era uma cozinheira de mão cheia e uma excelente passadeira. Mma Ramotswe vestia-se bem, mas sempre achara difícil encontrar energia para passar suas blusas tanto quanto gostaria. Rose, contudo, fazia isso com uma paixão que não demorou a se

refletir nas costuras engomadas e em panos lisinhos onde as rugas eram alienígenas.
Ela passou a morar nas dependências de empregada, nos fundos do quintal. Era uma edícula composta por dois cômodos, com um chuveiro e uma privada de um dos lados, e uma varandinha coberta na qual dava para armar um fogo e cozinhar. Ela dormia num dos quartos e os dois filhos pequenos no outro. Havia outros filhos, mais velhos, inclusive um que era carpinteiro e ganhava bem. Mas, mesmo com o salário dele, as despesas eram tamanhas que sobrava muito pouco, sobretudo porque o caçula sofria de asma e precisava de inaladores caros para ajudá-lo a respirar.

Em casa, depois de ter deixado Mma Makutsi, Mma Ramotswe encontrou Rose na cozinha, areando um panela que pretejara. Perguntou educadamente como tinha sido o dia da empregada, que lhe respondeu que fora tudo bem.
"Ajudei Motholeli com o banho", ela disse. "E agora ela está lá, lendo para o irmãozinho. Ele correu o dia todo e está cansado, cansado. Daqui a pouco vai ferrar no sono. Só está esperando o jantar ser servido, eu acho."
Mma Ramotswe agradeceu e sorriu. Fazia um mês que as crianças tinham saído do orfanato, levadas pelo sr. J. L. B. Matekoni, e ainda estava se acostumando à presença delas na casa. Os dois órfãos haviam sido idéia dele — que na verdade nem sequer a consultara antes de concordar em exercer o papel de pai adotivo —, mas ela aceitara a situação e em pouco tempo se afeiçoara aos dois. Motholeli, confinada a uma cadeira de rodas, se mostrara útil nas tarefas domésticas e manifestara interesse por assuntos de mecânica — para imenso deleite do sr. J. L. B. Matekoni. Já o irmão, bem mais novo que ela, era mais complicado de entender. Muito ativo, respondia com

educação quando lhe dirigiam a palavra, mas se mostrava um menino mais interessado na própria companhia, ou na da irmã, do que na de outras crianças. Motholeli fizera alguns amigos, mas ele parecia evitar qualquer proximidade.

Motholeli começara a cursar a Escola Secundária de Gaborone, que não ficava muito distante, e estava bem feliz. Todas as manhãs, uma das meninas de sua classe aparecia na porta e se oferecia para empurrar a cadeira de rodas até a escola.

Mma Ramotswe ficara impressionada.

"São as professoras que dizem a vocês para fazer isso?", perguntara a uma delas.

"Não são as professoras, Mma", foi a resposta. "Nós somos amigas desta menina. É por esse motivo que fazemos isto."

"Vocês são meninas muito bondosas", disse Mma Ramotswe. "E no devido tempo serão senhoras bondosas. Muito bem."

Para o menino, haviam conseguido uma vaga na escola primária do bairro, mas Mma Ramotswe tinha esperanças de que o sr. J. L. B. Matekoni se dispusesse a arcar com as despesas de mandá-lo para Thornhill. A escola custava um bocado e, diante dos últimos acontecimentos, perguntava-se se algum dia isso seria possível. Essa era apenas uma das várias coisas que precisariam ser resolvidas. Havia a oficina, os aprendizes, a casa perto do antigo Clube da Força de Defesa de Botsuana e as crianças. Havia também o casamento — sabe-se lá para quando —, se bem que Mma Ramotswe mal ousava pensar no assunto, no momento.

Passou da cozinha para a sala de estar e viu o menino sentado ao lado da cadeira de rodas da irmã, ouvindo enquanto esta lia.

"Quer dizer então", falou Mma Ramotswe, "que você está lendo uma história para seu irmão. É uma história bonita?"

Motholeli olhou em volta e sorriu.
"Não é bem uma história, Mma. Ou, melhor dizendo, não é uma história de verdade, saída de um livro. É uma história que eu escrevi na escola e que resolvi ler para ele."

Mma Ramotswe juntou-se aos dois, empoleirando-se no braço do sofá.

"Por que não começa de novo?" sugeriu ela. "Eu também gostaria de ouvir."

Eu me chamo Motholeli e tenho treze anos, quase catorze, já. Tenho um irmão que está com sete anos. Minha mãe e meu pai se foram. Fico muito triste por causa disso, mas fico feliz por não ter morrido também e por ter meu irmão.

Sou uma menina que teve três vidas. Minha primeira vida foi quando eu morava com minha mãe, minhas tias e meus tios, lá em Makadikadi, perto de Nata. Isso foi há muito, muito tempo, e eu era bem pequena. Eles eram bosquímanos e viviam mudando de um lugar para outro. Sabiam como encontrar comida no mato, desenterravam raízes. Eram pessoas muito inteligentes, mas ninguém gostava deles.

Minha mãe me deu um bracelete, feito de pele de avestruz, com pedacinhos de casca de ovo de avestruz costurados por cima. Ainda tenho esse bracelete. É a única coisa que sobrou de minha mãe, agora que ela se foi.

Depois que ela morreu, salvei meu irmãozinho, que fora enterrado na areia junto com ela. Ele estava logo abaixo da superfície. Eu raspei a areia de cima do rosto dele e vi que ainda respirava. Lembro que peguei meu irmãozinho no colo e corri pelo mato até encontrar uma estrada. Apareceu um homem na estrada, de caminhão, e, quando ele me viu, parou e me levou para Francistown. Não me lembro o que aconteceu lá, mas fui dada para uma mulher que falou que eu poderia morar no quintal dela. Eles tinham um pequeno barracão, que era muito quente quando o sol batia em cheio, mas que à noite era fresquinho. Eu dormia lá, com meu irmãozinho pequeno.

    Eu o alimentava com a comida que me davam da casa. Eu fazia umas coisinhas para aquela gente bondosa. Lavava toda a roupa deles e pendurava no varal. Também limpava algumas panelas para eles, pois não havia empregada. Tinha um cachorro que morava no quintal, também, e um dia ele me mordeu feio, no pé. O marido da senhora ficou muito bravo com o cachorro depois disso e deu uma surra nele com um pau. Aquele cachorro se foi, depois da surra que levou por ter sido malvado.

    Eu fiquei muito doente e a senhora me levou para o hospital. Eles enfiaram agulhas em mim e tiraram um pouco do meu sangue. Mas não conseguiram me fazer melhorar e, depois de um tempo, eu não conseguia mais andar. Eles me deram muletas, mas eu não era muito boa de andar com elas. Então me arranjaram uma cadeira de rodas, o que significava que eu poderia voltar para casa outra vez. Mas a senhora disse que não podia ficar com uma menina em cadeira de rodas morando em seu quintal, porque isso não pareceria muito apropriado e as pessoas diriam: *O que você está fazendo com uma menina em cadeira de rodas no quintal? É muita crueldade.*

    Depois apareceu um homem que disse que estava buscando crianças para levar à fazenda dos órfãos. Veio uma funcionária pública com ele que falou que eu tinha muita sorte de conseguir vaga num lugar tão bom quanto a fazenda dos órfãos. Que eu poderia levar meu irmão e que nós seríamos muito felizes morando lá. Mas eu não deveria jamais me esquecer de amar Jesus, me recomendou ela. Respondi que estava pronta para amar Jesus e que faria meu irmãozinho amá-lo também.

    Esse foi o fim da minha primeira vida. Minha segunda vida começou no dia em que cheguei à fazenda dos órfãos. Tínhamos saído de Francistown num caminhão e estava muito quente e incômodo na carroceria. Eu não podia sair de lá, porque o chofer não sabia o que fazer com uma menina em cadeira de rodas. Por isso, quando cheguei à fazenda dos órfãos, meu vestido estava molhado e eu fiquei com muita vergonha, ainda mais que os órfãos todos não desgrudavam os olhos da gente. Uma das senhoras de lá disse para as crianças irem brincar, que não era para elas ficarem nos olhando daquele jeito, mas eles se afastaram só um pouquinho e continuaram a espiar de trás das árvores.

Todos os órfãos moram em casas, lá no orfanato. Cada casa tem uns dez órfãos e uma mãe social que cuida deles. Minha mãe social era uma senhora muito boa. Ela me deu roupas novas e um armário para guardar minhas coisas. Eu nunca tinha tido um armário na vida e fiquei muito orgulhosa. Também me deram umas presilhas para pôr no cabelo. Eu nunca tinha tido coisas tão bonitas e guardava tudo debaixo do travesseiro, onde ficavam seguras. Às vezes eu acordava de noite e pensava na sorte que eu tive. Mas eu também chorava, às vezes, porque lembrava da minha primeira vida, dos meus tios e tias, e me perguntava por onde andariam todos eles. Da cama, por uma fresta na cortina, dava para ver as estrelas, e eu pensava: se eles olhassem para o alto, veriam as mesmas estrelas, e todos nós estaríamos olhando para elas ao mesmo tempo. E também me perguntava se eles ainda se lembrariam de mim, porque eu era só uma menina e tinha fugido deles.

Eu era muito feliz lá na fazenda dos órfãos. Trabalhava duro e Mma Potokwani, que era a supervisora, falou que um dia, se eu tivesse bastante sorte, ela encontraria pessoas para serem nossos novos pais. Eu não achava que isso fosse possível, porque ninguém iria querer adotar uma menina em cadeira de rodas, quando havia tantas outras órfãs de primeira, capazes de andar muito bem e que também estavam procurando um lar.

Mas ela tinha razão. Nunca imaginei que seríamos levados pelo sr. J. L. B. Matekoni, mas fiquei muito satisfeita quando ele disse que nós poderíamos ir morar na casa dele. E foi assim que começou minha terceira vida.

Fizeram um bolo especial para nós quando fomos embora da fazenda dos órfãos, e nós comemos tudo, junto com nossa mãe social. Ela falou que sempre ficava muito sentida quando algum órfão ia embora, porque era como se um membro da família estivesse partindo. Mas que ela conhecia o sr. J. L. B. Matekoni muito bem e que ele era um dos melhores homens de Botsuana. Ela me disse que eu seria muito feliz na casa dele.

E assim foi que fomos para a casa dele, eu e meu irmãozinho, e logo depois ficamos conhecendo a amiga dele, Mma Ramotswe, que vai se casar com o sr. J. L. B. Matekoni. Ela disse que iria ser nossa nova mãe e nos trouxe para a casa dela, que é muito melhor para crianças do que a casa do sr. J. L. B. Matekoni. Eu tenho um lindo quarto lá e ganhei uma porção de roupas. Fico muito feliz que haja gente assim em Botsuana. Tenho tido uma vida muito feliz e agradeço a Mma Ramotswe e ao sr. J. L. B. Matekoni de coração.

Eu gostaria de ser mecânica, quando crescer. Vou ajudar o sr. J. L. B. Matekoni na oficina e, à noite, consertar as roupas de Mma Ramotswe e cozinhar para ela. Depois, quando eles estiverem bem velhinhos, poderão ter orgulho de mim e dizer que fui uma boa filha para eles e uma boa cidadã de Botsuana.

Esta é a história de minha vida. Sou uma garota comum de Botsuana, mas é muita sorte poder ter três vidas. A maioria das pessoas tem uma só.

Esta história é verdadeira. Eu não inventei nada. É tudo verdade.

Depois que Motholeli acabou de ler, permaneceram todos em silêncio. O menino ergueu os olhos para a irmã e sorriu. Ele pensou: sou um menino de sorte por ter uma irmã tão inteligente. Tomara que Deus lhe dê as pernas de volta um dia. Mma Ramotswe olhou para a menina e pousou a mão com toda a delicadeza em seu ombro. Pensou: vou cuidar desta criança; agora sou mãe dela. Rose, que estava ouvindo do corredor, olhou para os próprios sapatos e pensou: que jeito mais estranho de dizer as coisas — três vidas.

8
BAIXOS NÍVEIS DE SEROTONINA

A primeira coisa que Mma Ramotswe fez na manhã seguinte foi telefonar para a casa do sr. J. L. B. Matekoni, situada nas cercanias do antigo Clube da Força de Defesa de Botsuana. Em geral eles se telefonavam logo cedo — ao menos desde que tinham ficado noivos —, mas quase sempre era o sr. J. L. B. Matekoni quem ligava. Esperava até Mma Ramotswe ter acabado sua xícara de chá de *rooibos*, que ela gostava de tomar no jardim, e só então discava e se identificava formalmente, como era do seu feitio: "Aqui é o sr. J. L. B. Matekoni, Mma. A senhora dormiu bem?".

O telefone tocou por mais de um minuto antes de ser atendido.

"Sr. J. L. B. Matekoni? Sou eu. Como vai indo? Dormiu bem?"

A voz no outro lado da linha soou meio confusa e Mma Ramotswe se deu conta de que o havia acordado.

"Ah. Sim. Ah. Agora estou acordado. Sou eu."

Mma Ramotswe continuou com os cumprimentos formais. Era muito importante perguntar a uma pessoa se ela tinha dormido bem; tradição antiga, mas que precisava ser mantida.

"Mas o senhor dormiu bem, Rra?"

A voz do sr. J. L. B. Matekoni saiu apática: "Acho que não. Passei a noite inteira pensando e nada de dormir. Só fui pegar no sono quando todo mundo começou a se levantar. Estou exausto."

"Mas isso é uma lástima, Rra. Desculpe-me por tê-lo acordado. O senhor precisa voltar para a cama e dormir mais um pouco. Ninguém consegue viver sem dormir."

"Eu sei disso", respondeu o sr. J. L. B. Matekoni, irritadiço. "Passo o tempo todo tentando dormir, agora, mas não consigo. É como se houvesse um animal estranho no quarto que não quer que eu adormeça e que não pára de me cutucar."

"Animal?", perguntou Mma Ramotswe. "E que animal é esse?"

"Não tem animal nenhum. Ou pelo menos não tem nenhum animal quando eu acendo a luz. Eu só disse que tenho a impressão de haver um lá no quarto que não quer me deixar dormir. Foi só o que eu disse. Não tem animal nenhum."

Mma Ramotswe ficou calada por alguns instantes. Depois perguntou: "Está se sentindo bem, Rra? Talvez o senhor esteja doente".

O sr. J. L. B. Matekoni soltou um arremedo de risada. "Que doente, que nada. Meu coração está batendo aqui dentro. Meus pulmões estão se enchendo de ar. Estou apenas cansado de todos os problemas que existem. Estou preocupado que acabem descobrindo a meu respeito. Aí então estará tudo acabado."

Mma Ramotswe franziu o cenho. "Descobrindo a seu respeito? Quem vai descobrir o quê?"

O sr. J. L. B. Matekoni baixou a voz. "A senhora sabe do que estou falando. Sabe muitíssimo bem."

"Eu não sei absolutamente nada, Rra. Tudo que eu sei é que o senhor está dizendo umas coisas bem estranhas."

"Pois é! A senhora diz isso, Mma, mas sabe muito bem do que estou falando. Cometi algumas maldades tremendas na vida e agora eles vão descobrir e me prender. Eu serei punido e a senhora terá muita vergonha de mim, Mma. Isso é fato."

Mma Ramotswe se viu reduzida a um fiapo de voz, enquanto lutava para digerir o que acabara de ouvir. Seria possível que o sr. J. L. B. Matekoni tivesse cometido algum crime pavoroso e que houvesse escondido isso dela? Teria esse crime sido descoberto? Não podia ser verdade; ele era um homem admirável, incapaz de cometer um ato desonroso. Por outro lado, gente assim às vezes tinha algum segredo macabro enterrado no passado. Todo mundo já fez pelo menos uma coisa da qual se envergonha, ou pelo menos era o que ela ouvira dizer. O próprio bispo Makhulu uma ocasião dera uma palestra sobre o assunto, no Clube das Mulheres, e havia dito que nunca conhecera ninguém, nem mesmo dentro da Igreja, que já não tivesse feito algo do qual se arrependera mais tarde. Até mesmo os santos já haviam feito algo ruim; são Francisco talvez tenha pisado em cima de um pombo — não, impossível, isso —, mas vai ver fez alguma outra coisa que motivou o remorso. Da parte dela, eram muitas as coisas que preferia não ter feito, a começar pelo dia em que, aos seis anos de idade, despejara melado no melhor vestido de outra menina só porque não possuía um vestido igual. De vez em quando ainda encontrava com essa pessoa — ela morava em Gaborone e era casada com um homem que trabalhava no prédio onde se classificavam os diamantes. Mma Ramotswe se perguntava se não seria melhor confessar à mulher, mesmo trinta anos depois, o que havia feito, mas não conseguia criar coragem suficiente para isso. Entretanto, sempre que essa senhora a cumprimentava de forma amistosa, Mma Ramotswe lembrava da lata de melado que despejara em cima do tecido cor-de-rosa no dia em que a menina deixara o vestido na sala de aula. Mais cedo ou mais tarde teria de contar tudo a ela; ou talvez pudesse pedir ao bispo Makhulu que escrevesse uma carta em seu nome. *Alguém do meu rebanho busca seu perdão, Mma. Ela sente um peso muito grande na consciência por uma maldade cometida con-*

tra a senhora muitos anos atrás. Lembra-se daquele seu vestido predileto, cor-de-rosa...

Se o sr. J. L. B. Matekoni tivesse feito algo parecido — podia ser que tivesse despejado óleo de motor em cima de alguém —, então não existia motivo para preocupação. Descontando-se o assassinato, claro, pouquíssimos eram os agravos que não tinham conserto. Muitos deles, na verdade, eram bem menores do que o transgressor imaginava e podiam ser largados em perfeita segurança no mesmo lugar que ocupavam no passado. Até mesmo os delitos mais sérios podiam ser perdoados, se fossem admitidos. Ela precisava tranqüilizar o sr. J. L. B. Matekoni; era muito fácil aumentar de forma descabida uma questão insignificante depois de passar uma noite inteira em claro, preocupado com ela.

"Todos nós já fizemos algo de errado na vida, Rra", ela disse. "O senhor, eu, Mma Makutsi, até mesmo o papa. Nenhum de nós pode dizer que somos perfeitos. Não é desse jeito que são as pessoas. Não deve se preocupar a respeito. Apenas me diga do que se trata. Estou certa de que conseguirei tranqüilizar sua mente."

"Ah, eu não poderia fazer uma coisa dessas, Mma. Não posso nem mesmo começar a lhe contar. A senhora ficaria muito chocada. Nunca mais iria querer me ver. É que não sou digno da senhora, percebe? A senhora é boa demais para mim, Mma."

Mma Ramotswe sentiu que começava a se irritar. "O senhor não está dizendo coisa com coisa. Claro que é digno de mim. Sou apenas uma pessoa comum. E o senhor é um homem excelente. É bom no trabalho que faz e as pessoas o têm em alta conta. Aonde é que o alto-comissário britânico leva o carro, quando é preciso consertar alguma coisa? A quem a fazenda dos órfãos recorre quando precisa arrumar algo? Ao senhor. O senhor tem uma ótima oficina. Sinto-me honrada porque vamos nos casar. E isso é tudo."

As palavras de Mma Ramotswe foram recebidas com um silêncio absoluto. Depois: "Mas é que a senhora não sabe como eu sou mau. Eu nunca lhe contei nada a respeito dessas maldades".

"Então me conte. Me conte agora. Eu sou forte."

"Ah, eu não posso fazer isso, Mma. A senhora ficaria chocada."

Mma Ramotswe percebeu que a conversa não estava levando a parte alguma, de modo que mudou de tática.

"E por falar na oficina", começou ela. "O senhor não esteve lá ontem, nem anteontem. Mma Makutsi está dirigindo tudo para o senhor. Mas não é bom que isso dure indefinidamente."

"Fico contente que ela esteja dirigindo a oficina", falou o sr. J. L. B. Matekoni, com voz monótona. "Não estou me sentindo muito forte, no momento. Acho que vou continuar aqui em casa. Ela pode cuidar de tudo. Por favor, agradeça a ela por mim."

Mma Ramotswe respirou bem fundo. "O senhor não está nada bem. Eu acho bom marcar uma consulta para o senhor. Andei conversando com o dr. Moffat. Ele disse que o receberia. Ele acha que seria uma boa idéia."

"Eu não estou doente", respondeu o sr. J. L. B. Matekoni. "E não preciso ir ver o dr. Moffat. O que ele poderia fazer por mim? Nada."

Não fora um telefonema dos mais tranqüilizadores; Mma Ramotswe passou uns bons minutos ansiosa, andando de um lado para o outro em sua cozinha, depois de desligar. Estava claro, para ela, que o dr. Moffat acertara em cheio; o sr. J. L. B. Matekoni sofria de uma doença — ele dissera que se chamava depressão —, mas o que mais a preocupava no momento era essa coisa terrível que ele acreditava ter feito. Não havia um assassino mais improvável do que o sr. J. L. B. Matekoni, mas e se por acaso acabasse vindo à tona que ele era justamente isso? Mudariam seus sentimentos se descobrisse que o noivo havia matado alguém, ou será que diria a si mesma que a culpa não era de fato dele, que quando partiu para cima da vítima com uma chave inglesa na mão estava agindo em defesa própria? Isso era o que as mulheres e namoradas dos assassinos invariavelmente diziam. Nunca conseguiam aceitar que o homem delas fosse capaz de se tornar um assassino. As mães também eram assim. As mães de assassinos sempre dizem que os filhos não são pessoas tão más quanto os outros pensam. Claro que, para elas, os filhos continuam sendo meninos, não obstante a idade que tenham, e meninos jamais cometem assassinato.

Note Mokoti poderia ter sido um assassino. Era perfeitamente capaz de matar um homem a sangue frio, porque não tinha sentimentos. Era fácil imaginar Note apunhalando alguém e depois se afastando muito tranqüilo, como se não tivesse feito mais do que apertar a mão da vítima. Quando batia nela, como fizera em tantas ocasiões antes de ir embora de vez, não demonstrava o menor sinal de emoção. Um dia, depois de abrir um rasgo na pele dela, logo acima da sobrancelha, com uma bofetada especialmente violenta, ele até havia inspecionado seu serviço, como se fosse um médico examinando uma ferida.

"Você vai ter que ir a um hospital ver isso", ele dissera, sem o menor tremor na voz. "O corte foi feio. Você precisa ter mais cuidado."

A única coisa pela qual se sentia grata, em todo o episódio do casamento com Note, era o fato de seu paizinho ainda estar vivo quando ela saiu de casa. Ao menos tivera o prazer de saber que a filha não estava mais com aquele homem, depois de tanto sofrimento durante os dois anos de vida em comum. Quando foi procurá-lo para lhe contar que Note havia ido embora, o pai não fizera uma recriminação sequer — não a chamara de tola por ter se casado com ele, mesmo que pensasse assim.

Dissera apenas para ela voltar, que ele estava ali para tomar conta dela, que tudo iria melhorar bastante depois da separação. Ele tinha certeza. O pai havia mostrado uma dignidade imensa, como sempre, aliás. Chorando, Mma Ramotswe fora para seus braços. O pai então lhe dissera que ali ela estava a salvo e que não precisava mais temer aquele homem.

Porém, Note Mokoti e o sr. J. L. B. Matekoni eram pessoas muito diferentes. Note é quem tinha cometido crimes, não o sr. J. L. B. Matekoni. Mas, então, por que insistir que tinha feito alguma coisa horrível, se não tinha? Mma Ramotswe ficou muito intrigada e, como acontecia sempre que queria ir fundo num assunto, resolveu recorrer a sua principal fonte de informação e consolo para todas as questões em que houvesse dúvida ou disputa: o Centro de Livros de Botsuana.

Tomou o café da manhã bem rápido e deixou as crianças aos cuidados de Rose. Gostaria de lhes dar um pouco mais de atenção, mas sua vida parecia indevidamente complicada no momento. Lidar com o sr. J. L. B. Matekoni passara a ser o item número um de sua lista de tarefas, seguida, em ordem de importância, pela oficina, pela investigação acerca das dificuldades vividas pelo irmão do Homem Público e pela mudança para o novo endereço. Era uma lista complicada: cada tarefa nela contida possuía algum elemento de urgência, mas havia um número limitado de horas em seu dia.

Percorreu a curta distância que a separava do centro da cidade e encontrou uma boa vaga para estacionar a pequenina van branca atrás do Banco Standard. Depois, cumprimentando uma ou duas pessoas conhecidas na praça, aproximou-se das portas do Centro de Livros. Era sua loja predileta, e em geral ela se permitia ao menos uma hora para a mais simples das compras, o que lhe dava tempo de sobra para fuçar nas prateleiras; mas, nessa manhã, com uma missão tão clara e preocupante na cabeça, fechou os olhos para as tentações das revistas, com suas fotos de casas maravilhosas e vestidos fantásticos.

"Eu gostaria de falar com o gerente", disse ela a um dos funcionários da loja.

"Pode falar comigo", respondeu-lhe a jovem assistente.

Mma Ramotswe não se abalou. A assistente era educada, mas jovem demais, e seria melhor falar com um homem que conhecesse um bocado sobre livros. "Não. Eu quero falar com o gerente, Mma. É um assunto muito importante."

O gerente foi chamado e cumprimentou Mma Ramotswe polidamente.

"É um prazer vê-la", ele disse. "A senhora veio me procurar na qualidade de detetive, Mma?"

Mma Ramotswe deu risada. "Não, Rra. Mas gostaria de encontrar um livro que vai me ajudar a lidar com uma questão bastante delicada. Posso lhe pedir uma indicação em termos confidenciais?"

"Claro que pode, Mma. A senhora jamais irá encontrar um vendedor de livros que fale quais são os livros que seus clientes estão lendo, caso eles queiram que isso permaneça em segredo. Somos muito cautelosos."

"Ótimo. Estou procurando um livro sobre uma doença chamada depressão. Já ouviu falar de algum?"

O gerente meneou a cabeça. "Não se preocupe, Mma. Não só já ouvi falar de livros sobre esse assunto, como tenho um aqui na loja. Posso lhe vender." Fez uma breve pausa. "Eu sinto muito, Mma. Depressão não é uma doença boa."

Mma Ramotswe olhou por cima do ombro. "Não sou eu. É o sr. J. L. B. Matekoni. Acho que ele está deprimido."

O semblante do gerente transmitiu sua solidariedade, enquanto a conduzia até uma prateleira num canto e tirava de lá um livro fininho, de capa vermelha.

"Este é um ótimo livro que fala dessa doença", ele disse, entregando-lhe o volume. "Leia o que foi escrito na contracapa e vai ver que muita gente falou que este livro ajudou bastante a lidar com a doença. Eu sinto muito pelo sr. J. L. B. Matekoni, por sinal. Espero que este livro o faça se sentir melhor."

"O senhor é um homem muito prestativo, Rra. Obrigada. É muita sorte nossa ter sua excelente livraria no país. Obrigada."

Mma Ramotswe pagou e voltou para a pequenina van branca folheando o livro ao acaso. Um parágrafo em especial chamou-lhe a atenção e ela até parou para ler melhor.

Um traço característico da doença depressiva aguda é a sensação de que fizemos algo terrível, que talvez tenhamos nos endividado sem possibilidade de pagar o que devemos, ou que cometemos um crime. Em geral isso vem acompanhado de uma sensação de falta de auto-estima. Desnecessário dizer que o delito imaginado nunca foi cometido, mas, por mais que se tente, é impossível convencer a pessoa do contrário.

Mma Ramotswe releu o trecho com um novo e glorioso alento. Em geral não se espera que um livro sobre depressão tenha tal efeito sobre o leitor, mas, dessa vez, foi o que aconteceu. Claro que o sr. J. L. B. Matekoni não tinha feito nada de terrível; era um homem, como ela estava cansada de saber, de uma honra impoluta. Agora, tudo o que precisava fazer era convencê-lo a ir ver um médico e a se tratar. Fechou o livro e deu uma lida na sinopse impressa na contracapa. *Esta doença perfeitamente tratável...*, dizia. Isso a alegrou ainda mais. Sabia o que precisava fazer, e sua lista, mesmo que pela manhã tivesse lhe parecido longa e complicada, ficou menos gigantesca, menos assustadora.

Foi direto do Centro de Livros para a Tlokweng Road Speedy Motors. Para seu alívio, a oficina estava aberta e Mma Makutsi, parada na porta do escritório, tomava uma xícara de chá. Os dois aprendizes haviam se sentado em seus tambores de óleo, um fumando um cigarro, o outro tomando um refrigerante em lata.

"Ainda é meio cedo para fazer um descanso", disse Mma Ramotswe, espiando os aprendizes.

"Ah, Mma, todos nós merecemos dar uma paradinha", falou Mma Makutsi. "Estamos aqui já tem mais de duas horas e meia. Todos nós chegamos às seis da manhã e demos um duro danado."

"Pois é", confirmou um dos aprendizes. "Um duro danado. E fizemos um ótimo trabalho, Mma. Conte para ela, Mma. Conte para ela o que a senhora fez."

"Esta gerente interina é uma mecânica de mão cheia", exclamou o outro aprendiz. "Melhor até que o patrão, eu acho."

Mma Makutsi riu. "Vocês, rapazes, se acostumaram a dizer coisas gentis para as mulheres. Mas isso comigo não funciona. Estou aqui como gerente interina, não como mulher."

"Mas é verdade, Mma", falou o mais velho deles. "Se ela não quer contar, então conto eu. Nós estávamos com um carro aqui, um que já estava esperando fazia quatro, cinco dias. É de uma enfermeira do Hospital Princesa Marina. É uma senhora muito forte e eu não gostaria de ter de dançar com ela. Eu é que não!"

"Aquela senhora jamais dançaria com você", retrucou na hora Mma Makutsi. "Para que ela iria querer dançar com um garoto ensebado feito você, quando pode dançar com cirurgiões e gente assim?"

O aprendiz não se deu por achado com o insulto. "Como eu ia dizendo, quando ela trouxe o carro, falou que ele de vez em quando parava no meio da rua e que ela tinha que esperar um pouco e depois dar a partida de novo. Aí o carro pegava, andava mais um pouco e parava outra vez. Nós demos uma olhada nele. Eu experimentei e o carro pegou. Fui com ele até o antigo aeroporto e cheguei inclusive à avenida Lobatse. O carro não parou uma vez. Mas a mulher tinha dito que ele vivia morrendo. Então troquei as velas e tentei de novo. Dessa vez, ele morreu bem na rotatória, perto do Clube de Golfe. Sem mais nem menos, o carro parou. Depois pegou de novo. E aí aconteceu uma coisa muito engraçada, que aquela enfermeira já tinha nos contado. Os limpadores do pára-brisa começaram a funcionar quando o carro morreu. E eu não toquei neles.

"Então, hoje de manhã, eu disse para Mma Makutsi: 'Este aqui é um carro muito gozado, Mma. Ele pára e depois pega'.

"Mma Makutsi veio dar uma espiada no carro. Examinou o motor e viu que as velas eram novas e que havia uma bateria nova também. Depois abriu a porta do carro, entrou e fez uma careta assim, ó. Bem assim, com o nariz todo franzido. E disse: 'Este carro cheira a rato. Eu sei que ele está com cheiro de rato'. E começou a examinar tudo. Espiou embaixo dos bancos, mas não encontrou nada ali. Depois verificou sob o painel de instrumentos e começou a gritar para que eu e o mano aqui acudíssemos. Então ela disse: 'Tem um ninho de ratos neste carro. E eles roeram o isolante dos fios bem aqui. Vejam'.

"Então nós fomos dar uma olhada nos fios, que são fios muito importantes num carro — são os que estão ligados à ignição —, e vimos que dois deles estavam raspando um no outro de vez em quando, bem onde os ratos tinham roído o isolante. O que significa que o motor achava que o carro estava desligado quando os fios se tocavam e a eletricidade ia para os limpadores. Era isso que acontecia. Nesse meio-tempo, os ratos fugiram do carro porque haviam sido descobertos. Mma Makutsi pegou o ninho deles e jogou fora. Depois recapeou os fios com a fita isolante que nós demos a ela e agora o carro está bom. Não tem mais problema de rato, e tudo porque esta senhora é uma detetive e tanto."

"Ela é uma mecânica detetive", completou o outro aprendiz. "Ela deixaria qualquer homem muito feliz, mas muito cansado, eu acho. Pois é!"

"Quietos", disse Mma Makutsi, em tom brincalhão. "Agora voltem ao trabalho. Aqui eu sou gerente interina. Não sou uma dessas moças que vocês paqueram nos bares. Ao trabalho!"

Mma Ramotswe deu risada. "Obviamente a senhora tem talento para descobrir coisas, Mma. Talvez as profissões de detetive e mecânico não sejam assim tão diferentes uma da outra, no fim das contas."

Entraram as duas no escritório. Mma Ramotswe reparou na hora que Mma Makutsi tinha deixado sua marca sobre o caos. Embora a escrivaninha do sr. J. L. B. Matekoni continuasse forrada de papéis, todos pareciam ordenados em pilhas. Havia uma pilha para as faturas de cobrança e outra para as contas a pagar. Os catálogos enviados por fornecedores estavam todos juntos, em cima de um armário de aço, e os manuais dos fabricantes foram repostos na prateleira que ficava sobre a escrivaninha. Além disso, num dos cantos da sala, encostada à parede, havia uma chapa branca brilhante na qual Mma Makutsi desenhara duas colunas, intituladas *ENTRADA* e *SAÍDA*.

"Eles ensinaram para nós, no Centro de Formação de Secretárias", disse Mma Makutsi, "que é muito importante ter um sistema. Quando temos um sistema que nos diz em que pé estamos, nós nunca nos perdemos."

"Isso é verdade", concordou Mma Ramotswe. "Eles certamente sabem como dirigir um negócio por lá."

Mma Makutsi abriu um largo sorriso, cheio de prazer. "E tem mais uma coisa. Acho que vai ajudar se eu lhe fizer uma lista."

"Uma lista?"

"Exato", disse Mma Makutsi, entregando-lhe uma pasta vermelha grande. "Eu pus sua lista aqui. Todos os dias, vou atualizá-la. A senhora verá que são três colunas. *COM URGÊNCIA, SEM URGÊNCIA* e *PARA O FUTURO*."

Mma Ramotswe suspirou. Ela não queria mais uma lista, mas também não queria desestimular Mma Makutsi, que sem dúvida alguma sabia como administrar uma oficina.

"Obrigada, Mma", disse ela, abrindo a pasta. "Vejo que já deu início à minha lista."

"Dei. Mma Potokwani ligou da fazenda dos órfãos. Ela queria falar com o sr. J. L. B. Matekoni, mas eu disse que ele não estava. Então ela falou que de qualquer maneira estava querendo falar com a senhora e me pediu para dar o recado. Verá que eu pus o assunto na coluna dos *SEM URGÊNCIA*."

"Vou ligar para ela. Deve ser alguma coisa relacionada com as crianças. Acho melhor ligar já."

Mma Makutsi voltou para a oficina, onde Mma Ramotswe ouviu-a dar instruções aos aprendizes. Apanhou o fone — coberto, como ela bem reparou, de marcas oleosas de dedos — e discou o número que Mma Makutsi anotara na lista. Enquanto o telefone tocava, ticou com um traço grosso e grande aquele item solitário de seu rol de afazeres.

Mma Potokwani atendeu.

"Muita gentileza sua ter ligado, Mma Ramotswe. As crianças estão bem, espero."

"Já estão bem acomodadas", disse Mma Ramotswe.

"Ótimo. Agora, Mma, será que eu poderia lhe pedir um favor?"

Mma Ramotswe sabia que essa era a maneira como a fazenda dos órfãos operava. Qualquer ajuda era bem-vinda e, claro, todos estavam dispostos a ajudar. Ninguém conseguia recusar alguma coisa a Mma Silvia Potokwani.

"Claro, Mma. Diga-me do que se trata."

"Gostaria que viesse tomar um chá comigo. Esta tarde, se for possível. Tem uma coisa que eu gostaria que a senhora visse."

"Não pode me dizer o que é?"

"Não, Mma. É muito difícil de contar por telefone. Seria muito melhor se a senhora visse com seus próprios olhos."

9
NA FAZENDA DOS ÓRFÃOS

A fazenda dos órfãos ficava a uns vinte minutos de carro da cidade. Mma Ramotswe já estivera no local diversas vezes, se bem que nunca com a assiduidade do sr. J. L. B. Matekoni, que fazia visitas regulares à instituição para lidar com as engrenagens de máquinas, que pelo visto viviam emperrando. Havia uma bomba de água em especial que exigia cuidados constantes, sem falar no microônibus, cujos freios estavam sempre carecendo de uma revisão. O sr. J. L. B. Matekoni nunca se queixava do tempo gasto nesses trabalhos e os funcionários de lá o tinham em alta conta, assim como todo mundo, na verdade.

Mma Ramotswe gostava de Mma Potokwani, de quem era parente distante pelo lado da família da mãe. Não era incomum alguém ser parente de alguém em Botsuana, e essa era uma lição que os estrangeiros aprendiam rapidinho, tão logo se davam conta de que, ao fazer uma crítica a fulano, estavam inevitavelmente falando com o primo distante desse fulano.

Mma Potokwani achava-se parada na porta do escritório, conversando com um funcionário, quando Mma Ramotswe chegou. Ela lhe indicou um lugar para estacionar a pequenina van branca, debaixo da sombra de uma silindra, e depois convidou a visita a entrar.

"Tem estado tão quente, Mma Ramotswe", comentou ela. "Mas tenho um ventilador muito potente no escritório. Se eu ligar na potência máxima, ele é capaz de soprar as pessoas para fora da sala. É uma arma muito útil."

"Espero que não vá usá-la em mim", respondeu Mma Ramotswe. Por alguns instantes, teve uma visão de si mesma, a saia inflada agitando-se em volta, sendo varrida do escritório de Mma Potokwani lá para o alto, de onde poderia observar as árvores, as trilhas e o gado de olho arregalado, olhando para ela.

"Mas é claro que não. A senhora é o tipo de visita que eu gosto de receber. O que eu não aprecio muito é o tipo que interfere. Pessoas que tentam me dizer como ser supervisora de uma fazenda de órfãos. De vez em quando recebemos gente assim. Gente que mete o nariz onde não é chamada. Pensam que sabem alguma coisa a respeito de órfãos, mas não sabem nada. As pessoas que mais sabem sobre os órfãos são aquelas senhoras lá."

Ela apontou pela janela para o local onde duas mães sociais, duas mulheres robustas de avental azul, levavam duas crianças que ainda estavam aprendendo a andar para dar uma volta pelo pátio, as mãozinhas minúsculas presas com firmeza, os passinhos hesitantes, bambos, docemente incentivados.

"É", continuou Mma Potokwani. "Aquelas senhoras ali sabem. São capazes de lidar com qualquer tipo de criança. Com as muito tristes, que choram o tempo todo de saudade da mãe que já se foi. Com as malvadas, que foram ensinadas a roubar. Com as muito descaradas, que não aprenderam a respeitar os mais velhos e usam palavras feias. Aquelas senhoras sabem lidar com todos esses tipos de criança."

"São mulheres boníssimas", disse Mma Ramotswe. "Os dois órfãos que o sr. J. L. B. Matekoni e eu pegamos dizem que foram muito felizes aqui. Ontem mesmo, Motholeli leu para mim uma história que escreveu na escola. A história de sua vida. E ela falou na senhora, Mma."

"Fico contente de que ela tenha sido feliz aqui. Motholeli é uma menina muito corajosa." Mma Potokwani calou-se por um instante. "Mas eu não a convidei a vir aqui para falar deles dois, Mma. Eu queria conversar a respeito de um caso muito estranho que temos por aqui. Tão estranho que nem mesmo as mães sociais estão conseguindo lidar com a questão. Por isso é que me passou pela cabeça perguntar-lhe. Eu estava ligando para o sr. J. L. B. Matekoni justamente para pedir o número de seu telefone."

Debruçando-se sobre a escrivaninha, serviu uma xícara de chá para Mma Ramotswe. Em seguida cortou um grande bolo de frutas secas que estava num prato, ao lado da bandeja do chá. "Este bolo foi feito por nossas meninas mais velhas", disse ela. "Nós ensinamos todas elas a cozinhar."

Mma Ramotswe aceitou a imensa fatia e olhou para a profusão de frutas secas espalhadas na massa. Havia no mínimo setecentas calorias ali, pensou, mas isso não tinha grande importância; ela era uma senhora de físico tradicional e não precisava esquentar a cabeça com essas coisas.

"A senhora sabe que nós pegamos todo tipo de criança", continuou Mma Potokwani. "Em geral são trazidas para nós quando a mãe morre e ninguém sabe onde encontrar o pai. Quase sempre as avós não têm como cuidar, ou porque estão muito doentes ou porque são muito pobres, e os órfãos ficam sem ninguém. Nós as recebemos das mãos das assistentes sociais ou, de vez em quando, da própria polícia. Há ocasiões em que são largadas em algum lugar e então o aviso vem de algum particular."

"Elas têm sorte de poder vir para cá", disse Mma Ramotswe.

"Têm. E, em geral, nada é novidade aqui para nós, não importa o que tenha acontecido no passado. Nada nos choca. Mas muito de vez em quando aparece um caso bastante inusitado e nós ficamos sem saber o que fazer."

"E estão com uma criança assim agora?"

"Estamos", confirmou Mma Potokwani. "Depois que

a senhora acabar de comer essa grande fatia de bolo, vou levá-la para lhe mostrar o menino que nos chegou sem um nome sequer. Quando a criança não tem nome, em geral nós lhe damos um. Procuramos um bom nome em setsuana e damos a ela. Mas isso só costuma ocorrer com bebês. Crianças mais velhas normalmente nos dizem como se chamam. Este menino não. Na verdade, não parece ter aprendido a falar. De modo que resolvemos chamá-lo de Mataila."

Mma Ramotswe terminou de comer o bolo e tomou as últimas gotinhas de seu chá. Em seguida, junto com Mma Potokwani, caminhou até o extremo oposto do círculo formado pelas casas onde viviam os órfãos. Havia feijoeiros plantados em volta e o pequeno pátio da frente fora bem varrido. Ali estava uma mãe social que sabia como cuidar de uma casa, pensou Mma Ramotswe. E, sendo esse o caso, como poderia estar sendo derrotada por um simples menino?

A mãe social, Mma Kerileng, estava na cozinha. Enxugando as mãos no avental, cumprimentou Mma Ramotswe calorosamente, depois levou-as para a sala de estar. Era um aposento alegre, com desenhos feitos pelas crianças presos num grande quadro de avisos. Uma caixa num canto da sala estava cheia de brinquedos.

Mma Kerileng esperou até que as visitas estivessem sentadas antes de se instalar numa das volumosas poltronas dispostas em volta de uma mesinha de centro baixa.

"Já ouvi falar da senhora, Mma", ela disse a Mma Ramotswe. "Vi sua foto no jornal. E claro que conheço o sr. J. L. B. Matekoni, que nos visita bastante para consertar as máquinas que vivem quebrando. A senhora é uma mulher de sorte porque terá um marido que sabe consertar coisas. A maioria só sabe quebrar."

Mma Ramotswe inclinou a cabeça, aceitando o elogio. "Ele é um bom homem. Não anda muito bem, no momento, mas tenho esperança de que melhore logo."

107

"Tomara", disse Mma Kerileng. E olhou com um ar de expectativa para Mma Potokwani.
"Eu queria que Mma Ramotswe visse Mataila. Talvez ela possa nos aconselhar. Como ele está hoje?"
"O mesmo que ontem", disse Mma Kerileng. "E que anteontem. Esse menino não muda nunca."
Mma Potokwani suspirou. "É muito triste. Ele está dormindo agora? Dá para abrir a porta?"
"Acho que está acordado. Seja como for, vamos dar uma olhada."
Levantou-se da cadeira e conduziu as visitas por um corredor de chão muito encerado. Mma Ramotswe reparou, com apreço, como a casa estava limpinha. Sabia de quanto trabalho duro aquela mulher era capaz; por todo o país, havia mulheres que trabalhavam de sol a sol e que muito raramente recebiam um elogio. Os políticos reivindicavam os créditos pela construção de Botsuana, mas era uma tremenda ousadia. Uma tremenda ousadia reivindicar os créditos por todo o trabalho realizado por gente como Mma Kerileng e mulheres iguais a ela.
Pararam diante de uma porta no fim do corredor e Mma Kerileng então tirou uma chave do bolso do avental.
"Não me lembro da última vez em que tivemos de trancar uma criança em seu quarto", ela disse. "Na verdade, acho que isso nunca aconteceu antes. Nunca tivemos de fazer uma coisa dessas."
O comentário aparentemente deixou Mma Potokwani um tanto perturbada. "É o único jeito. Caso contrário, ele fugiria para o mato."
"Claro", concordou Mma Kerileng. "É que ele me parece muito triste, só isso."
Abriu a porta, revelando um quarto mobiliado com um colchão, apenas. Não havia vidro na janela, coberta por uma grande grade de ferro forjado, do tipo usado para evitar ladrões. Sentado sobre o colchão, com as per-

nas esparramadas para os lados, estava um menino de cinco ou seis anos, nu em pêlo.
   O menino olhou para as mulheres quando elas entraram, e por alguns segundos Mma Ramotswe viu naquele rosto a mesma expressão de medo que, às vezes, enxergamos num animal assustado. Mas isso durou muito pouco e foi substituído por um semblante vazio, de ausência total.
   "Mataila", disse Mma Potokwani, falando bem devagar em setsuana. "Mataila, como vai você? Esta senhora chama-se Mma Ramotswe. Ramotswe. Está vendo esta senhora?"
   O menino ergueu os olhos para Mma Potokwani enquanto ela falava e não desviou a vista até que terminasse. Depois voltou a fitar o chão.
   "Acho que ele não consegue entender o que a gente fala", disse Mma Potokwani. "Mas continuamos conversando com ele."
   "Já tentaram outras línguas?", perguntou Mma Ramotswe.
   Mma Potokwani fez que sim, balançando a cabeça. "Todas em que pudemos pensar. Pedimos ao Departamento de Línguas Africanas da universidade para nos enviar alguém. Eles tentaram algumas línguas bem raras, para o caso de ele ter vindo de Zâmbia. Tentamos herero. Tentamos a língua san, se bem que ele obviamente não é um mosarva, pelo seu aspecto. Nada. Não conseguimos nada."
   Mma Ramotswe deu alguns passos adiante, para dar uma olhada melhor no menino. Ele ergueu muito de leve a cabeça, mas não fez mais nada. Ela avançou mais alguns passos.
   "Cuidado", disse Mma Potokwani. "Ele morde. Não sempre, mas costuma morder."
   Mma Ramotswe ficou imóvel. Mordidas não eram um método de luta incomum em Botsuana, portanto não ha-

via nada de estranho numa criança com o costume de morder. Não fazia muito tempo, tinha havido um caso de agressão com mordidas em Mmegi. Um garçom mordera um freguês após uma discussão por causa de erro no troco, e isso levara à instauração de processo no tribunal de Lobatse. O garçom fora condenado a um mês de prisão e, ato contínuo, mordera o policial que o levava para a cela; mais um exemplo, pensou Mma Ramotswe, da falta de visão das pessoas violentas. A segunda mordida lhe custara mais três meses de cadeia.

Mma Ramotswe baixou os olhos até o menino.

"Mataila?"

O menino não reagiu.

"Mataila?" Estendeu a mão na direção dele, pronta para puxá-la rápido, caso fosse necessário.

O menino rosnou. Não havia outra palavra para aquele som, ela pensou. Era um rosnado, um som baixo e gutural que parecia vir lá de dentro do peito.

"Ouviu isso?", perguntou Mma Potokwani. "Não é extraordinário? E se por acaso está se perguntando por que ele está nu, saiba que ele rasgou todas as roupas que lhe demos. Rasgou com os dentes e jogou tudo no chão. Demos dois calções também e ele fez a mesma coisa com os dois."

Mma Potokwani adiantou-se.

"Mataila", ela disse, "por que não se levanta daí e vem para fora? Mma Kerileng vai levar você para tomar um pouco de ar fresco."

Ela debruçou-se e pegou o menino, com toda a cautela, pelo braço. A cabeça dele se virou por instantes e Mma Ramotswe achou que ele iria morder, mas não; o menino levantou-se submisso e se deixou conduzir para fora do quarto.

Saindo da casa, Mma Kerileng pegou na mão do garoto e caminhou com ele até um arvoredo nos limites das instalações do orfanato. O menino tinha um andar incomum, Mma Ramotswe reparou, algo que ficava entre correr e andar, como se de repente ele pudesse sair aos saltos.

"Aí está o nosso Mataila", disse Mma Potokwani, enquanto as duas observavam a mãe social levar o menino.

"O que achou?"

Mma Ramotswe fez uma careta. "É muito estranho. Algo terrível deve ter acontecido a essa criança."

"Sem dúvida", disse Mma Potokwani. "Eu falei isso para o médico que cuidou dele. Ele disse que talvez sim, talvez não. Disse que existem crianças que são simplesmente assim. Não se dão com ninguém e nunca aprendem a falar."

Mma Ramotswe viu o momento em que Mma Kerileng soltou por alguns momentos a mão do menino.

"Temos de vigiá-lo o tempo todo", disse Mma Potokwani. "Quando nós o deixamos sozinho, ele foge para o mato e se esconde. Na semana passada, ficou sumido durante quatro horas. Fomos encontrá-lo perto das fossas sanitárias. E ele não parece se dar conta de que uma criança pelada, correndo tanto quanto ele consegue correr, chama a atenção de todo mundo."

Mma Potokwani e Mma Ramotswe começaram a voltar para o escritório. Mma Ramotswe estava deprimida. Perguntava-se por onde a pessoa haveria de começar, com uma criança como aquela. Era muito fácil responder às necessidades de órfãos cativantes — de crianças como as duas que tinham ido morar com ela em Zebra Drive —, mas havia tantas outras crianças, crianças que tinham sofrido danos de um tipo ou de outro e que precisavam de paciência e compreensão. Contemplou a própria vida, com suas listas e exigências, e perguntou-se como poderia encontrar tempo para ser mãe de uma criança como aquela. Impossível que Mma Potokwani estivesse planejando fazer com que ela e o sr. J. L. B. Matekoni adotassem o menino também. Ou não? Conhecia bem a reputação da supervisora, uma mulher decidida, que não aceitava um não como resposta — fato, aliás, que a tornava uma defensora poderosa dos órfãos —, mas não acreditava que pudesse tentar se impor àquele ponto; sim, porque, sob todos os aspectos, seria uma imposição tremenda empurrar aquela criança para cima dela.

"Sou uma mulher ocupada", começou a dizer, quando já estavam chegando ao escritório. "Sinto muito, mas não posso assumir..."

Um grupo de órfãos cruzou com elas e cumprimentou educadamente a supervisora. Um deles trazia nos braços um cachorrinho, um filhote subnutrido. Um órfão ajuda o outro, pensou Mma Ramotswe.

"Cuidado com esse cachorro", avisou Mma Potokwani. "Quantas vezes eu já não falei para vocês não catarem esses vira-latas? Será que não vão me escutar nunca?..."

Virou-se então para Mma Ramotswe. "Mas Mma Ramotswe! Espero que não tenha imaginado... Claro que eu não tenho a menor intenção de fazê-la ficar com aquele menino! Mal podemos cuidar dele aqui, com todos os nossos recursos."

"Fiquei preocupada", disse Mma Ramotswe. "Estou sempre disposta a ajudar, mas há limites para o que somos capazes de fazer."

Mma Potokwani deu risada e tocou no braço da visita, para sossegá-la. "Claro que sim. E já nos ajuda muito cuidando daqueles dois órfãos. Não, o que eu queria era lhe pedir um conselho. Sei de sua reputação para encontrar o paradeiro de pessoas desaparecidas. Será que poderia nos dizer — só nos dizer — como descobrir alguma coisa a respeito do menino? Se nós conseguíssemos de uma forma ou de outra desvendar algo de seu passado, de seu local de origem, talvez pudéssemos chegar mais facilmente até ele."

Mma Ramotswe abanou a cabeça. "Vai ser muito difícil. Teriam de conversar com as pessoas que moram perto de onde ele foi encontrado. Teriam de fazer uma por-

ção de perguntas e eu desconfio que as pessoas não vão querer falar. Se quisessem, já teriam contado alguma coisa."
"Tem razão quanto a isso", disse Mma Potokwani, com tristeza. "A polícia fez muitas perguntas por lá, pelos arredores de Maun. Perguntaram em todas as vilas da região, mas ninguém tinha ouvido falar numa criança assim. Mostraram fotos e as pessoas simplesmente disseram que não. Que não sabiam nada a respeito."
Mma Ramotswe não se surpreendeu. Se alguém quisesse a guarda do menino, teria dito alguma coisa. O simples fato de o silêncio ser geral provavelmente significava que a criança fora abandonada de propósito. Talvez houvesse algum tipo de bruxaria envolvendo o caso. Se por acaso um feiticeiro local tivesse dito que o menino estava possuído, ou que era um tokolosi, não haveria mais nada a ser feito. Podia-se dizer que era muita sorte ele estar vivo. Crianças assim costumam ter um destino bem diferente.

Estavam as duas paradas ao lado da pequenina van branca. A árvore derrubara um galho sobre o capô e Mma Ramotswe apanhou-o. Eram tão delicadas as folhas dessa árvore; com centenas de folhinhas minúsculas presas ao caule central, como o traçado intrincado de uma teia de aranha. De trás delas vinha o som de vozes infantis; de uma canção da qual Mma Ramotswe lembrava dos tempos de sua infância e que a fez sorrir.

Os bois vêm chegando, um, dois, três,
Os bois vêm chegando, o grande, o pequeno, e o Marquês,
Eu moro com os bois, um, dois, três,
Ó mãezinha, vem procurar sua rês.

Olhou então para o rosto de Mma Potokwani: um rosto que dizia, em cada ruga e cada expressão: eu sou supervisora de um orfanato.
"Elas ainda cantam essa música", disse Mma Ramotswe.

Mma Potokwani sorriu. "Eu também canto. Nós nunca nos esquecemos das canções da infância, não é mesmo?"

"Diga-me, uma coisa, Mma. O que foi que eles disseram sobre aquele menino? As pessoas que o encontraram falaram alguma coisa?"

Mma Potokwani pensou por alguns momentos. "Disseram à polícia que o encontraram de noite. Disseram que foi muito difícil controlá-lo. E que ele tinha um cheiro esquisito."

"Cheiro esquisito do quê?"

Mma Potokwani fez um gesto com a mão, como se para descartar o assunto. "Um dos homens falou que ele cheirava a leão. O policial que cuidou do caso lembrou disso porque achou o comentário muito estranho. Anotou na ficha, que acabou vindo para nós, quando o pessoal da administração tribal finalmente resolveu mandá-lo para cá."

"Cheiro de leão?", repetiu Mma Ramotswe.

"É", disse Mma Potokwani. "Ridículo."

Mma Ramotswe ficou alguns momentos em silêncio. Entrou na pequenina van branca e agradeceu Mma Potokwani pela hospitalidade.

"Vou pensar no caso desse menino. Talvez me ocorra alguma idéia."

Acenaram uma para a outra, enquanto Mma Ramotswe se afastava pela estradinha de terra e cruzava os portões do orfanato, com sua grande placa que dizia em letras bem grandes: *Há crianças morando aqui.*

Ia devagar, porque havia muitos burros e bois na estrada, além dos meninos que cuidavam dos animais. Alguns deles eram muito jovens, não deviam ter mais do que seis ou sete anos de idade, iguais àquele pobre menino calado, em seu quartinho.

E se por acaso um jovem guardador de gado se perdesse, pensou Mma Ramotswe. E se por acaso ele se perdesse no mato, longe do posto de gado? Essa criança morreria? Ou poderia lhe acontecer algo mais?

10
A HISTÓRIA DO SERVIDOR

Mma Ramotswe deu-se conta de que era preciso fazer alguma coisa a respeito da Agência Nº 1 de Mulheres Detetives. Não levou muito tempo para transportar o conteúdo do antigo escritório para a nova sede, nos fundos da Tlokweng Road Speedy Motors; não havia muita coisa além de um armário de arquivo, as pastas nele contidas, umas poucas bandejas de metal onde ficavam os papéis à espera de serem arquivados, os dois velhos bules de chá, as duas xícaras lascadas e, claro, a velha máquina de escrever — que o sr. J. L. B. Matekoni doara e que agora voltava para casa. Tudo foi levado até a traseira da pequenina van branca pelos dois aprendizes, depois de algumas reclamações meramente pro forma de que aquilo não era serviço deles. Pelo visto, aqueles dois atenderiam a qualquer pedido de Mma Makutsi; ela não precisava fazer mais do que assobiar do escritório para que um deles surgisse correndo, querendo saber de que ela estava precisando.

Essa submissão foi uma surpresa para Mma Ramotswe, que se perguntava qual seria o poder que Mma Makutsi exercia sobre os dois jovens. Mma Makutsi não era uma moça bonita, pelo menos não no sentido convencional. Tinha uma pele escura demais para o gosto moderno e os cremes clareadores que usava causavam manchas. Depois havia o cabelo, quase sempre trançado, mas trançado de um jeito muito estranho. Sem falar nos óculos, claro, com aquelas lentes colossais, que teriam servido às necessidades de pelo menos duas pessoas, no entender de Mma Ramotswe. Entretanto lá estava ela, uma jovem que jamais teria passado da fase preliminar de um concurso de beleza, comandando as atenções servis de dois rapazes sabidamente difíceis. Era tudo muito intrigante.

Podia ser, claro, que houvesse algo mais, além da mera aparência física, por trás daquela obediência. Mma Makutsi talvez não fosse uma grande beldade, mas sem dúvida tinha uma personalidade fortíssima, e provavelmente aqueles jovens reconheciam isso. Rainhas de beleza em geral não têm um pingo de personalidade e os homens devem acabar se cansando, depois de uns tempos. Aqueles concursos pavorosos que o pessoal fazia todo ano — para eleger a Miss Cantinho dos Namorados ou a Miss Indústria Bovina — davam destaque a umas mocinhas muito insossas. Mocinhas sem graça que tentavam se pronunciar sobre uma variedade de assuntos e que, para total incompreensão de Mma Ramotswe, acabavam sendo ouvidas.

Ela sabia que os rapazes acompanhavam esses concursos de beleza, porque já ouvira os dois comentando a respeito. Porém, a principal preocupação do momento parecia ser impressionar Mma Makutsi e lisonjeá-la. Um deles chegara inclusive a tentar lhe dar um beijo, mas fora empurrado com divertida indignação.

"Desde quando um mecânico beija sua gerente?", perguntara Mma Makutsi. "Volte para o trabalho antes que eu espanque seu traseiro inútil com uma vara bem comprida."

Os aprendizes haviam feito a mudança em dois tempos, carregando tudo o que havia no escritório em menos de meia hora. Depois, com os dois na traseira para segurar o armário do arquivo, a Agência Nº 1 de Mulheres Detetives partira completa, com placa inclusive, para suas novas instalações. Tinha sido um momento triste, e tanto Mma Ramotswe quanto Mma Makutsi estavam à beira das lágrimas quando trancaram a porta da frente pela última vez.

"É só uma mudança, Mma", disse Mma Makutsi, numa tentativa de consolar sua chefe. "Não é dizer que estamos fechando as portas para sempre."

"Eu sei", respondeu Mma Ramotswe, olhando, quem sabe pela última vez, para a paisagem que se espalhava em frente da casa, por cima dos telhados da cidade e das copas das acácias. "Fui muito feliz aqui."

A agência continuava funcionando, é verdade. Mas no limite. Durante os últimos dias, com todas as turbulências e listas, Mma Ramotswe dedicara pouquíssimo tempo aos assuntos do escritório. Na verdade, pensando bem, não reservara tempo nenhum para eles. Havia apenas um caso pendente e mais nada, se bem que era muito provável que logo aparecessem novos clientes. Pelo menos dessa vez poderia cobrar do Homem Público honorários decentes pelo seu tempo, dependendo, é claro, de um bom resultado nas investigações. Claro que poderia lhe mandar a conta mesmo que não descobrisse nada, mas não gostava de pedir pagamento quando não conseguia ajudar o cliente. Talvez fosse uma simples questão de criar coragem e fazer a cobrança no caso do Homem Público, já que se tratava de um homem rico que podia muito bem arcar com a despesa. Devia ser muito fácil, pensou ela, ter uma agência de detetives para cuidar apenas das necessidades de gente rica, a Agência Nº 1 de Detetives Para Ricos, porque nesse caso cobrar os honorários nunca seria doloroso. Mas seu negócio não era esse e ela nem sabia ao certo se seria feliz tendo uma agência assim. Mma Ramotswe gostava de ajudar a todos, não obstante a posição que tivessem na vida. Muitas vezes usara dinheiro do próprio bolso para solucionar algum caso, simplesmente porque não conseguia recusar ajuda a quem estivesse precisando. Isto é o que me coube fazer na vida, dizia consigo mesma. Tenho de ajudar seja quem for que me peça ajuda. Este é meu dever: ajudar outras pessoas que estejam com algum problema. Não que desse para fazer tudo. A África estava cheia de pessoas necessitadas de ajuda e tinha de haver um limite. Não havia como ajudar a todos, mas ao menos era possível ajudar aqueles que cruzavam seu caminho. Esse princípio lhe permitia lidar com o sofrimento que encontrava pela frente. Esse era seu sofrimento. Outras pessoas, por sua vez, teriam de lidar com o sofrimento que encontrassem no caminho delas.

Mas como resolver os problemas de momento do seu próprio negócio? Mma Ramotswe decidiu então fazer uma revisão na lista e pôr o caso do Homem Público em primeiro lugar. Isso significava ter de começar a obter informações imediatamente, e nada melhor do que começar pelo pai da esposa suspeita. Eram vários os motivos para tanto; o mais importante, a seu ver, era que, se por acaso houvesse de fato um complô para eliminar o irmão do Homem Público, então com toda certeza essa idéia não teria partido da mulher, e sim do pai dela. E isso porque de uma coisa Mma Ramotswe estava convencida: raras vezes as pessoas envolvidas em maldades muito graves agiam inteiramente por iniciativa própria. Em geral havia mais alguém envolvido, alguém com alguma coisa a lucrar com o delito, ou alguém próximo do infrator, chamado para fornecer apoio moral. Nesse caso, o alguém mais provável era o pai da moça. Se, como dera a entender o Homem Público, o pai estava ciente da melhora social que aquele casamento traria, e atribuía grande importância a isso, então era quase certo que nutria ambições de também ele subir na vida. Caso em que seria muito conveniente ter o genro fora do caminho, para, junto com a filha, poder botar as mãos numa parte considerável dos bens da família rica. De fato, quanto mais Mma Ramotswe pensava no assunto, mais provável lhe parecia que a tentativa de envenenamento tivesse sido idéia do servidor.

Já estava até imaginando o que lhe ia pela cabeça,

sentado lá em sua pequena escrivaninha da repartição, pensando em todo o poder e autoridade que via em volta e dos quais era uma parte tão minúscula. Como devia se sentir amargurado de ver um homem do jaez do Homem Público passar por ele em seu carrão oficial; o Homem Público que era, na verdade, cunhado de sua própria filha. Como devia ser difícil para ele não ter o reconhecimento que sem dúvida achava que deveria ter, se ao menos mais gente soubesse da natureza de seu relacionamento com aquela família. Se o dinheiro e o gado lhe chegassem às mãos — ou às mãos da filha, o que vinha a dar no mesmo —, poderia largar o cargo aviltante no funcionalismo público e levar a vida de um fazendeiro rico; ele, que não possuía uma só cabeça de gado, teria carradas de bois. Ele, que era obrigado a economizar tostão por tostão para fazer uma viagem por ano a Francistown, teria condições de comer carne todos os dias e tomar cerveja Leão com os amigos às sextas-feiras, pagando rodadas generosas para todo mundo. E tudo que havia entre ele e esse vidão era um pequeno coração pulsando. Se esse coração pudesse ser silenciado, então toda a sua vida se transformaria.

O Homem Público dera a Mma Ramotswe o nome da família da cunhada e dissera que o pai da moça gostava de passar a hora do almoço sentado debaixo de uma árvore em frente ao Ministério. O que lhe forneceu toda a informação de que precisava para encontrá-lo: o nome e a árvore dele.

"Vou começar a tratar deste caso", disse ela a Mma Makutsi, quando estavam as duas sentadas no novo escritório. "A senhora está ocupada com a oficina. Eu vou voltar a ser detetive."

"Ótimo", disse Mma Makutsi. "Exige um bocado da gente essa história de dirigir uma oficina. Vou continuar muito ocupada."

"Fico feliz de ver que os aprendizes estão trabalhando bem. Parece que estão ambos na palma da sua mão, Mma."

Mma Makutsi lançou-lhe um sorriso misterioso. "Eles são dois jovens muito tolos. Mas nós, mulheres de fibra, estamos habituadas a lidar com jovens tolos."

"Entendo. A senhora já deve ter tido muitos namorados, Mma. Esses rapazes parecem gostar muito da senhora."

Mma Makutsi sacudiu a cabeça. "Eu não tive praticamente namorado nenhum. Não tenho a menor idéia de por que esses rapazes são assim comigo, quando há tanta moça bonita em Gaborone."

"A senhora se subestima, Mma", falou Mma Ramotswe. "Não resta dúvida de que é muito atraente aos olhos dos homens."

"Acha mesmo?", perguntou Mma Makutsi, dando um sorriso cheio de prazer.

"Acho. Existem casos de mulheres que, quanto mais idade têm, mais atraentes se tornam para os homens. Já vi isso acontecer. E aí, enquanto aquelas jovenzinhas que eram rainhas de beleza vão perdendo os atrativos à medida que envelhecem, essas outras mulheres vão ficando cada dia mais atraentes. É uma coisa muito interessante, essa."

Mma Makutsi parecia pensativa. Ajustou os óculos, e Mma Ramotswe percebeu a olhada sub-reptícia que ela deu para seu reflexo no vidro da janela. Na verdade, Mma Ramotswe não tinha certeza se o que dissera era verdade ou não, mas, mesmo que não fosse, ficaria satisfeita se com isso tivesse conseguido aumentar a autoconfiança de Mma Makutsi. Não lhe faria mal algum ser admirada por aqueles dois rapazes irresponsáveis, contanto que não se envolvesse com eles, e, para Mma Ramotswe, estava bem claro que não havia a menor chance de isso acontecer — pelo menos, não por enquanto.

Deixou Mma Makutsi no escritório e saiu com a sua

pequenina van branca. Era meio-dia e meia. Levaria dez minutos para chegar ao Ministério, o que lhe daria tempo para achar uma vaga antes de começar a procurar pelo pai da moça, o sr. Kgosi Sipoleli, servidor público e, se sua intuição estivesse correta, assassino em potencial.

Estacionou a pequenina van branca perto da igreja católica, já que o centro estava movimentado e não havia nenhuma outra vaga mais perto. Teria de dar uma caminhada — não muito longa —, mas não se importava de andar porque fatalmente encontraria pessoas conhecidas e ainda restavam alguns minutos disponíveis para um papinho.

Não se decepcionou. Mal virara a esquina da igreja quando cruzou com Mma Gloria Bopedi, mãe de Chemba Bopedi, que estudara com ela em Mochudi. Chemba se casara com Pilot Matanyani, recentemente promovido a diretor de uma escola em Selibi-Pikwe. Ela tinha sete filhos; o mais velho acabara de vencer o campeonato nacional subquinze de corrida de velocidade.

"E como vai aquele seu neto tão veloz, Mma?", perguntou Mma Ramotswe.

A senhora idosa abriu um sorriso largo. Restavam-lhe poucos dentes na boca, e Mma Ramotswe reparou nisso, pensando lá com seus botões que seria melhor se ela arrancasse os restantes e pusesse uma dentadura.

"Ah! Aquele lá é rápido mesmo, isso ele é", disse Mma Bopedi. "Mas é um bom de um malandro, também. Aprendeu a correr daquele jeito só para escapar dos pitos. É por isso que ficou tão veloz."

"Bem", disse Mma Ramotswe, "pelo menos o resultado foi bom. Quem sabe ele não acaba indo para as Olimpíadas qualquer dia desses, para correr por Botsuana. Isso vai mostrar para o mundo que nem todos os melhores corredores são quenianos."

De novo, deu-se conta de que o que acabara de dizer não era verdade. O fato indiscutível era que os melhores corredores vinham, sim, do Quênia, onde a população era bem mais alta, com pernas compridas, muito adequadas para correr. O problema com os botsuanos era não terem muita altura. Os homens pendiam mais para o robusto, ótima qualidade para tomar conta do gado, mas não para o atletismo. Na verdade, os africanos do sul não costumavam ser bons corredores, se bem que entre os zulus e os suázis às vezes surgisse alguém que deixava sua marca nas pistas, como por exemplo o grande corredor suázi Richard "Concorde" Mavuso.

Claro que os bôeres eram ótimos nos esportes. Eles produziam aqueles homens enormes, com coxas imensas e pescoço grosso, iguaizinhos ao gado zebu. Gostavam muito de jogar rúgbi e pareciam se sair muito bem nesse jogo, embora não fossem lá muito inteligentes. Ela preferia os homens motsuanas, que podiam não ser tão grandes quanto aqueles jogadores de rúgbi, nem tão velozes quanto os corredores quenianos, mas ao menos eram confiáveis e astutos.

"A senhora também não acha, Mma?", ela perguntou a Mma Bopedi.

"Não acho o quê, Mma?", perguntou Mma Bopedi de volta.

Mma Ramotswe deu-se conta de que incluíra a outra senhora em seus devaneios e desculpou-se.

"Eu estava apenas pensando em nossos homens."

Mma Bopedi arqueou uma sobrancelha. "Ah, é mesmo, Mma? Bem, para ser sincera, eu também penso nos nossos homens de vez em quando. Não com muita freqüência, é verdade, mas às vezes penso. A senhora sabe como é."

Mma Ramotswe despediu-se de Mma Bopedi e continuou seu caminho. Em frente à óptica, cruzou com o sr. Motheti Pilai, imóvel na calçada, olhando para o céu.

"Dumela, Rra", disse ela, educadamente. "O senhor vai bem?"

O sr. Pilai baixou os olhos. "Mma Ramotswe", disse

ele. "Por gentileza, deixe-me olhar para a senhora. Acabei de receber estes óculos novos e estou conseguindo ver o mundo com clareza pela primeira vez em muito tempo. Puxa! Que coisa maravilhosa. Eu tinha esquecido como é ver as coisas com nitidez. E aí está a senhora, Mma. A senhora está muito bonita mesmo, bem gorda."

"Obrigada, Rra."

Ele puxou os óculos para a ponta do nariz. "Minha mulher vivia me dizendo que eu precisava de óculos novos, mas eu tinha um medo danado de vir aqui. Não gosto daquela máquina que eles têm, que joga luz nos olhos da gente. E também não gosto daquela máquina que sopra ar no olho da gente. De modo que fui adiando, adiando. Que tolice, a minha."

"Nunca é bom adiar as coisas", disse Mma Ramotswe, lembrando do quanto adiara o caso do Homem Público.

"Ah, eu sei disso", falou o sr. Pilai. "Mas o problema é que, mesmo sabendo que não é a melhor coisa a se fazer, a gente acaba fazendo."

"É difícil de entender isso", concordou Mma Ramotswe. "Mas é verdade. Como se houvesse duas pessoas diferentes dentro da gente. Uma diz: faça isso. A outra diz: faça aquilo. Mas ambas as vozes estão dentro da mesma pessoa."

O sr. Pilai fixou os olhos em Mma Ramotswe. "Está bem quente hoje."

Ela concordou com ele e seguiram cada qual seu caminho. Ela resolvera que não iria mais parar; já era quase uma da tarde e queria ter tempo suficiente para localizar o sr. Sipoleli e ter com ele a conversa que daria início às investigações.

A árvore foi facilmente identificada. Ficava a pouca distância da entrada principal do Ministério e era uma acácia enorme, com uma vasta copa que lançava um amplo círculo de sombra no chão poeirento em volta. Bem ao lado do tronco, havia diversas pedras em posição estratégica — assentos confortáveis para qualquer um que quisesse se sentar ali embaixo para observar o andamento dos negócios diários de Gaborone. Às cinco para a uma da tarde, as pedras ainda estavam desocupadas.

Mma Ramotswe escolheu a maior das pedras e acomodou-se nela. Levara consigo uma garrafa térmica grande de chá, duas canecas de alumínio e quatro sanduíches de charque entre fatias grossas de pão. Pegou uma das canecas e encheu com chá de *rooibos*. Depois encostou-se no tronco da árvore e esperou. Era agradável estar ali sentada à sombra, com uma caneca de chá, vendo o movimento. Ninguém prestava a menor atenção nela, como se fosse uma coisa normal de se ver: uma senhora de compleição robusta debaixo de uma árvore.

Pouco depois da uma e dez, quando Mma Ramotswe já havia terminado de tomar o chá e estava a ponto de cochilar em seu posto confortável, apareceu uma silhueta na porta do Ministério que foi em direção à árvore. Quando chegou mais perto, Mma Ramotswe pôs-se em estado de alerta completo. Estava em serviço e precisava tirar partido máximo da oportunidade de falar com o sr. Sipoleli, caso a pessoa que se aproximava dela fosse de fato ele.

O homem usava calça azul com vinco bem marcado, uma camisa branca de manga curta e gravata marrom-escuro. Era exatamente o traje que um funcionário público subalterno, trabalhando em serviços de escritório, usaria. E, como se para confirmar o diagnóstico, havia uma fileira de canetas muito bem arrumadas no bolso da camisa. Definitivamente, esse era o uniforme do servidor júnior, mesmo que estivesse sendo usado por um homem de quarenta e tantos anos. Esse, portanto, era um funcionário que tinha empacado onde estava e que não iria adiante.

O homem aproximou-se da árvore com toda a cautela. Olhando fixo para Mma Ramotswe, era como se quisesse lhe dizer algo, mas estivesse sem coragem.

Mma Ramotswe sorriu. "Boa tarde, Rra", ela lhe disse. "Está bem quente hoje, não é mesmo? É por isso que vim para debaixo desta árvore. Não resta dúvida de que este é um bom lugar para sentar, no calor."

O homem meneou a cabeça. "É", falou ele. "Em geral eu me sento aqui."

Mma Ramotswe fingiu surpresa. "Ah, é? Espero não ter sentado em sua pedra, Rra. Quando cheguei não havia ninguém sentado nela."

O homem fez um gesto com as mãos, como se estivesse sem paciência. "Minha pedra? E é minha mesmo, para falar a verdade. Essa é minha pedra. Mas este é um lugar público e qualquer um pode se sentar nela, imagino."

Mma Ramotswe pôs-se de pé. "Mas Rra, então faço questão que fique com a pedra. Vou me sentar naquela ali, do outro lado."

"Não, Mma", disse ele, mais que depressa, mudando de tom. "Não foi minha intenção incomodá-la. Eu posso me sentar ali."

"Não. O senhor vai se sentar nesta aqui. É sua pedra. Eu não teria me sentado nela se soubesse que era a pedra de alguém. Posso me sentar nesta pedra aqui, que também é muito boa. O senhor se sente lá."

"Não", ele disse com toda a firmeza. "A senhora deve voltar para o lugar onde estava, Mma. Posso me sentar naquela pedra todo dia. A senhora, não. Eu vou me sentar nesta aqui."

Mma Ramotswe, demonstrando com toda a clareza sua relutância, voltou para a pedra original, ao passo que o sr. Sipoleli acomodou-se numa outra.

"Estou tomando um chá, Rra", ela disse. "Mas tenho o suficiente para o senhor. Gostaria que tomasse um pouco, já que estou sentada em sua pedra."

O sr. Sipoleli sorriu. "A senhora é muito gentil, Mma. Eu adoro chá. Bebo muito chá no escritório. Sou funcionário público, entende?"

"Ah, é? É um emprego excelente. O senhor deve ser importante."

O sr. Sipoleli deu risada. "Não", falou ele. "Não sou nem um pouquinho importante. Sou um funcionário subalterno. Mas tenho sorte de ser ao menos isso. Tem muita gente com diploma universitário sendo contratada no mesmo nível que eu. Eu só tenho meu Certificado de Cambridge, mais nada. E acho que me saí até que bem demais."

Mma Ramotswe escutou em silêncio, enquanto servia o chá. Surpreendeu-se com o que ouviu; esperava alguém bem diferente, um funcionariozinho sem importância todo cheio de si, louco para galgar os degraus da pirâmide. E, ao contrário, lá estava um homem que lhe parecia bastante contente com o que era e com o que conseguira da vida.

"E o senhor não poderia ser promovido, Rra? Não daria para avançar um pouco mais na carreira?"

O sr. Sipoleli pensou bem na pergunta. "Imagino que daria", disse, após refletir por alguns instantes. "O problema é que eu teria de passar muito mais tempo tentando cair nas graças de servidores mais graduados. Depois teria de dizer as coisas certas e escrever relatórios falando mal dos que estão abaixo de mim. E isso não é o que eu gosto de fazer. Não sou um homem ambicioso. Estou feliz onde estou, essa é a verdade."

A mão de Mma Ramotswe titubeou no ato de lhe passar o chá. Não esperava de forma alguma ouvir tais palavras e, de repente, lembrou-se de um dos conselhos de Clovis Andersen. Nunca suponha nada por antecipação, ele escrevera. Nunca decida de antemão o que é o quê e quem é quem, porque isso pode colocar você numa pista totalmente errada.

Decidiu oferecer-lhe um sanduíche, que tirou da sacola de plástico. O homem ficou contente, mas escolheu o menor de todos; mais uma indicação, raciocinou ela, de uma personalidade modesta. O sr. Sipoleli que criara em sua imaginação teria pego o maior sanduíche sem hesitar.

"O senhor tem família em Gaborone, Rra?", ela perguntou, na maior inocência.

O sr. Sipoleli terminou de mastigar um naco de charque antes de responder. "Tenho três filhas. Duas são enfermeiras, uma trabalha no Princesa Marina e a outra no hospital de Molepolole. E há também a primogênita, que foi muito bem na escola e fez faculdade. Temos muito orgulho dela."

"E ela mora em Gaborone?", perguntou Mma Ramotswe, passando-lhe outro sanduíche.

"Não. Está morando em outro lugar. Casou-se com um rapaz que conheceu na faculdade. Eles moram para aqueles lados. Para lá."

"E esse seu genro", continuou Mma Ramotswe. "É um bom rapaz? Trata bem sua filha?"

"Trata. É um homem excelente. Eles são muito felizes e espero que tenham muitos filhos. Não vejo a hora de ser avô."

Mma Ramotswe pensou por alguns instantes. Depois falou: "A melhor coisa de ver os filhos casados deve ser pensar que eles vão cuidar de nós quando formos velhos."

O sr. Sipoleli sorriu. "Bem, isso provavelmente é verdade. Mas, no meu caso, minha mulher e eu temos planos diferentes. Nós queremos voltar para Mahalapye. Tenho umas cabeças de gado lá — coisa pouca — e uma terrinha. Seremos felizes lá. É tudo que queremos."

Mma Ramotswe ficou alguns momentos calada. Esse homem evidentemente bom estava falando a verdade, quanto a isso não restava dúvida. A suspeita de que pudesse estar por trás de um complô para matar o genro tinha sido absurda e sentia-se envergonhada por ter tirado conclusões apressadas. Para disfarçar o constrangimento, ofereceu-lhe outra xícara de chá, que ele aceitou de bom grado. Em seguida, depois de mais uns quinze minutos de conversa sobre assuntos do momento, ela se levantou, espanou a saia e agradeceu-lhe por ter partilhado o almoço com ela. Descobrira o que queria saber, ao menos a respeito dele. Mas conhecer o pai também lançara algumas dúvidas sobre suas conclusões a respeito da filha. Se a filha se parecesse de leve com o pai, então não haveria como ela ser uma envenenadora. E era muito difícil que aquele homem bondoso e despretensioso tivesse criado uma filha capaz de fazer uma coisa daquelas. Ou não? Existia sempre uma possibilidade de que bons pais trouxessem ao mundo filhos maus; nem era preciso ter muita experiência de vida para perceber isso. Entretanto, e ao mesmo tempo, isso costumava ser improvável; ou seja, o próximo passo da investigação exigiria uma atitude bem mais aberta do que a que caracterizara a fase inicial.

Aprendi uma lição hoje, Mma Ramotswe disse com seus botões, andando de volta até a pequenina van branca. Estava entretida com seus próprios pensamentos e mal reparou no sr. Pilai, ainda parado na frente da óptica, olhando os galhos das árvores acima da cabeça.

"Estive pensando no que a senhora me disse, Mma", ele comentou quando ela passou por ele. "Foi um comentário que me deu o que pensar."

"Pois é", disse Mma Ramotswe, um tanto espantada. "E infelizmente não tenho a resposta para a questão. Não tenho mesmo."

O sr. Pilai abanou a cabeça. "O que significa que vamos ter de pensar um pouco mais a respeito."

"Exato. Vamos ter de pensar um pouco mais a respeito."

11
MMA POTOKWANI AQUIESCE

O Homem Público dera um número de telefone que Mma Ramotswe poderia usar a qualquer hora, sem que a ligação passasse pelas secretárias e pelos assistentes dele. Naquela tarde, tentou pela primeira vez e foi atendida de pronto por seu cliente. Ele pareceu satisfeito ao ter notícias dela e não escondeu seu prazer quando soube que a investigação começara.

"Eu gostaria de visitar a casa de sua família na semana que vem", disse Mma Ramotswe. "Já falou com seu pai?"

"Já falei, sim. Disse a ele que a senhora queria dar uma descansada. Falei que conseguiu muitos votos para mim com as mulheres e que preciso retribuir o favor. Eles cuidarão muito bem da senhora lá."

Combinaram os detalhes e Mma Ramotswe recebeu as instruções de como chegar até a fazenda, que ficava na estrada para Francistown, ao norte de Pilane.

"Estou certo de que encontrará evidências de alguma maldade", falou o Homem Público. "E aí então poderemos salvar meu pobre irmão."

Mma Ramotswe permaneceu neutra. "Veremos. Não posso lhe garantir nada. Primeiro é preciso saber o que se passa."

"Claro, Mma", o Homem Público apressou-se em dizer. "Mas confio plenamente em suas habilidades para descobrir o que está havendo. Sei que a senhora será capaz de encontrar provas contra aquela mulher maligna. Esperemos apenas que chegue a tempo."

Depois do telefonema, Mma Ramotswe sentou-se diante da escrivaninha e fitou a parede. Acabara de excluir uma semana inteira de seu diário, e isso significava que todas as outras tarefas constantes da lista teriam um futuro incerto. Mas pelo menos não precisaria se preocupar com a oficina, quer dizer, não por enquanto, assim como também não precisaria ficar ali atendendo o telefone e esclarecendo dúvidas de clientes em potencial. Mma Makutsi se encarregaria dessas coisas, e se por acaso, como andava acontecendo com muita freqüência nos últimos dias, ela estivesse debaixo de um carro no momento da ligação, os aprendizes haviam sido treinados para atender o telefone em seu nome.

Mas o que fazer com o sr. J. L. B. Matekoni? Essa era a única questão realmente espinhosa na qual ainda não mexera; e ela sabia que teria de fazer algo bem depressa. Terminara de ler o livro sobre depressão e agora já se sentia mais confiante para lidar com seus sintomas enigmáticos. Entretanto, existia sempre o perigo, em se tratando dessa doença, de que a pessoa atingida fizesse alguma besteira — o livro fora bem explícito a esse respeito —, e ela tinha pavor de pensar no sr. J. L. B. Matekoni sendo impelido a tais extremos por causa de sentimentos de inferioridade e falta de auto-estima. Teria de levá-lo para uma consulta com o dr. Moffat, de um modo ou de outro, para que o tratamento pudesse começar. Só que, no dia em que mencionara a possibilidade de ir ver um médico, ele recusara a idéia de imediato. Se tentasse de novo, com toda a certeza obteria a mesma resposta.

Perguntava-se se haveria alguma forma de fazê-lo tomar as pílulas sem que ele soubesse. Não gostava muito da idéia de usar de algum truque para enganar o sr. J. L. B. Matekoni, mas, quando a mente de alguém fica perturbada, qualquer meio é válido para conseguir uma melhora. Era como se a pessoa tivesse sido seqüestrada por algum ser maligno, em troca de resgate. Ninguém hesitaria, era o que ela achava, em recorrer a alguma trapaça para derrotar o ser maligno. A seu ver, isso estava em perfeito acordo com a velha moralidade de Botsuana, ou, na verdade, com qualquer outro tipo de moralidade. Já havia cogitado na possibilidade de esconder os comprimidos na comida dele. Daria para fazer isso caso estivesse cuidando de todas as refeições do sr. J. L. B. Matekoni, mas não estava. Ele parara de ir à casa dela jantar e pareceria muito estranho se, de repente, Mma Ramotswe começasse a ir à casa dele para lhe dar comida. De todo modo, desconfiava que não estivesse comendo grande coisa naquele estado deprimido — o livro alertara para esse fato —, afinal ele estava perdendo peso a olhos vistos. Seria impossível, portanto, administrar-lhe os remédios dessa forma, mesmo que decidisse ser esse o curso mais apropriado a seguir.

Suspirou. Não era do seu feitio ficar sentada olhando para uma parede, e por alguns instantes passou-lhe pela cabeça que também ela podia estar entrando em depressão. Mas foram só alguns instantes; adoecer estava fora de cogitação para Mma Ramotswe. Tudo dependia dela: a oficina, a agência, as crianças, o sr. J. L. B. Matekoni, Mma Makutsi — sem falar nos parentes de Mma Makutsi em Bobonong. Simplesmente não tinha tempo para ficar doente. De modo que se pôs de pé, alisou o vestido e foi até o telefone, no outro lado da sala. Apanhou a cadernetinha na qual anotava números de telefone. Potokwani, Silvia. Supervisora. Fazenda dos órfãos.

Mma Potokwani entrevistava uma candidata a mãe adotiva quando Mma Ramotswe chegou. Sentada na saleta de espera, ela pôs-se a observar uma pequena lagartixa muito pálida caçar uma mosca no teto. Tanto a lagartixa quanto a mosca estavam de cabeça para baixo; a lagartixa, confiando nas minúsculas almofadas adesivas exis-

131

tentes em cada um de seus dedos, e a mosca, em suas garras. De repente a lagartixa avançou, mas não com rapidez suficiente para a mosca, que se lançou numa revoada vitoriosa antes de pousar no parapeito da janela.

Mma Ramotswe voltou-se então para as revistas espalhadas sobre a mesa. Havia um folheto do governo, com a foto de funcionários de alto escalão. Olhou para os rostos — conhecia vários e em um ou dois casos sabia bem mais sobre eles do que poderia ser publicado em folhetos governamentais. E lá estava a face do Homem Público, sorrindo com toda a confiança para a câmera, apesar de o tempo todo, como ela bem sabia, sentir-se roído de ansiedade pelo irmão caçula, sempre a imaginar tramóias contra sua vida. "Mma Ramotswe?"

Mma Potokwani acompanhara a mãe adotiva até a porta e parara diante de Mma Ramotswe. "Desculpe tê-la feito esperar, Mma, mas acho que encontrei um lar para uma criança muito difícil. Porém, antes tinha de me assegurar de que a mulher era o tipo certo de pessoa para criá-la."

Entraram então na sala da supervisora, onde um pratinho repleto de migalhas era testemunha da última porção de bolo servido.

"A senhora veio me falar sobre o menino?", perguntou Mma Potokwani. "Então deve ter tido alguma boa idéia."

Mma Ramotswe sacudiu a cabeça. "Desculpe, Mma. Ainda não tive tempo de pensar sobre aquele menino. Andei muito ocupada, cuidando de outras coisas."

Mma Potokwani sorriu. "A senhora é sempre muito ocupada."

"Vim lhe pedir um favor", disse Mma Ramotswe.

"Ah!" Mma Potokwani abriu um imenso sorriso no rosto. "Em geral sou eu quem faz isso. E agora é o contrário. Fico feliz."

"O sr. J. L. B. Matekoni está doente", explicou Mma Ramotswe. "Acho que está com uma doença chamada depressão."

"Nossa!", interrompeu Mma Potokwani. "Sei tudo a respeito disso. Não se esqueça de que já fui enfermeira-chefe. Passei um ano trabalhando no hospital mental de Lobatse. Vi o que essa doença pode fazer com as pessoas. Mas ao menos hoje em dia existe cura. A pessoa consegue melhorar da depressão."

"Li justamente isso", disse Mma Ramotswe. "Mas é preciso tomar os remédios. O sr. J. L. B. Matekoni não quer nem falar com o médico. Diz que não está doente."

"Mas que grande bobagem. Ele deveria ir ao médico agora mesmo. Vou dizer isso a ele."

"Eu já tentei dizer. Ele insiste que não há nada errado com ele. E eu preciso de alguém que o faça ir ao médico. Alguém..."

"Alguém como eu?", interrompeu Mma Potokwani.

"Exato. Ele sempre fez o que a senhora lhe disse para fazer. Ele não ousaria recusar."

"Mas ele vai ter de tomar os remédios. E eu não estaria lá, vigiando o tempo todo."

"Bem", continuou Mma Ramotswe, pensativa, "se a senhora o trouxesse para cá, poderia cuidar dele. Poderia fazê-lo tomar os remédios até ele melhorar."

"Está querendo dizer que eu deveria trazê-lo para a fazenda dos órfãos?"

"Isso mesmo. Traga-o para cá até ele ficar melhor."

Mma Potokwani tamborilou os dedos na mesa. "E se ele disser que não quer vir?"

"Ele não ousaria contradizer a senhora, Mma. Ele não teria coragem."

"Ah", fez Mma Potokwani. "Quer dizer então que eu sou assim, é?"

"Um pouquinho", disse Mma Ramotswe, com doçura. "Mas só para os homens. Os homens respeitam uma supervisora."

Mma Potokwani refletiu por alguns momentos. Depois se pronunciou. "O sr. J. L. B. Matekoni tem sido um ótimo amigo da fazenda dos órfãos. Já fez muita coisa por nós. E eu farei isso pela senhora, Mma. Quando devo ir visitá-lo?"

"Hoje mesmo. Leve-o para ver o dr. Moffat. Depois traga-o direto para cá."

"Muito bem", disse Mma Potokwani, entusiasmando-se com sua tarefa. "Vou lá ver o que significa todo esse absurdo. Não querer ir ao médico... Que absurdo! Eu vou dar um jeito nisso para a senhora, Mma. Pode confiar em mim."

Mma Potokwani acompanhou Mma Ramotswe até o carro.

"Por favor, não se esqueça daquele nosso menino, Mma. A senhora não vai se esquecer de pensar no assunto, vai?"

"Não se preocupe, Mma. A senhora tirou um grande peso da minha cabeça. Agora é minha vez de tirar um da sua."

O dr. Moffat atendeu o sr. J. L. B. Matekoni em seu gabinete, no fim da varanda, enquanto Mma Potokwani tomava uma xícara de chá com a sra. Moffat na cozinha. A mulher do médico, que era bibliotecária, sabia um bocado de coisas e Mma Potokwani já a consultara algumas vezes, em busca de informação. Anoitecia e, no gabinete do médico, insetos que haviam conseguido entrar apesar das telas na janela rodeavam meio bêbados a lâmpada do abajur de mesa, atiravam-se contra a cúpula e depois, sapecados pelo calor, afastavam-se adejando as asas machucadas. Sobre a escrivaninha havia um estetoscópio e um esfigmomanômetro, com seu bulbo de borracha pendurado na quina; na parede, uma antiga gravura da Missão Kuruman, de meados do século dezenove.

"Faz um bom tempo que não o vejo, Rra", falou o dr. Moffat. "Meu carro tem se comportado muito bem."

O sr. J. L. B. Matekoni ameaçou um sorriso, mas deu

a impressão de ter sido derrotado pelo esforço. "Eu não tenho..." E a voz morreu. O médico esperou, mas não veio mais nada.
"O senhor não tem se sentido muito bem?"
O sr. J. L. B. Matekoni fez que sim de cabeça. "Ando muito cansado. Não consigo dormir."
"Isso é muito duro. Quando não conseguimos dormir, sentimo-nos mal." Fez uma breve pausa. "Está com algum problema especial, Rra? Alguma coisa que o preocupe?"
O sr. J. L. B. Matekoni pensou. Os maxilares se mexeram, como se estivesse tentando articular palavras impossíveis, e só então ele respondeu. "Estou preocupado com a possibilidade de que maldades que eu cometi muito tempo atrás venham à tona outra vez. E eu cairei em desgraça. Todos vão atirar pedras em mim. Será o fim."
"E essas maldades, o que vêm a ser elas? Pode me contar tudo a respeito que eu não vou comentar com ninguém, o senhor sabe disso."
"São maldades que eu cometi há muito, muito tempo. São maldades muito ruins. Não posso falar delas com ninguém, nem mesmo com o senhor."
"E isso é tudo que quer me contar a respeito delas?"
"É."
O dr. Moffat observou seu paciente. Reparou no colarinho, abotoado no botão errado; viu os sapatos, com os cadarços arrebentados; viu os olhos, quase lacrimosos em sua angústia, e entendeu.
"Vou lhe dar um remédio que irá ajudá-lo a ficar bom outra vez. Mma Potokwani me disse que vai cuidar do senhor, enquanto se recupera."
O sr. J. L. B. Matekoni meneou a cabeça, apático.
"E o senhor vai me prometer que tomará o remédio", continuou o dr. Moffat. "O senhor me dá sua palavra de honra?"
Os olhos do sr. J. L. B. Matekoni, firmemente prega-

dos no chão, não se ergueram. "Minha palavra não vale coisa alguma", disse baixinho.

"Essa é a doença falando", respondeu o dr. Moffat, com brandura. "Sua palavra vale um bocado."

Mma Potokwani levou-o até o carro e abriu-lhe a porta dos passageiros. Deu uma olhada para o dr. Moffat e sua mulher, que estavam parados no portão, e acenou. Eles retribuíram o aceno antes de entrar em casa. Depois ela partiu, de volta para a fazenda dos órfãos, e no caminho passou pela Tlokweng Road Speedy Motors. A oficina, deserta e desolada na escuridão, não recebeu uma olhada sequer de seu proprietário, pai e criador.

12
NEGÓCIO DE FAMÍLIA

Mma Ramotswe queria partir logo cedo, embora a viagem não levasse mais que uma hora. Rose serviu o café da manhã e ela comeu junto com as crianças, sentada na varanda de sua casa em Zebra Drive. Era uma hora tranqüila do dia, já que não havia muito trânsito na rua antes das sete, quando então as pessoas começavam a ir para o trabalho. Uns poucos pedestres seguiam pela calçada — um homem alto, a calça surrada, comendo uma espiga de milho assada, chamuscada pelo fogo, e uma mulher carregando um bebê amarrado às costas por um xale, a cabeça da criança adormecida sacudindo de lá para cá —, e um dos cães amarelos do vizinho, magro e subnutrido, passou furtivo pela frente da casa, às voltas com algum misterioso, porém deliberado, negócio canino. Mma Ramotswe até que tolerava cães, mas por aquelas criaturas amarelas fedorentas que moravam na casa ao lado nutria uma forte aversão. Os uivos que soltavam à noite perturbavam-na — a cachorrada latia para as sombras, para a lua, para rajadas de vento — e ela tinha certeza de que impediam os pássaros, dos quais tanto gostava, de pousar em seu quintal. Todas as casas, exceto a dela, pareciam ter sua cota de cães, e de vez em quando, transpondo as restrições de lealdades impostas de fora, esses cães superavam a animosidade mútua e desciam a rua numa única matilha, perseguindo os carros e assustando os ciclistas.

Mma Ramotswe serviu chá de *rooibos* para si e Motholeli; Puso não queria saber de se acostumar a tomar chá e bebeu um copo de leite morno, no qual Mma Ramotswe misturara duas generosas colheres de açúcar. O menino tinha uma queda acentuada por doces, possivelmente por causa dos alimentos açucarados com que a irmã o alimentava quando cuidava dele naquele quintal de Francistown. Iria tentar atraí-lo para coisas mais saudáveis, mas a mudança exigiria paciência. Rose preparara mingau para todos e pusera em tigelinhas redondas, com melado escuro escorrendo pela superfície; e havia fatias de mamão num prato. No entender de Mma Ramotswe, era um café da manhã saudável para uma criança. Mas, caso tivessem ficado com seu povo de origem, o que estariam comendo àquela altura? Era uma gente que sobrevivia com quase nada: raízes tiradas da terra, larvas, ovos de pássaros. Entretanto, sabiam caçar como ninguém e haveria carne de avestruz e de antílope, que as pessoas da cidade raramente tinham condições de comprar.

Lembrou-se então de uma ocasião em que, viajando para o norte, dera uma parada para tomar um pouco de chá. O lugar era uma clareira na beira da estrada, bem onde uma placa escangalhada indicava a passagem do Trópico de Capricórnio. Tinha achado que estava sozinha e levou um susto quando, de trás de uma árvore, surgiu um mosarva — ou bosquímano, como se dizia antigamente. Usava um pequeno avental de couro e carregava uma espécie de sacola de pele; aproximara-se dela assobiando alto, na linguagem curiosa que eles usam. Por alguns momentos, Mma Ramotswe sentiu-se alarmada; embora fosse duas vezes maior, aquele pessoal costumava andar munido de flechas e venenos, e eram todos muito ágeis por natureza.

Ela se pusera de pé um tanto bamba, pronta para largar a garrafa térmica de chá e buscar a segurança da pequenina van branca, mas o indivíduo se limitara a apontar para a própria boca, suplicando. Mma Ramotswe entendeu e passou sua xícara para ele, mas, com novos gestos, o homem indicou que era comida, e não bebida, o que queria. Tudo o que Mma Ramotswe levara consigo eram dois sanduíches de ovo, que ele agarrou com voracidade assim que ela os ofereceu e que devorou na hora. Ao terminar, lambeu os dedos e lhe deu as costas. Ela o viu sumir no meio do mato, fundindo-se com a vegetação com a naturalidade de uma criatura selvagem. Sentiu uma certa curiosidade por saber o que ele achara do sanduíche de ovo, se por acaso gostara mais dele do que gostava das oferendas do Kalahari: roedores e tubérculos.

As crianças tinham pertencido àquele mundo, mas não havia mais como voltar. Essa era uma vida para a qual seria simplesmente impossível retornar, e isso porque tudo que fora tido como natural, antes, passaria a ser considerado de uma dureza tremenda, depois; as habilidades teriam se perdido. Agora, o lugar delas era ao lado de Rose e de Mma Ramotswe, na casa de Zebra Drive.

"Vou ter de me ausentar por uns quatro ou cinco dias", explicou-lhes à mesa do café. "A Rose vai cuidar de tudo. Vocês vão ficar em boas mãos."

"Não se preocupe, Mma", disse Motholeli. "Eu ajudo a Rose."

Mma Ramotswe sorriu para a menina, incentivando-a. Motholeli criara o irmãozinho e era de sua natureza ajudar a todos que fossem mais jovens que ela. Daria uma mãe excelente, com o tempo, pensou Mma Ramotswe, antes de se lembrar. Será que ela poderia ser mãe, numa cadeira de rodas? Era bem provável que, sem poder andar, uma mulher não pudesse conceber; e, mesmo que fosse possível, duvidou que algum homem quisesse se casar com uma mulher em cadeira de rodas. Uma grande injustiça, essa, mas não dava para tapar o sol com a peneira. As coisas sempre seriam mais difíceis para aquela menina, sempre. Claro que existiam alguns homens muito bons, que não se importariam com esse tipo de coisa e que gostariam de se casar com ela pela ótima e corajosa pessoa que havia ali dentro, mas eram muito raros esses homens, e Mma Ramotswe não estava conseguindo se lembrar de muitos. Porém, talvez estivesse enganada. Havia o sr. J. L. B. Matekoni, claro, que era um homem boníssimo — mesmo que temporariamente meio esquisito —, havia o bispo, e houvera também sir Seretse Khama, estadista e chefe supremo. Sem esquecer do dr. Merriweather, que dirigia o Hospital Escocês de Molepolole; era um bom homem, ele. E outros ainda, menos conhecidos, agora que começara a pensar no assunto. O sr. Potolani, que gostava de ajudar os mais pobres e que doara boa parte do dinheiro ganho com suas lojas a eles; e o homem que, além de consertar o telhado de Rose, dava um jeito na bicicleta dela de graça, sempre que via que estava precisando de um reparo. Tinha muito homem bom, na verdade, e talvez surgisse um bom homem, no seu devido tempo, para Motholeli. Quem sabe.

Isso, claro, se por acaso ela quisesse encontrar um marido. Era perfeitamente possível ser feliz, ou mais ou menos feliz, sem marido. Por exemplo, ela se sentia feliz como solteira, embora achasse que, tudo somado, seria preferível ter um marido. Não via a hora de ter certeza de que o sr. J. L. B. Matekoni fora bem alimentado. Também não via a hora, se houvesse algum ruído à noite — como andava acontecendo muito, nos últimos tempos —, de ser ele, e não ela, a pessoa encarregada de se levantar da cama para investigar. Nós todos precisamos de alguém mais nesta vida, pensou Mma Ramotswe; precisamos de alguém para transformar no nosso pequeno deus na terra, como dizia o velho ditado kigatla. Seja um cônjuge, um filho, um parente, na verdade qualquer outra pessoa — tem de haver alguém que dê propósito a nossa existência. Mma Ramotswe sempre tivera o paizinho, o falecido Obed Ramotswe, mineiro, criador de gado e cavalheiro. Extraíra um prazer enorme em fazer as coisas para ele em vida, e passara a ser um prazer fazer coisas em sua memória. Porém há limites — mesmo quando se trata de reverenciar a memória de um pai. Claro que havia quem garantisse que, para isso, não era preciso casar. E tinham razão, até certo ponto. Não é necessário estar casado para ter alguém na vida; por outro lado, sem casar não há garantia de permanência. Aliás, nem o casamento oferecia isso, mas ao menos os dois lados se declaravam dispostos a embarcar numa união pela vida toda. Mesmo que depois percebessem o engano, no mínimo tentavam. Mma Ramotswe não tinha tempo a perder com aqueles que faziam pouco do casamento. Nos velhos tempos, o casamento fora uma arapuca para as mulheres porque dava aos homens a maioria dos direitos e deixava para elas todos os deveres. Os casamentos tribais costumavam ser assim, ainda que, no decorrer da vida, as mulheres acabassem adquirindo respeito e status, sobretudo se tivessem filhos homens. Mma Ramotswe não apoiava esse tipo de coisas, mas achava que a noção moderna de casamento — uma união entre iguais — significava algo bem diferente para as mulheres. As mulheres haviam cometido um erro seriíssimo, a seu ver, e caído em outra esparrela quando deixaram de acreditar no casamento. Algumas pensaram que com isso se libertariam da tirania dos homens, e, sob certos aspectos, foi o que acabou acontecendo; entretanto, também foi uma oportunidade de ouro para os homens exercerem seu egoísmo. Se você é homem e todos lhe dizem que não há nada de errado em se cansar da mulher, que não tem problema ir embora com outra mais jovem, se em nenhum momento as pessoas censuram seu comportamento — porque você não cometeu adultério, ou seja, não violou nenhuma lei —, isso vem bem a calhar, não é verdade?

"Quem é que está arcando com todo o sofrimento, hoje em dia?", Mma Ramotswe perguntara a Mma Makutsi certa vez, quando estavam no escritório, à espera da chegada de um cliente. "Por acaso não são as mulheres que foram trocadas por moças mais novas? Os homens largam delas e vão atrás das outras. Não é isso que acontece? Um homem chega aos quarenta e cinco anos e resolve que basta. Faz a trouxa e vai embora com uma mulher mais jovem."

"A senhora tem razão, Mma", concordou Mma Makutsi. "São as mulheres de Botsuana que estão sofrendo, não os homens. Os homens estão felicíssimos. Já vi isso com meus próprios olhos. Vi isso acontecer no Centro de Formação de Secretárias de Botsuana."

Mma Ramotswe aguardou maiores detalhes.

"Havia muitas moças deslumbrantes na escola", continuou Mma Makutsi. "Em geral eram as que não se saíam lá muito bem nos estudos. Tiravam 5 nas provas e olhe lá. Costumavam sair de três a quatro noites por semana, quase sempre com homens mais velhos, que em geral têm mais dinheiro e um carro mais bonito. Essas moças não se importavam com o fato de os homens serem casados. Saíam com eles e dançavam nos bares. E depois, acontecia o quê, Mma?"

Mma Ramotswe abanou a cabeça. "Já imagino."

Mma Makutsi tirou os óculos e limpou-os na blusa. "Pediam para eles largarem as mulheres. E os homens diziam que a idéia não era má e largavam a família para ficar com aquelas moças. Resultado: uma porção de mulheres infelizes que não tinham mais como conseguir outro homem, porque eles só gostam das bonitas e novinhas. Foi isso que eu vi acontecer, Mma, e podia até lhe dar uma lista de nomes. Uma lista grande."

"Não precisa. Eu já tenho uma lista enorme de senhoras infelizes. Muito grande mesmo."

"E quantos homens infelizes a senhora conhece?", prosseguiu Mma Makutsi. "A senhora conhece algum homem que esteja sentado dentro de casa, pensando no que fazer, agora que a mulher foi embora com um homem mais moço? Conhece algum, Mma?"

142

"Nenhum", disse Mma Ramotswe. "Nem para contar história."
"Pois então. As mulheres caíram numa arapuca, Mma. Os homens nos prepararam uma arapuca, Mma. E nós caímos feito um pato."

Despachadas as crianças para a escola, Mma Ramotswe pegou a pequena mala marrom e deixou a cidade. Passou por cervejarias, por novas fábricas, pelas filas de casinhas de tijolo vazado do bairro pobre mais recente, pela linha do trem que ia para Francistown e Bulauaio e deu finalmente na estrada que a conduziria ao local conturbado de seu destino. As primeiras chuvas haviam chegado e a savana ressequida e amarronzada estava começando a verdejar, oferecendo capim doce para o gado e para os bandos nômades de cabras. A pequenina van branca não tinha rádio — ou não tinha um rádio que funcionasse —, mas Mma Ramotswe conhecia algumas músicas de cor e cantou-as, com a janela aberta, o ar fresco da manhã a lhe encher os pulmões, os pássaros levantando vôo na beira da estrada, a plumagem rebrilhando; e, acima dela, num vazio além do vazio, aquele céu que se estendia por muitos e muitos quilômetros no mais pálido dos azuis.

Não se sentia à vontade com a missão que tinha pela frente, em grande parte porque o que estava prestes a fazer violava os princípios mais fundamentais da hospitalidade. Não se entra na casa de alguém, como convidado, sob uma falsa bandeira, e era justamente isso que estava fazendo. Verdade que era uma convidada do pai e da mãe, mas nem eles sabiam do objetivo de sua visita. Iriam recebê-la como alguém a quem o filho devia um favor, ao passo que ela era na verdade uma espiã. Espiã por uma boa causa, claro, mas isso não alterava o fato de que seu objetivo era se infiltrar naquela família para descobrir um segredo.

Entretanto, agora que estava ao volante da pequenina van branca, resolveu colocar as dúvidas morais de lado. Aquela era uma dessas situações em que há argumentos sólidos de ambos os lados. Decidira ir em frente porque, no frigir dos ovos, seria melhor pregar uma mentira do que permitir que uma vida se perdesse. As dúvidas deveriam ser afastadas, e o objetivo, perseguido com fé e coragem. Não adiantava nada ficar se agoniando por uma decisão já tomada e se perguntando se fora a mais acertada. Além do que, a existência de escrúpulos morais impediria que seu papel fosse interpretado com convicção, e isso podia acabar transparecendo. Seria mais ou menos o equivalente a um ator que, no meio da peça, se põe a questionar o papel que interpreta.

Passou por um homem conduzindo uma carroça puxada por mula e acenou. Ele tirou uma das mãos das rédeas e acenou de volta, assim como as passageiras — duas mulheres de idade, uma mulher mais jovem e uma criança. Deviam estar indo para a roça, pensou Mma Ramotswe; um pouco tarde, quem sabe, porque a terra devia ser arada logo depois das primeiras chuvas, mas ainda teriam tempo de semear suas sementes para colher milho, melão e feijão. Havia vários sacos na carroça, com as sementes e a comida com que se alimentariam durante o plantio. As mulheres preparariam o angu e, se os rapazes estivessem com sorte, talvez apanhassem algo para complementar a refeição — uma galinha-d'angola daria um ensopado delicioso para toda a família.

Pelo espelho retrovisor, Mma Ramotswe viu a carroça e a família ficando para trás, cada vez menores, como se estivessem recuando de volta ao passado. Um dia, as pessoas não fariam mais isso; não sairiam mais de suas aldeias para ir semear as terras; elas comprariam comida nas lojas, como faziam as pessoas da cidade. Mas que grande perda isso não seria para o país; quantas amizades, quanta solidariedade, quanto amor pela terra não seriam sacrificados, se por acaso isso ocorresse. Ela tinha ido para a roça quando menina, viajara com as tias e passara uns tempos lá, enquanto os meninos foram mandados para os postos de gado, onde iriam viver durante muitos meses em isolamento quase total, supervisionados por uns poucos homens mais velhos. Havia adorado esse período e não sentira um instante de tédio. Tinham varrido os terreiros, trançado palha, carpido a plantação de melões e contado longas histórias de acontecimentos que nunca existiram mas que poderiam existir, talvez, em outra Botsuana, em outra parte.

Depois, quando chegavam as chuvas, enfurnavam-se nas choças, a escutar a trovoada reboando por sobre a terra e a sentir o cheiro dos raios que caíam mais perto, um cheiro acre de ar queimado. Quando as chuvas amainavam, saíam das choças para esperar a revoada das aleluias que surgiam de buracos no solo umedecido, aleluias que podiam ser apanhadas antes mesmo de alçar vôo ou, então, colhidas do ar, no começo da viagem, para serem comidas ali mesmo, por seu gostinho de manteiga.

Passou por Pilane e deu uma olhada na estrada que ia para Mochudi, a sua direita. Aquele era um lugar bom para ela, e um lugar ruim também. Era um lugar bom porque fora a aldeia de sua mocidade; e um lugar ruim porque bem ali, não muito longe do cruzamento, ficava o trecho onde um atalho cortava a ferrovia e onde sua mãe tinha morrido naquela noite horrível, atropelada pelo trem. E embora Preciosa Ramotswe fosse apenas um bebê, na época, essa fora sempre a sombra que lhe atravessara a vida: a mãe de quem não conseguia lembrar.

Estava se aproximando de seu destino. As instruções haviam sido precisas, e lá estavam a porteira e a cerca para o gado, exatamente no ponto onde deveriam estar. Saiu da estrada e saltou, para abrir a porteira. Depois, seguindo pela estradinha de terra na direção oeste, rumou para o pequeno conjunto de construções que divisava a mais ou menos dois quilômetros adiante, em meio a uma mancha de verde, vigiadas pela torre metálica de um moinho de vento. Aquela era uma bela fazenda, pensou Mma Ramotswe, sentindo uma pontada momentânea de dor. Obed Ramotswe teria adorado ser dono de um lugar assim, mas, mesmo tendo lucrado bem com o gado, nunca fora rico o bastante para ter uma grande fazenda como aquela. Devia ter uns dois mil e quinhentos hectares, no mínimo, quem sabe até mais.

O foco do conjunto de construções era um casarão muito esparramado, com telhas vermelhas de zinco, cercado de varandas sombreadas por toda a volta. Era a sede da fazenda, que fora sendo acrescida, com o correr do tempo, de diversos anexos, entre os quais duas outras casas. Emoldurada por viçosas primaveras roxas que cobriam dois lados da casa, a sede contava com vários mamoeiros, nos fundos e de um dos lados. Notava-se que houvera ali um esforço para propiciar o máximo de sombra possível — a oeste, não muito longe, o solo mudava e começava o Kalahari. Porém, ali ainda havia água e o pasto era bom para o gado. Na verdade, a leste, também não muito longe, nascia o Limpopo, um mero projeto de rio àquela altura, mas capaz de fluir na estação chuvosa.

Havia um caminhão parado junto a uma das edificações e Mma Ramotswe estacionou a pequenina van branca do lado dele. Viu um lugar sedutor na sombra, debaixo de uma das árvores mais frondosas, mas seria rude da parte dela escolher justamente aquela vaga, que devia ser de alguém da família.

Deixou a mala no banco dos passageiros e foi até o portão que dava acesso ao pátio da frente da casa principal. Chamou antes; teria sido descortesia ir entrando sem ser convidada. Não houve resposta e ela chamou de novo. Dessa vez, uma porta se abriu e uma mulher de meia-idade saiu, enxugando as mãos no avental. Cumprimentou Mma Ramotswe com educação e convidou-a a entrar.

"Ela está esperando a senhora", disse. "Eu sou a empregada mais antiga da casa. Cuido da velha senhora. Ela está a sua espera."

Estava fresco sob os beirais da varanda, e mais fresco ainda na penumbra que reinava no interior da casa. Os olhos de Mma Ramotswe levaram alguns instantes para se acostumar à mudança na luminosidade e, de início, parecia haver mais sombras que formas; mas aos poucos enxergou a cadeira de espaldar reto em que a velha senhora estava sentada, e a mesinha do lado, com a jarra de água e o bule de chá.

Cumprimentaram-se e Mma Ramotswe fez uma pequena mesura para a velha senhora. Isso agradou à anfitriã, que se viu diante de uma mulher que conhecia o jeito antigo, ao contrário daquelas sirigaitas modernas de Gaborone, que achavam que sabiam tudo e não prestavam a menor atenção aos mais velhos. Pois sim! Achavam que eram espertas; achavam que eram isso e aquilo, fazendo trabalho de homem e se comportando como cadelas, quando o assunto era homem. Pois sim! Mas não ali, no interior, onde o jeito antigo ainda valia alguma coisa; e certamente não naquela casa.

"É muita bondade sua me receber nesta casa, Mma. Seu filho também é um bom homem."

A velha senhora sorriu. "Não, Mma. Está tudo bem. Senti muito saber que anda tendo contratempos na vida. Esses problemas que parecem enormes, lá na cidade, viram uma coisa à toa quando a pessoa vem para o interior. O que importa, de fato, aqui para nós? A chuva. O capim para o gado. Nenhuma das coisas pelas quais as pessoas se digladiam na cidade. E que não significam nada quando a pessoa vem para cá. A senhora verá."

"É um belo lugar, este", falou Mma Ramotswe. "Muito tranqüilo."

A velha senhora tornou-se pensativa. "Sim, muito tranqüilo. Sempre foi um lugar tranqüilo e eu não gostaria que isso mudasse." Serviu um copo com água e passou-o para Mma Ramotswe.

"Beba isto, Mma. A senhora deve estar com muita sede, depois da viagem."

Mma Ramotswe pegou o copo, agradeceu e levou aos lábios. Enquanto assim fazia, a velha senhora a vigiava com todo o cuidado.

"De onde a senhora é, Mma? Sempre viveu em Gaborone?"

Mma Ramotswe não se espantou com a pergunta. Essa era uma forma educada de descobrir quem era a pessoa e de quem seria aliada. Havia oito tribos principais em Botsuana — sem contar outras menores — e, embora a maioria dos jovens não desse grande importância ao fato, para a geração mais velha isso era de fundamental relevância. Aquela mulher, com sua elevada posição na sociedade tribal, estaria fatalmente interessada no assunto.

"Sou de Mochudi. Foi lá que eu nasci."

A velha senhora relaxou de modo visível. "Ah! Quer dizer então que é kigatla, como nós. De que distrito?"

Mma Ramotswe explicou suas origens, e a velha senhora meneou a cabeça. Conhecia aquele chefe, claro, e conhecia também o primo dele, que era casado com a irmã da mulher de seu irmão. Sim, tinha uma vaga lembrança de ter conhecido Obed Ramotswe, muito tempo antes, e depois, vasculhando a memória, falou: "Sua mãe já faleceu, não é verdade? Foi atropelada por um trem, quando a senhora ainda era bebê".

Mma Ramotswe achou curioso, mas não ficou espantada que ela soubesse disso. Certas pessoas tomavam a peito a tarefa de recordar os assuntos referentes à comunidade, e aquela senhora sem dúvida era uma delas. Não estava bem certa, mas parecia-lhe que elas estavam começando a ser chamadas de historiadoras orais; na verdade, eram apenas mulheres de idade que gostavam de se lembrar daquilo que mais lhes interessava: casamentos, mortes e filhos. Os homens velhos se lembravam do gado.

A conversa continuou, com a velha senhora extraindo lenta e sutilmente a história completa da vida de Mma Ramotswe. Ela lhe contou sobre Note Mokoti e a velha senhora sacudiu a cabeça, compadecida, acrescentando logo em seguida que existiam muitos homens assim e que as mulheres tinham de tomar o maior cuidado.

"Minha família é que escolheu o marido para mim", ela disse. "Eles deram início às negociações, mas não teriam levado adiante, se por acaso eu tivesse dito que não gostava dele. Mas foram eles que fizeram a escolha. Sabiam que tipo de homem seria bom para mim. E tinham razão. Meu marido é um ótimo homem e eu lhe dei três filhos. Tem um que adora contar cabeças de gado, esse é o passatempo dele; é um homem muito inteligente, a seu modo. Depois tem o que a senhora conhece, Mma, que é um homem muito importante do governo, e tem o que mora aqui conosco. É um excelente fazendeiro e já ganhou prêmios com os touros. Eles todos são homens excelentes. Tenho orgulho deles."

"E a senhora tem sido feliz, Mma?", perguntou Mma Ramotswe. "A senhora mudaria alguma coisa em sua vida, se por acaso alguém chegasse e dissesse: eis aqui um remédio para mudar sua vida. A senhora o tomaria?"

"Jamais", disse a velha senhora. "Nunca. Nunca. Deus já me deu tudo que uma pessoa poderia querer. Um bom marido. Três filhos com saúde. Pernas resistentes que até hoje ainda me permitem caminhar oito, nove quilômetros sem reclamar. E veja isto, olhe bem. Ainda tenho todos os dentes na boca. Setenta e seis anos de idade e nenhum dente faltando. Meu marido é a mesma coisa. Nossos dentes vão durar até estarmos com cem anos. Talvez mais."

"Isso é muita sorte", disse Mma Ramotswe. "Tudo vai bem com a senhora."

"Quase tudo."

Mma Ramotswe aguardou. Deveria dizer algo mais? Talvez ela revelasse ter visto a nora fazendo alguma coisa. Talvez tivesse visto a moça preparando o veneno, ou recebido de alguma forma um aviso a respeito, mas tudo o que ela disse foi: "Quando chegam as chuvas, vejo que meus braços doem com a umidade. Aqui, e aqui também. Durante dois, três meses, fico com os braços muito doloridos, quase não dá para costurar. Já tentei tudo quanto foi remédio, mas nenhum funcionou. Mas eu penso cá comigo, se isso foi todo o fardo que Deus me mandou para carregar, então continuo sendo uma mulher de muita sorte".

A empregada que recebera Mma Ramotswe foi chamada para levá-la ao quarto que iria ocupar e que ficava nos fundos da casa. A mobília era bem simples, com uma colcha de retalhos sobre a cama e uma gravura da colina de Mochudi na parede. Havia uma mesa com uma toalhinha de crochê em cima e uma cômoda pequena para guardar algumas roupas.

"Este quarto não tem cortina", disse a empregada. "Mas ninguém nunca passa diante desta janela e a senhora terá bastante privacidade aqui, Mma."

Deixou para Mma Ramotswe a tarefa de desfazer a mala. O almoço sairia ao meio-dia, explicou ela, e até lá teria de se entreter como pudesse.

"Não tem nada para fazer aqui", continuou a empregada, acrescentando, melancólica: "Isto aqui não é Gaborone, a senhora sabe como é".

A criada já ia saindo, mas Mma Ramotswe esticou a conversa. Pela sua experiência, a melhor maneira de conseguir que alguém falasse era fazer a pessoa falar de si mesma. Aquela empregada teria opiniões próprias, sem dúvida alguma; obviamente não era burra e falava um bom setsuana, tinha pronúncia clara.

"Quem mais mora aqui, Mma?", ela perguntou. "Tem mais algum integrante da família?"

"Tem. Tem mais gente, sim. Tem o filho deles e a mulher. Eles têm três filhos. Um que tem muito pouco miolo e que passa o dia inteiro contando cabeça de gado, sem fazer mais nada. Está sempre para os lados do posto de gado e nunca vem para cá. No fundo ele é como um menino pequeno e é por isso que fica com os guardadores de gado de lá. Eles o tratam como se tivessem todos a mesma idade, se bem que ele é um homem adulto. Esse é um. Depois tem o que está em Gaborone, onde ele é muito importante. E tem o que mora aqui. São os três filhos."

"E o que a senhora pensa desses três filhos, Mma?"

Era uma pergunta direta e talvez fosse um tanto prematura, o que vinha a ser arriscado; a empregada poderia desconfiar de tamanha bisbilhotice. Mas não desconfiou de nada. Ao contrário, sentou-se na cama.

"Deixe eu lhe dizer uma coisa, Mma", começou ela. "Aquele filho que vive no posto de gado é um homem muito triste. Mas a senhora devia escutar o que a mãe dele fala. Ela diz que ele é inteligente! Inteligente! Ele! É um menino, Mma, isso sim. A culpa não é dele, claro, mas é isso que ele é. O posto de gado é o melhor lugar para ele, mas isso não justifica chamar o coitado de inteligente. Isso é uma grande mentira, Mma. É como dizer que chove na estação da seca. Não chove."

"Não", concordou Mma Ramotswe. "Isso é verdade."

A empregada mal lhe deu tempo de intervir e já foi logo completando: "E depois tem aquele que vive em Gaborone. Quando ele vem para cá, é um tempo-quente que só vendo. Ele arruma encrenca com todo mundo, faz tudo quanto é tipo de pergunta. Mete o bedelho em tudo. Chega inclusive a gritar com o pai, a senhora acredita? Mas aí a mãe grita com ele e o põe de volta no lugar. Ele pode ser um bambambã em Gaborone, mas aqui ele é só um filho e não devia gritar com os pais".

Mma Ramotswe ficou encantada. Aquela era bem o tipo de empregada com quem gostava de conversar.

151

"A senhora tem razão, Mma", falou. "Tem gente demais gritando com os outros, hoje em dia. Gritam. Gritam. A gente ouve isso o tempo todo. Mas por que a senhora acha que ele berra tanto? Será só para limpar a voz?"

A empregada riu. "Ele tem um vozeirão e tanto, aquele ali! Não, ele berra porque diz que tem alguma coisa errada neste lugar. Diz que as coisas não estão sendo feitas como se deve. Depois ele diz..." E então baixou a voz. "E então ele diz que a mulher do irmão é uma mulher má. Disse isso com todas as letras para o pai. Eu ouvi. As pessoas acham que as empregadas não escutam, mas nós temos ouvidos, como todo mundo. Eu o ouvi dizer isso. Ele diz coisas ruins sobre ela."

Mma Ramotswe arqueou a sobrancelha. "Coisas ruins?"

"Diz que ela anda dormindo com outros homens. Diz que, quando eles tiverem o primeiro filho, a criança não pertencerá a esta casa. Diz que os filhos deles serão de outros homens e que um sangue diferente vai entrar nesta fazenda. É o que ele diz."

Mma Ramotswe ficou alguns momentos calada, olhando pela janela. Havia uma primavera bem em frente que dava uma sombra arroxeada. Mais além, a copa das acácias estendia-se rumo aos morros distantes; uma terra solitária, no começo do vazio.

"E a senhora acha que isso é verdade, Mma? Há alguma verdade no que ele diz dessa mulher?"

A empregada franziu a cara. "Verdade, Mma? Verdade? Aquele homem não sabe o significado da verdade. Claro que não é verdade. Aquela mulher é uma excelente mulher. Ela é prima da prima da minha mãe. Toda a família, todos eles, são cristãos. Eles lêem a Bíblia. Seguem o Senhor. Ninguém dorme com outros homens. Essa é que é a verdade."

13
O PRESIDENTE DA SUPREMA CORTE DE BELEZA

Naquele dia, a gerente interina da Tlokweng Road Speedy Motors e detetive assistente da Agência Nº 1 de Mulheres Detetives foi trabalhar com uma certa trepidação no peito. Mma Makutsi apreciava responsabilidades e estava feliz com a promoção dupla, mas até então sempre contara com a figura de Mma Ramotswe nos bastidores, uma presença a quem poderia recorrer toda vez que sentisse estar perdendo o pé. Entretanto, com a ausência de sua chefe, era a única responsável por dois negócios e dois funcionários. Mesmo que Mma Ramotswe planejasse ficar fora pouco tempo, quatro ou cinco dias seriam mais do que suficientes para alguma coisa dar errado. Como não era possível contatá-la na fazenda, teria de resolver tudo sozinha. Quanto à oficina, o sr. J. L. B. Matekoni estava se tratando na fazenda dos órfãos e não deveria ser incomodado enquanto não melhorasse. Descanso e um afastamento total das preocupações haviam sido os conselhos do médico, e Mma Potokwani, que não tinha o hábito de contradizer doutores, iria proteger com unhas e dentes seu paciente.

Sabendo disso, Mma Makutsi torcia em segredo para que a agência não recebesse nenhum cliente até a volta de Mma Ramotswe. Não porque não quisesse trabalhar num novo caso, claro que queria, mas é que preferia não ser a única responsável por tudo. Entretanto, dito e feito: apareceu um cliente e, pior ainda, um cliente com um problema que exigia atenção imediata.

Mma Makutsi estava trabalhando na escrivaninha do sr. J. L. B. Matekoni, emitindo algumas notas de cobrança, quando um dos aprendizes enfiou a cabeça no vão da porta.

"Tem um homem com um jeito todo elegante aqui para ver a senhora, Mma", anunciou o rapaz, limpando as mãos sujas de graxa no macacão. "Eu abri a porta da agência e pedi para ele esperar."

Mma Makutsi franziu o cenho para o aprendiz. "Um jeito elegante?"

"Tipo sério, de terno e gravata", disse o aprendiz. "A senhora sabe. Bonitão, assim feito eu, mas não tanto. Sapatos lustrosos. Um sujeito muito elegante. A senhora se cuide, Mma. Homens como ele sempre tentam encantar mulheres como a senhora. Vai ver só."

"Não limpe as mãos no macacão", retrucou Mma Makutsi, de mau humor, enquanto se levantava da cadeira. "Somos nós que pagamos a lavanderia, não você. Nós fornecemos estopa para esse fim. É para isso que serve a estopa. O sr. J. L. B. Matekoni já não falou?"

"Pode ser que sim", respondeu o aprendiz. "Pode ser que não. O patrão disse um monte de coisas para nós. Não dá para lembrar tudo o que ele falou."

Ao sair, Mma Makutsi passou por ele. Os rapazes eram danados, pensou, mas ao menos estavam se mostrando mais dedicados do que ela esperava. Talvez no passado o sr. J. L. B. Matekoni tivesse sido muito mole com os dois; era um homem bom demais, não era do seu feitio criticar indevidamente as pessoas. Ao contrário dela. Mma Makutsi era formada pelo Centro de Formação de Secretárias de Botsuana e os professores de lá sempre diziam: não tenham medo de criticar — de forma construtiva, claro — a própria atuação e, caso seja necessário, a atuação dos outros. Bem, Mma Makutsi fizera algumas críticas, e suas críticas haviam surtido efeito. A oficina estava indo bem e a cada dia o trabalho parecia aumentar.

Antes de entrar, parou alguns instantes na porta da agência, bem na quina do prédio, olhando para o carro estacionado sob uma árvore, atrás dela. Aquele homem — aquele homem elegante, como dissera o aprendiz — de fato dirigia um carro muito bonito. Passou os olhos pelas linhas refinadas do veículo, com duas antenas aéreas, uma na frente, outra atrás. Para que tanta antena num carro só? Seria impossível escutar mais de uma estação de rádio por vez, ou fazer mais de um telefonema ao volante. Mas, qualquer que fosse a explicação, as tais antenas sem sombra de dúvida acrescentavam algo mais ao charme e à importância que circundavam aquele automóvel.

Mma Makutsi abriu a porta. Lá dentro, sentado na cadeira em frente à escrivaninha de Mma Ramotswe, de pernas cruzadas em confortável elegância, estava o sr. Moemedi "Manda-Chuva" Pulani, imediatamente reconhecível por todos os leitores do *Botswana Daily News*, em cujas colunas aquele rosto bonito e seguro de si aparecia impresso com regularidade. A primeira coisa que passou pela cabeça de Mma Makutsi foi que o aprendiz deveria tê-lo reconhecido; essa falha irritou-a. Porém, logo depois lembrou que o aprendiz era aprendiz de mecânico, e não aprendiz de detetive. Além do mais, nunca vira aqueles dois lendo jornal. Liam só uma revista sul-africana de motos, que devoravam fascinados, e uma publicação chamada *Fancy Girls*, que tentavam esconder de Mma Makutsi toda vez que ela se aproximava, durante o horário de almoço. Portanto, não havia motivo para que conhecessem o sr. Pulani, o imperador da moda, e seu divulgadíssimo trabalho em prol de entidades beneficentes locais.

O sr. Pulani levantou-se quando ela entrou e cumprimentou-a com educação. Apertaram-se as mãos e então Mma Makutsi deu a volta na escrivaninha e sentou-se na cadeira de Mma Ramotswe.

"Fico contente que tenha podido me receber sem hora marcada, Mma Ramotswe", disse o sr. Pulani, puxando uma cigarreira de prata do bolso da frente do paletó.

"Eu não sou Mma Ramotswe, Rra", respondeu Mma Makutsi, recusando o cigarro que ele lhe oferecia. "Eu sou a gerente assistente da agência." Fez uma pausa. Não era exatamente verdade que fosse gerente assistente; na verdade, não era nem um pouco verdade. Por outro lado, estava gerindo os negócios da agência na ausência de Mma Ramotswe, de modo que o título talvez se justificasse.

"Ah", fez o sr. Pulani, acendendo o cigarro com um grande isqueiro folheado a ouro. "Eu gostaria de falar com Mma Ramotswe em pessoa, por favor."

Mma Makutsi retraiu-se com a grossa nuvem de fumaça de cigarro que avançou sobre ela.

"Eu sinto muito. Isso não será possível por alguns dias. Mma Ramotswe está investigando um caso muito importante no exterior." E calou-se. O exagero lhe viera com tanta facilidade, nem precisara refletir antes de falar. Soava mais chique dizer que Mma Ramotswe estava no exterior — dava à agência um ar de importância —, mas não devia ter dito aquilo.

"Entendo", falou o sr. Pulani. "Bem, Mma, nesse caso, vou falar com a senhora mesmo."

"Estou escutando, Rra."

O sr. Pulani recostou-se na cadeira. "É uma questão de grande urgência. Daria para a senhora cuidar do assunto hoje mesmo, agora mesmo?"

Mma Makutsi respirou fundo, antes que a baforada seguinte de fumaça a engolfasse.

"Estamos às suas ordens. Se bem que, como o senhor sabe, é mais caro quando se trata de alguma coisa urgente. O senhor compreende, espero, Rra."

Ele não se incomodou nem um pouco com a advertência. "As despesas não vêm ao caso. O que está em jogo, aqui, é todo o futuro do concurso de Miss Beleza e Integridade."

Em seguida calou-se, para que o efeito de suas palavras fosse sentido. Mma Makutsi lhe fez a vontade.

"Oh! Mas essa é uma questão muito séria."
O sr. Pulani concordou inclinando a cabeça. "De fato é, Mma. E nós temos três dias para cuidar do assunto. Apenas três dias."
"Conte-me tudo, Rra. Estou pronta para ouvir."

"Há antecedentes muito interessantes aqui, Mma", começou o sr. Pulani. "Acho que na verdade esta história começa muito tempo atrás, muito tempo mesmo. Na verdade, esta história começa no Jardim do Éden, quando Deus fez Adão e Eva. Como a senhora há de estar lembrada, Adão ficou tentado porque Eva era lindíssima. Desde aquela época as mulheres são belas aos olhos dos homens. E continuam sendo, como a senhora bem sabe. Mas, como eu ia dizendo, os homens de Botsuana gostam de mulheres bonitas. Estão sempre olhando para elas, mesmo quando já têm uma certa idade, sempre achando esta bonita, aquela outra mais bonita ainda e assim por diante."
"Mas eles fazem a mesmíssima coisa com o gado", interveio Mma Makutsi. "Eles dizem que esta vaca é boa e aquela outra não tão boa. Gado. Mulheres. Dá na mesma para os homens."
O sr. Pulani deu-lhe uma olhada de esguelha. "Pode ser. É uma maneira de olhar a questão. Talvez." Calou-se por alguns instantes, antes de prosseguir. "Seja como for, é o interesse dos homens em moças bonitas que torna os concursos de beleza tão populares por aqui. Nós gostamos de encontrar as moças mais bonitas de Botsuana e de lhes dar títulos e prêmios. Essa é uma forma de entretenimento masculino muito importante. E eu sou um desses homens, Mma. Estou metido no mundo das rainhas de beleza há quinze anos, sem interrupção. Sou talvez a pessoa mais importante que existe no terreno da beleza."
"Já vi sua foto nos jornais, Rra", falou Mma Makutsi. "Já o vi entregando prêmios."

O sr. Pulani meneou a cabeça. "Fui o criador do Miss Glamour de Botsuana, cinco anos atrás, e agora esse concurso está entre os mais cotados. A moça vencedora sempre acaba entrando no concurso para Miss Botsuana e, às vezes, chega até o Miss Universo. Já mandamos nossas moças para Nova York e Palm Springs, e elas obtiveram notas altíssimas. Há quem diga que elas são nosso melhor produto de exportação, depois dos diamantes."

"E do gado", acrescentou Mma Makutsi.

"Sim, e do gado", o sr. Pulani concordou. "Mas existem pessoas que vivem tentando nos atingir. Escrevem para os jornais dizendo que é errado incentivar nossas moças a se enfeitar e desfilar na frente de um bando de homens. Dizem que isso encoraja falsos valores. Irra! Falsos valores? Esse pessoal que escreve cartas aos jornais está é com inveja. Inveja da beleza das moças. Sabem que jamais conseguirão entrar num concurso de beleza. De modo que se queixam o tempo todo e se sentem contentes quando algo sai errado. Esquecem, falando nisso, que esses concursos de beleza angariam um bom dinheiro para obras de caridade. No ano passado, Mma, nós conseguimos cinco mil pulas para o hospital, vinte mil pulas para os flagelados da seca — vinte mil, Mma — e quase oito mil pulas para um fundo que oferece bolsas de estudo para o curso de enfermagem. São quantias polpudas, Mma. E quanto nossos críticos angariaram nesse meio-tempo? Eu tenho a resposta para a senhora, Mma. Nem um centavo.

"Mas precisamos ter cuidado. Nós recebemos muito dinheiro de nossos patrocinadores e, quando os patrocinadores se retiram, ficamos em apuros. De modo que, se algo não dá certo num concurso, os patrocinadores se afastam, dizendo que não querem se envolver. Dizendo que não querem se ver constrangidos por má publicidade. Que estão pagando para obter boa publicidade, não má."

"E já houve alguma coisa que não deu certo?"

O sr. Pulani tamborilou os dedos sobre o tampo da mesa. "Pois é. Andaram acontecendo algumas coisas muito ruins. No ano passado, descobrimos que duas das nossas rainhas de beleza eram moças danadas. Uma foi presa por prostituição num dos principais hotéis da cidade. Isso não foi nada bom. A outra teria obtido mercadorias por meios ilícitos e usado um cartão de crédito sem autorização. As pessoas mandaram cartas para o jornal. Houve muita reclamação. Elas diziam coisas como: será que esse é o tipo certo de moça para atuar como embaixadora de Botsuana? Por que os organizadores não vão direto ao presídio e escolhem algumas condenadas para ser rainha de beleza? Achavam muito engraçado fazer esse tipo de comentário, só que não há nada de engraçado nisso. Algumas empresas tomaram conhecimento e disseram que, se algo parecido voltasse a acontecer, retirariam o patrocínio. Recebi quatro cartas, todas dizendo a mesma coisa.

"De modo que, este ano, resolvi fazer um concurso cujo tema será Beleza e Integridade. Avisei ao nosso pessoal que teremos de escolher rainhas de beleza que sejam boas cidadãs, moças que não ofereçam o menor risco de nos deixar numa situação constrangedora. É a única maneira de manter nossos patrocinadores felizes.

"Para a primeira fase, todas as moças tiveram de preencher um formulário que eu mesmo criei. Um formulário com uma série de questões sobre vários assuntos. Perguntas como: Você gostaria de trabalhar em obras de caridade? Quais os valores que um bom cidadão de Botsuana deve respeitar? O que é melhor: dar ou receber?

"Todas as candidatas tiveram de responder a essas perguntas, e apenas as que demonstraram ter entendido o significado de cidadania chegaram à fase final. Dessas moças, escolhemos cinco finalistas. Fui aos jornais contar que tínhamos encontrado cinco excelentes cidadãs que acreditavam em nossos melhores valores. Houve até um artigo no *Botsuana Daily News* que dizia: *Moças de bem buscam título de beleza.*

"Fiquei felicíssimo, e nossos críticos, de mãos atadas, foram obrigados a silenciar porque não poderiam sair a público criticando moças que queriam ser boas cidadãs. Os patrocinadores me ligaram dizendo que estavam contentes de ter sua marca associada aos valores da cidadania e que, se tudo corresse bem, eles continuariam a nos apoiar no ano que vem. E as próprias entidades beneficentes me disseram que esse era o caminho do futuro."

O sr. Pulani fez uma pausa. Olhou para Mma Makutsi e, por alguns instantes, seus modos desenvoltos o abandonaram, deixando-o de crista caída. "E então, ontem, recebi a má notícia. Uma de nossas finalistas foi presa pela polícia e acusada de furto numa loja. Fiquei sabendo por um de meus funcionários e, quando conferi com um amigo que é inspetor da polícia, ele me confirmou. A moça foi pega furtando na loja Game. Tentou roubar uma panela enfiando-a debaixo da blusa. Mas não reparou que o cabo ficou para fora e o segurança da loja viu. Felizmente, a notícia ainda não chegou aos jornais e, com um pouco de sorte, não vai chegar, pelo menos até o caso ser apresentado ao juiz."

Mma Makutsi sentiu uma pontada de simpatia pelo sr. Pulani. Apesar da ostentação, ele sem dúvida contribuía para as obras de benemerência. O mundo da moda era exibicionista por natureza e o mais provável é que o sr. Pulani não fosse nem pior nem melhor do que os outros, mas pelo menos fazia alguma coisa pelas pessoas em dificuldade. E os concursos de beleza eram um fato da vida, algo que não se podia eliminar por um ato de vontade puro e simples. Se ele estava tentando fazer seu concurso mais aceitável, então merecia apoio.

"Eu lamento ouvir isso, Rra", ela disse. "Deve ter sido uma péssima notícia para o senhor."

"Foi", disse ele, muito tristonho. "E parece piorar quando lembro que a final será daqui a três dias. Restam agora apenas quatro finalistas, mas como é que eu posso ter certeza de que elas não vão me constranger ainda mais? A que foi presa deve ter mentido na hora em que preencheu o questionário e fingiu ser uma boa cidadã. Como saber se as outras também não mentiram quando disseram que gostariam de fazer obras de caridade? Como vou ter certeza? E, se por acaso escolhermos uma moça que mentiu, ela também pode acabar sendo uma ladra ou algo do gênero. O que significa que acabaremos tendo de passar por novos vexames, depois que ela for eleita."

Mma Makutsi concordou inclinando a cabeça. "É muito difícil. O senhor terá de fato que olhar dentro do coração das quatro restantes. Se houver uma boa moça entre elas..."

"Se houver uma moça assim", disse o sr. Pulani, muito enfático, "então será ela a vencedora."

"Mas e quanto aos outros juízes?", perguntou Mma Makutsi.

"Eu sou o juiz presidente. A senhora poderia inclusive me chamar de Presidente da Suprema Corte de Beleza. Meu voto é o que conta de fato."

"Entendo."

"É. É assim que a coisa funciona."

O sr. Pulani apagou o cigarro na sola do sapato. "Então veja, Mma. É isso que eu quero que faça. Vou lhe dar os nomes e endereços das quatro finalistas. Gostaria que a senhora descobrisse se existe uma moça realmente boa entre elas. Se não puder descobrir isso, então me diga ao menos qual a mais honesta. Quem não tem cão caça com gato."

Mma Makutsi riu. "Como é que eu vou conseguir penetrar no coração dessas moças assim tão rápido?", ela perguntou. "Eu teria de conversar com muita gente para saber. Isso pode levar semanas."

O sr. Pulani deu de ombros. "A senhora não tem semanas, Mma. Tem três dias. E disse que seria capaz de me ajudar."

"Sim, mas..."

O sr. Pulani enfiou a mão no bolso e tirou de lá de dentro um papel. "Eis aqui a lista com os quatro nomes. Anotei o endereço de cada uma delas logo depois do nome. Todas elas moram em Gaborone." Empurrou o papel pela mesa e em seguida tirou uma carteira fina de couro de outro bolso. Ao abri-la e começar a escrever, Mma Makutsi viu que continha um talão de cheques. "E aqui, Mma, está um cheque no valor de dois mil pulas, nominal, para a Agência Nº 1 de Mulheres Detetives. Vou pré-datar. Se a senhora conseguir me fornecer a informação de que eu preciso até depois de amanhã, poderá apresentar este cheque no banco no dia seguinte."

Mma Makutsi grudou os olhos no cheque. Imaginou como seria a sensação de estar em condições de dizer a Mma Ramotswe, quando ela chegasse: Eu ganhei dois mil pulas de honorários para a agência, Mma, que já foram inclusive pagos. Sabia que Mma Ramotswe não era uma mulher gananciosa, mas também sabia que ela se preocupava com a viabilidade financeira da agência. Honorários daquele porte ajudariam um bocado e seriam uma recompensa, pensou Mma Makutsi, pela confiança que Mma Ramotswe depositara nela.

Guardou o cheque numa gaveta. Ao fazê-lo, percebeu que o sr. Pulani relaxava.

"Estou contando com a senhora, Mma. Até agora, só ouvi falar coisas boas a respeito da Agência Nº 1 de Mulheres Detetives. Espero poder comprovar eu mesmo."

"Eu também espero, Rra", disse Mma Makutsi. Entretanto, ela começava a duvidar da probabilidade de conseguir descobrir qual das quatro finalistas era honesta. Parecia-lhe uma tarefa impossível.

Acompanhou o sr. Pulani até a porta, reparando pela primeira vez que ele usava sapatos brancos. Observou também as abotoaduras enormes, de ouro, e a gravata brilhante de seda. Não gostaria de ter um homem como ele, pensou. Seria preciso passar a vida inteira num salão de beleza, só para manter a aparência que ele sem dúvida esperava de sua mulher. Claro que isso, refletiu Mma Makutsi, cairia como uma luva para algumas moças.

14
DEUS RESOLVEU QUE BOTSUANA SERIA UM LUGAR SECO

A empregada dissera que a refeição do meio-dia sairia à uma e ainda faltava muito até lá. Mma Ramotswe concluiu que a melhor maneira de passar o tempo seria se familiarizar com o ambiente. Gostava de fazendas, como a maioria dos botsuanos, porque lhe lembravam a infância e os valores verdadeiros de seu povo. Um povo que partilhava a terra com o gado, com as aves e com diversas outras criaturas que, se observássemos de fato, estavam bem ali, diante de nossos olhos. Talvez fosse fácil não pensar a respeito disso na cidade, onde havia comida para se comprar nas lojas e onde a água corrente vinha de torneiras, mas, para muitos, a vida não era isso.

Depois da conversa reveladora mantida com a empregada, saiu do quarto e foi até a porta da frente da casa. O sol estava quente lá no alto e as sombras, curtas. Para o leste, por cima dos morros distantes, azulados sob o véu de calor, formavam-se nuvens pesadas. Podia ser que chovesse mais tarde, se houvesse um acúmulo maior de nuvens, ou pelo menos haveria chuva para alguém ao longo da fronteira. Tudo levava a crer que aquele ano as chuvas seriam boas, e estavam todos rezando por isso. Boas chuvas significavam estômagos cheios; seca significava gado magro e colheitas goradas. Tinham passado por uma seca terrível, alguns anos antes, e o governo, de coração pesado, instruíra as pessoas para que sacrificassem suas cabeças de gado. Essa era a pior coisa que se poderia pedir à população, e o sofrimento deixara marcas.

Mma Ramotswe olhou em volta. Viu um cercado, a uma certa distância, e alguns animais reunidos em volta do cocho, bebendo água. Um cano que corria ao nível da superfície levava a água do tanque de concreto do moinho de vento gemebundo até o gado sedento. Mma Ramotswe resolveu ir dar uma espiada no gado. Afinal, ali estava a filha de Obed Ramotswe, cujo olho para o assunto era tido como um dos melhores de Botsuana. Ela sabia distinguir um bom animal quando via um, e, às vezes, passando por algum exemplar especialmente bonito, na estrada, pensava no que seu paizinho teria achado e dito a respeito. Boas espáduas, talvez; ou, quem sabe, aquela é uma bela vaca, veja a andadura dela; ou então, aquele touro ali é só conversa fiada, acho que não fez muito bezerro na vida.

Aquela fazenda devia ter um número grande de cabeças, talvez umas cinco ou seis mil. Para a grande maioria das pessoas, isso seria uma riqueza além de toda e qualquer imaginação; dez ou vinte cabeças de gado eram mais do que suficientes para deixar qualquer um satisfeito com o fato de possuir um bem, e ela teria ficado feliz com isso. Obed Ramotswe formara seu rebanho graças a um dom especial para comprar e vender e, no fim da vida, acumulara duas mil cabeças de gado. Fora essa sua herança e com ela pudera comprar a casa de Zebra Drive e abrir a agência. E mesmo assim sobrara algum gado, algumas cabeças que ela decidira não vender e que eram cuidadas pelos guardadores de gado num posto distante, que um primo visitava de vez em quando, em seu nome. Devia haver umas sessenta cabeças, todos excelentes descendentes dos pesados touros zebus que o pai selecionara e criara com tanto cuidado. Um dia desses iria até o posto, viajaria na carroça de bois para vê-los; seria um momento de emoção para ela, porque os animais eram um elo entre ela e o paizinho, de quem sentia uma falta enorme; era muito provável que caísse no choro, e todos então se espantariam de ver uma mulher que ainda chorava pelo pai morto havia tantos e tantos anos.

Ainda temos lágrimas para derramar, pensou ela. Ainda temos de chorar pelas manhãs em que saíamos cedinho para ver o gado marchando em suas trilhas e as aves voando alto nas correntes quentes de ar.

"Em que está pensando, Mma?"

Ela ergueu os olhos. Havia um homem a seu lado, de bordão na mão e um chapéu surrado na cabeça.

Mma Ramotswe cumprimentou-o. "Estou pensando em meu falecido pai", disse ela. "Ele teria gostado muito de ver este gado todo. É o senhor quem toma conta deles, Rra? Belos animais, todos eles."

O homem sorriu, satisfeito com o elogio. "Cuido desses bichos desde que eles nasceram. São como meus filhos. Tenho duzentos filhos, Mma. Todos bois."

Mma Ramotswe deu risada. "O senhor deve ser uma pessoa ocupadíssima, Rra."

Ele meneou a cabeça, confirmando, e tirou um saquinho de papel do bolso. Ofereceu a Mma Ramotswe um pedaço de charque, que ela aceitou.

"A senhora está hospedada na casa?", ele perguntou. "Sempre tem alguém hospedado na casa. Às vezes o filho que mora em Gaborone vem e traz amigos que trabalham com ele no governo. Já vi alguns com estes olhos aqui. Essa gente toda."

"Esse filho vive muito ocupado", falou Mma Ramotswe. "O senhor o conhece bem?"

"Conheço", disse o homem, mastigando seu pedaço de carne. "Ele vem aqui e fica nos dizendo o que fazer. Vive preocupado com o gado. Diz que um está doente, que o outro está manco. Cadê aquele tal? O tempo inteiro. Depois ele vai embora e as coisas voltam ao normal."

Mma Ramotswe franziu o cenho, compreensiva. "E isso não deve ser nem um pouco fácil para o irmão dele, não é mesmo?"

O vaqueiro arregalou bem os olhos. "Ele fica lá parado feito um cachorro e deixa o irmão berrar com ele. É um bom fazendeiro, o mais novo, mas o primogênito continua achando que é ele quem administra a fazenda. Mas todos nós sabemos que o pai deles falou com o chefe e que ficou estipulado que o caçula receberia a maior parte do gado e o mais velho, o dinheiro. Isso foi o que ficou decidido."

"Mas o mais velho não gosta, é isso?"

"Não", confirmou o vaqueiro. "E desconfio que sei como ele se sente. Por outro lado, ele se saiu muito bem em Gaborone e tem uma outra vida por lá. O caçula é que é o fazendeiro. Ele conhece o gado."

"E o que me diz do outro filho?", perguntou Mma Ramotswe. "O que mora para aquelas bandas?" E apontou na direção do Kalahari.

O vaqueiro deu risada. "Ele não passa de um menino. É muito triste. Ele tem ar dentro da cabeça, é o que as pessoas dizem. É por causa de alguma coisa que a mãe dele fez, enquanto ele estava no útero dela. É assim que essas coisas acontecem."

"Ah, é? E o que foi que ela fez?" Mma Ramotswe conhecia a crença do pessoal do interior, de que uma criança deficiente era resultado de algum ato mau por parte do pai ou da mãe. Se a mulher tivesse tido um caso com outro homem, por exemplo, poderia acabar dando à luz um idiota. Se um homem rejeitasse a mulher e fugisse com outra, enquanto a primeira esperava um filho seu, também isso acarretaria um desastre para o bebê.

O vaqueiro baixou a voz. Entretanto, quem havia por lá para escutar, pensou Mma Ramotswe, a não ser os bois e os passarinhos?

"É ela que precisa ser vigiada", disse ele. "É ela. A velha. Ela é uma mulher má."

"Má?"

O vaqueiro balançou a cabeça. "Atenção nela. Atenção nos olhos dela."

* * *

A empregada apareceu em sua porta pouco antes das duas da tarde, para lhe dizer que o almoço estava pronto.

"Eles estão almoçando na varanda daquele lado", ela disse, apontando para o outro extremo da casa.

Mma Ramotswe agradeceu e deixou o quarto. A varanda indicada corria pelo lado mais fresco da propriedade, sombreada por um toldo reticulado e por uma profusão de trepadeiras enganchadas numa treliça rústica de madeira. Duas mesas reunidas lado a lado haviam sido cobertas por uma toalha branca engomada. Numa das pontas da mesa, várias travessas de comida estavam dispostas em círculo: abóbora fumegante, uma cumbuca de farinha de milho, uma travessa com vagem e outras verduras, e uma terrina grande com um rico ensopado de carne. Havia ainda um filão de pão e um pratinho com manteiga. Era uma ótima comida, do tipo que só uma família de posses podia se dar ao luxo de comer todos os dias.

Mma Ramotswe reconheceu a velha senhora, sentada um tanto afastada da mesa, com uma toalha de riscado estendida sobre o colo, mas havia outros familiares presentes: uma criança de uns doze anos de idade, uma jovem elegante, vestida com saia verde e blusa branca — Mma Ramotswe supunha que fosse a mulher do irmão caçula — e um homem do lado dela, de calça cáqui e uma camisa cáqui de mangas curtas. O homem levantou-se quando Mma Ramotswe apareceu e saiu de trás da mesa para lhe dar as boas-vindas.

"A senhora é nossa hóspede", ele disse, sorrindo enquanto falava. "É muito bem-vinda nesta casa, Mma."

A velha senhora meneou a cabeça para ela. "Este é meu filho. Ele estava com o gado quando a senhora chegou."

O homem apresentou-a à mulher, que lhe sorriu de modo amistoso.

"Está quente demais, hoje, Mma", disse a moça. "Mas acho que vai chover. Creio que foi a senhora quem nos trouxe esta chuva."

Era um elogio, e Mma Ramotswe agradeceu. "Espero que sim. A terra continua sedenta."

Mma Ramotswe sentou-se entre a moça e a velha senhora. Enquanto a mulher servia a carne, o marido enchia os copos com água.

"Vi a senhora lá junto ao gado", disse a velha. "Gosta de bois, Mma?"

"Existe alguma motsuana que não goste?", retrucou Mma Ramotswe.

"Talvez haja", falou a velha. "Talvez haja quem não entende o gado. Eu não sei."

Tinha virado a cabeça ao dar sua resposta e, pelas janelas altas e sem vidraças da varanda, olhava para a vastidão de terras que se estendiam horizonte afora.

"Disseram-me que a senhora é de Mochudi", comentou a jovem mulher, entregando o prato a Mma Ramotswe. "Eu também sou de lá."

"Isso já faz algum tempo", respondeu Mma Ramotswe. "Agora estou em Gaborone. Como quase todo mundo."

"Como meu irmão", disse o filho caçula. "A senhora deve conhecê-lo muito bem, se ele a mandou para cá."

Houve um momento de silêncio. A velha virou-se para olhá-lo, mas ele desviou o olhar.

"Eu não o conheço muito bem", respondeu Mma Ramotswe. "Mas seu irmão me convidou a vir a esta casa como um favor. Eu o ajudei."

"A senhora é muitíssimo bem-vinda", falou a velha senhora mais que depressa. "A senhora é nossa convidada."

Este último comentário fora dirigido mais ao filho, mas ele estava ocupado com o próprio prato e não deu mostras de ter escutado o que a mãe dissera. A mulher, porém, cruzara o olhar com Mma Ramotswe por alguns breves instantes e logo em seguida desviara a vista.

Comeram em silêncio. A velha comia com o prato no colo e entretinha-se em escavar seu monte de farinha de milho embebida em molho de carne. Punha a mistura na boca e mastigava sem pressa, os olhos remelentos fixos na vista do mato e do céu. A mulher jovem, por sua vez, se servira apenas de abóbora e vagem, que ela bicava sem grande entusiasmo. Olhando para seu prato, Mma Ramotswe reparou que ela e o homem eram os únicos que estavam comendo o ensopado de carne. O menino, que lhe fora apresentado como sendo um primo da mulher, comia uma grossa fatia de pão sobre a qual fora posto um pouco de melado e do molho da carne.

Mma Ramotswe olhou para sua comida. Em seguida afundou o garfo na carne acomodada entre uma bela porção de abóbora e um punhado de farinha de milho. O molho estava denso e pegajoso e, quando ergueu o garfo, ficou um rastro no prato que parecia glicerina. Mas quando levou o garfo à boca a comida apresentou um sabor normal, ou quase normal. Pensou ter sentido um gosto meio estranho, um gosto que poderia ser descrito como metálico, feito o gosto dos comprimidos de ferro que o médico lhe receitara uma vez, ou quem sabe amargo, como o gosto de uma semente de limão.

Olhou para a mulher do irmão mais novo, que sorriu para ela.

"Não fui eu que preparei a comida", disse a moça. "Se esta comida estiver com um gosto bom, não foi por minha causa. Foi obra do Samuel, na cozinha. Ele é um ótimo cozinheiro e temos orgulho dele. Ele fez curso. Samuel é um chef."

"É trabalho de mulher", falou o marido. "É por isso que vocês nunca vão me ver na cozinha. Um homem deve fazer outras coisas."

Olhou para Mma Ramotswe ao dizer isso, e ela pressentiu o desafio.

Levou alguns poucos momentos para responder. E,

então: "Isso é o que muita gente diz, Rra. Ou, ao menos, é o que muitos homens dizem. Mas não tenho tanta certeza assim de que todas as mulheres concordem".
O marido largou o garfo. "A senhora pergunte a minha mulher, então", ele disse, baixinho. "Pergunte se ela concorda. Vamos, pergunte."
A mulher não hesitou. "O que meu marido disser é o certo", falou ela.
A velha senhora virou-se para Mma Ramotswe. "Está vendo? Minha nora apóia o marido. Assim são as coisas aqui no interior. Na cidade pode ser diferente, mas aqui no interior as coisas são assim."

Mma Ramotswe voltou para o quarto após o almoço e deitou-se na cama. O calor não melhorara, apesar de as nuvens continuarem se acumulando no leste. Já então não havia mais dúvida de que choveria, mesmo que a tempestade só chegasse ao anoitecer. Logo mais começaria a ventar e, depois, viria aquele cheiro delicioso e inconfundível de chuva, aquele cheiro de pó e água misturados que perdurava alguns segundos nas narinas e que depois sumia, deixando uma saudade tremenda, por meses a fio, até pegar você num outro momento, quando então o obrigaria a parar, virar-se e dizer para a pessoa do lado, qualquer pessoa: Olha o cheiro de chuva, é chuva, sim, e é agora.
Deitou-se na cama, olhando as tábuas brancas do forro. Tinham sido bem varridas, o que era sempre um sinal de boa administração doméstica. Em muitas residências os tetos eram cheios de manchas de mosca ou marcados, nas beiradas, por rastros de cupins. Às vezes se viam aranhas enormes rodopiando pelo que devia lhes parecer uma alva tundra de ponta-cabeça. Ali, porém, não havia nada, e a pintura continuava imaculada.
Mma Ramotswe estava intrigada. Tudo que apurara

até o momento era que os empregados tinham opinião própria, e que nenhum deles gostava do Homem Público. Era uma pessoa meio mandona, talvez, mas haveria algo impróprio nisso? Claro que o irmão mais velho iria dar palpite na questão de como cuidar do gado e era natural que transmitisse esses palpites para o irmão caçula. Claro que a velha senhora iria achar que o filho deficiente era inteligente; e claro que iria acreditar que as pessoas da cidade perdem o interesse pelo gado. Mma Ramotswe percebeu que sabia muito pouco sobre a velha. O vaqueiro achava que ela era má, mas não fornecera nenhum motivo para apoiar aquela declaração. Tinha lhe dito para prestar atenção no olhar da velha, coisa que ela fizera, sem resultado nenhum. Reparou apenas que a mulher não olhou para ninguém, que ficou o tempo inteiro fitando a paisagem enquanto almoçavam. O que significava isso?

Mma Ramotswe sentou-se na cama. Havia alguma coisa a aprender com aquilo, sem dúvida. Quando alguém se põe a mirar o infinito, de olhar perdido, significa que a pessoa não quer estar onde está. E o motivo mais comum para alguém não querer estar onde está é não gostar da companhia que o rodeia. Isso é sempre uma verdade. Portanto, se ela desviava o olhar, era porque não gostava de alguém ali. De mim, acho difícil, pensou Mma Ramotswe. A velha senhora não dera o menor sinal disso antes e, além do mais, ainda não houvera tempo para surgir alguma aversão. A criança dificilmente teria dado motivo para uma reação dessas e, de fato, ela tratara o menino até com carinho, dando tapinhas em sua cabeça umas duas vezes durante a refeição. Restavam apenas o filho e a mulher.

Mãe nenhuma neste mundo tem aversão por um filho. Mma Ramotswe sabia que há mulheres que têm vergonha dos filhos e que também há mulheres que ficam bravas com os filhos. Mas, lá no fundo do coração, mãe nenhuma sente aversão pelo filho. Um filho pode fazer qualquer coisa, que sempre acaba perdoado pela mãe. Aquela velha senhora, portanto, sentia aversão pela nora, e uma aversão tão profunda que desejava estar em outro lugar quando na companhia dela. Mma Ramotswe deitou-se de novo na cama, passada a emoção inicial da conclusão. A próxima tarefa seria decifrar por que a velha senhora sentia aversão pela nora; se por acaso tinha algo a ver com as suspeitas do outro filho, o Homem Público. Talvez mais importante que isso fosse descobrir se a moça sabia da aversão que a sogra sentia por ela. Se a resposta fosse sim, ali estava um bom motivo para tomar alguma providência; entretanto, se ela fosse de fato uma envenenadora — e não parecia de jeito nenhum capaz disso, sem contar a opinião contrária da empregada —, então seguramente iria tentar envenenar a sogra, e não o marido.

Mma Ramotswe sentiu-se sonolenta. Não dormira lá muito bem na noite anterior, e a viagem, somada ao calor e ao almoço pesado, surtia efeito. O ensopado estava muito encorpado; encorpado e viscoso, com aquele rastro gelatinoso. Fechou os olhos, mas não enxergou tudo escuro. Havia uma aura branca, uma vaga linha luminosa, que parecia cortar sua visão interna. A cama se mexeu de leve, como se por força do vento que começara a soprar na fronteira, lá bem de longe. O cheiro de chuva chegou e, depois, as gotas quentes, urgentes, castigando o solo, ferindo-o e saltando em ricochete, feito minúsculos vermes cinzentos.

Mma Ramotswe adormeceu, mas sua respiração estava rasa e os sonhos foram febris. Quando acordou e sentiu a dor no estômago, eram quase cinco horas da tarde. O temporal tinha passado, mas ainda chovia um pouco, e a chuva batia no telhado de zinco da casa com a insistência de um batalhão de tambores. Sentou-se na cama, mas teve de se deitar de novo, por causa da náusea. Virando-se na cama, deixou os pés caírem no chão. Depois levantou-se, hesitante, e foi cambaleando até a porta e, dali, até o banheiro no final do corredor. Vomitou e, efeito quase instantâneo, sentiu-se melhor. Até voltar ao quarto, o pior do enjôo já passara e ela pôde refletir sobre a situação. Entrara na casa de um envenenador e fora ela própria envenenada. Não deveria se espantar com isso. Na verdade, era inteira e completamente previsível.

15
O QUE VOCÊ QUER FAZER DA SUA VIDA?

Mma Makutsi tinha apenas três dias. Não era muito tempo e não estava certa se conseguiria descobrir o suficiente sobre as quatro finalistas para poder aconselhar o sr. Pulani. Espiou a lista muito bem datilografada que lhe fora fornecida, mas nem os nomes nem os endereços ao lado deles lhe diziam alguma coisa. Sabia que existiam pessoas que se achavam capazes de julgar alguém pelo nome, que diziam que toda Maria é inevitavelmente honesta e caseira, que jamais se deve confiar numa Safo e por aí afora. Mas essa era uma idéia ridícula, ainda menos proveitosa do que aquela segundo a qual se pode distinguir um criminoso pelo formato da cabeça da pessoa. Mma Ramotswe lhe mostrara um artigo sobre essa teoria e ambas tinham dado boas gargalhadas. No entanto, a idéia — mesmo que não fosse lá das mais adequadas a uma mulher moderna como ela — acabara por deixá-la curiosa e, em segredo, Mma Makutsi tinha embarcado em algumas pesquisas. Em dois tempos a sempre prestimosa bibliotecária da biblioteca do British Council achou um livro sobre o assunto e o pôs em suas mãos. *Teorias do crime* era uma obra bem mais erudita que a bíblia profissional de Mma Ramotswe, *Os princípios da investigação particular*, de Clovis Andersen. Não que este não fosse um volume perfeitamente apropriado para oferecer dicas de como lidar com clientes, mas era um tanto fraco no terreno da teoria. Ficou claro para Mma Makutsi que Clovis Andersen não era um leitor assíduo do *Journal of Cri-*

minology, ao passo que o autor de *Teorias do Crime* estava bastante familiarizado com os debates sobre as causas da criminalidade. Ele escrevera que a sociedade era um dos prováveis culpados: habitação miserável e ausência de um futuro levam os jovens a recorrer ao crime e é preciso não esquecer nunca, advertia o livro, de que aqueles a quem se faz o mal *retribuem fazendo o mal.*

Mma Makutsi leu esse trecho e admirou-se. O autor tinha toda a razão, refletiu ela, mas jamais pensara no assunto nesses termos. Claro que aqueles que cometem injustiças já foram um dia injustiçados — isso estava bem de acordo com sua própria experiência. No terceiro ano primário, quando ela ainda morava em Bobonong, tinha um menino que vivia atazanando os meninos menores e que se deliciava com o terror que infundia neles. Ela não entendia o porquê daquela atitude — talvez fosse pura maldade —, até o dia em que passou na frente da casa do menino, à noitinha, e viu o pai bêbado dando uma surra nele. O filho se contorcia e berrava, mas não conseguia escapar do pai. No dia seguinte, a caminho da escola, ela o viu bater num menino menor e empurrá-lo para cima de uma moita de *wagenbikkie*, com aqueles enormes espinhos pontiagudos. Claro que não associara causa e efeito, nem tinha idade para isso, mas agora a lembrança lhe voltava, fazendo-a refletir sobre a sabedoria revelada no texto de *Teorias do crime.*

Sozinha no escritório da Agência Nº 1 de Mulheres Detetives, levou algumas horas lendo até chegar ao ponto que procurava. A parte dedicada a explicações biológicas do crime era bem mais curta que as outras, em grande parte porque o autor não se sentia à vontade ao discorrer sobre elas.

"O criminologista italiano do século XIX Cesare Lombroso", ela leu, "embora nutrisse idéias liberais acerca da reforma penitenciária, estava convencido de que a criminalidade poderia ser detectada a partir do formato da ca-

beça. Assim, despendeu um bocado de energia mapeando os traços fisionômicos de criminosos, numa tentativa equivocada de identificar as características faciais e cranianas que fossem indicativas de criminalidade. Essas gravuras curiosas (reproduzidas abaixo) são testemunhos de um entusiasmo mal dirigido que poderia facilmente ter sido levado a vertentes mais produtivas de pesquisa."
Mma Makutsi olhou as gravuras tiradas do livro de Lombroso. Um homem de fisionomia sinistra, com uma testa estreita e olhar furibundo, encarava o leitor. Sob essa ilustração havia a legenda: *Assassino característico (tipo siciliano)*. Depois vinha a imagem de outro homem de amplos bigodes mas com os olhinhos estreitos, um tanto franzidos. Este, segundo o que estava escrito, era um *Ladrão característico (tipo napolitano)*. Outros "tipos" criminosos olhavam para o leitor, todos eles patente e evidentemente malignos. Mma Makutsi estremeceu. Não restava a menor dúvida de que todos aqueles homens eram criaturas muitíssimo desagradáveis e que ninguém confiaria neles. Por que então descrever as teorias de Lombroso como "equivocadas"? Não era apenas uma atitude rude, na opinião dela; tratava-se, claro, de um engano. Lombroso tinha razão; *dava* para ver — e disso as mulheres têm consciência faz tempo: elas sabem como é um homem só de olhá-lo e para isso não precisam nem ser italianas; em Botsuana era a mesma coisa. Mma Makutsi ficou intrigada. Se a teoria estava tão certa assim, e no seu entender estava, por que o autor do outro livro sobre criminologia a rejeitava? Pensou por alguns momentos, até lhe ocorrer a explicação mais lógica: ele tinha *inveja*! Só podia ser essa a razão. Tinha inveja porque Lombroso pensara no assunto antes, e ele queria desenvolver idéias próprias a respeito da criminalidade, ora. Sendo esse o caso, então não daria maior importância ao livro *Teorias do crime*. Descobrira um pouco mais sobre esse tipo de criminologia e agora restava apenas aplicá-la na sua investiga-

ção. Usaria a teoria lombrosiana para detectar quem, das quatro finalistas, era confiável e quem não era. As gravuras de Lombroso tinham servido apenas para confirmar que o melhor seria confiar na intuição. Alguns momentos com aquelas moças e, quem sabe, uma inspeção muito discreta na estrutura craniana de cada uma delas — nem pensar em ficar encarando — seriam suficientes para lhe fornecer uma resposta. Isso teria de bastar; não havia nada mais que pudesse fazer em tão pouco tempo disponível, e Mma Makutsi estava especialmente ansiosa para que a questão já estivesse resolvida a contento por ocasião do regresso de Mma Ramotswe.

Quatro nomes, nenhum deles conhecido dela: Motlamedi Matluli, Gladys Tlhapi, Makita Phenyonini e Patricia Quatleneni; abaixo deles, idade e endereço. Motlamedi era a mais nova, dezenove anos, e a mais acessível de todas: estudava na universidade. Patricia era a mais velha, vinte e quatro anos, e possivelmente a mais difícil de contatar em seu endereço, por sinal vago ao extremo: Tlokweng (lote 2456). Mma Makutsi decidiu ir visitar Motlamedi primeiro, porque seria uma simples questão de localizar o alojamento da moça no muito bem organizado campus universitário. Isso, claro, não significava que seria fácil falar com ela; Mma Makutsi sabia que moças como aquela, fazendo faculdade e com um bom emprego praticamente garantido no futuro, costumavam olhar de cima para baixo para pessoas que não tinham tido as mesmas vantagens, sobretudo para as que haviam saído do Centro de Formação de Secretárias de Botsuana. Mesmo a média de 9,7 nos exames finais, resultado de um árduo trabalho, seria vista com olhos zombeteiros por gente como Motlamedi. Entretanto, falaria com a moça e trataria todo e qualquer sinal de condescendência com dignidade. Não tinha nada do que se envergonhar; era agora gerente interina de uma oficina, ora, além de ser uma detetive assistente. Que títulos possuía aquela bela moça? Nem mesmo o de Miss Beleza e Integridade — por enquanto, ela estava apenas concorrendo a essa honraria. Iria visitá-la. Mas dizer o que para a moça? Não daria para parar na frente dela e falar: *Com licença, eu vim dar uma espiada na sua cabeça.* Isso provocaria uma reação hostil, ainda que tivesse o mérito de ser a mais pura verdade. Foi então que lhe ocorreu a idéia. Poderia fingir estar fazendo alguma pesquisa e, enquanto a moça fosse respondendo, examinaria bem de perto cabeça e traços fisionômicos, em busca da presença de algum indício de desonestidade. E a idéia foi se aprimorando. A pesquisa não precisaria ser sobre algum produto sem maior importância, do tipo que as pessoas estão acostumadas a responder; poderia ser uma pesquisa a respeito de atitudes morais. Poderia levantar algumas questões que, de uma forma muito sutil, revelariam as verdadeiras atitudes das moças. As perguntas seriam formuladas com o máximo de cuidado para que elas não suspeitassem de nenhuma armadilha e, ao mesmo tempo, seriam mais reveladoras que holofotes de busca. *O que você de fato quer fazer com sua vida?*, por exemplo. Ou: *O que é melhor — ganhar muito dinheiro ou ajudar os outros?*

As idéias foram se encaixando e Mma Makutsi sorriu, encantada com as novas possibilidades que se apresentaram diante dela. Decidiu fingir ser uma jornalista enviada pelo *Daily News* para escrever um artigo sobre o concurso — pequenos embustes são aceitáveis, escrevera Clovis Andersen, desde que os fins justifiquem os meios. Pois bem, os fins, naquele caso, eram obviamente importantes, já que se achava em jogo a reputação do próprio país. A vencedora do concurso Beleza e Integridade tinha grandes chances de acabar disputando o título de Miss Botsuana, e esse era um cargo tão importante quanto o de embaixador. Na verdade, uma rainha de beleza era uma espécie de embaixadora de seu país e as pessoas julgavam esse país segundo a conduta exibida por sua representante. Se era necessário pregar uma pequena mentira para evitar que uma jovem de moral duvidosa obtivesse a faixa e levasse o país ao opróbrio, então que fosse. Sua ação estava justificada, e Clovis Andersen evidentemente concordaria com ela, ainda que o autor de *Teorias do crime*, que parecia adotar um alto tom moral para tudo, pudesse manifestar algumas reservas.

Mma Makutsi pôs-se a datilografar o questionário. As perguntas eram simples, porém muito sagazes:

1. *Quais são os principais valores que a África tem para mostrar ao mundo?*

Esta pergunta destinava-se a verificar se as moças sabiam o que vinha a ser moralidade. Uma jovem consciente do que é moralidade responderia alguma coisa como: *A África pode mostrar ao mundo o que significa ser humano. A África reconhece a humanidade de todas as pessoas.*

Vencida essa primeira barreira, ou, melhor dizendo, *se* elas vencessem essa primeira barreira, a pergunta seguinte tornava-se mais pessoal:

2. *O que você quer fazer da sua vida?*

Essa era a armadilha que Mma Makutsi preparara para as desonestas. A resposta padrão que qualquer candidata daria à pergunta era a seguinte: *Eu gostaria de trabalhar pelos pobres, de preferência com crianças. Gostaria de fazer do mundo um lugar melhor do que era quando eu nasci.*

Até aí, tudo bem, mas todas elas tinham aprendido a resposta de algum livro, muito possivelmente um livro escrito por alguém como Clovis Andersen. *Dicas práticas para rainhas de beleza,* talvez, ou então *Como vencer um concurso internacional de beleza.*

Uma moça honesta, no entender de Mma Makutsi, responderia a essa pergunta com algo mais ou menos assim: *Eu gostaria de trabalhar pelos pobres, talvez com crianças. Se não puder ser com crianças, ficarei feliz de trabalhar pelos idosos. Eu não me importo. Mas também estou ansiosa para conseguir um bom trabalho com um salário alto.*

3. *É melhor ser bonita do que íntegra?*
De novo, não havia a menor dúvida de que a resposta esperada de uma candidata a um título de beleza seria a de que a integridade é mais importante. Todas as moças provavelmente se achariam na obrigação de responder isso, mas existia uma possibilidade bem remota de que a honestidade induzisse uma delas a dizer que ser bonita tinha lá suas vantagens. Essa era uma verdade que Mma Makutsi comprovara em relação ao emprego de secretária; as bonitas obtinham todas as vagas e sobrava muito pouco para o resto, mesmo para aquelas que tivessem tirado média 9,7 nos exames finais. Essa tremenda injustiça sempre fora motivo de grandes amarguras, se bem que, no caso dela, o trabalho árduo tivesse compensado, no final. Quantas de suas contemporâneas, que talvez tivessem uma pele melhor que a sua, eram hoje gerentes interinas? A resposta, claro, era: nenhuma. Aquelas belas moças haviam se casado com homens ricos e, dali em diante, passaram a viver em conforto total, mas jamais poderiam dizer que tinham tido uma carreira — a menos que usar roupas caras e ir a festas pudesse ser chamado de carreira.

Mma Makutsi terminou de datilografar seu questionário. Não havia fotocopiadora na oficina, mas ela usara carbono e acabara com quatro cópias das perguntas, todas elas com o falso título *Botswana Daily News — Caderno de Variedades* no topo da página. Olhou o relógio;

dera meio-dia e fazia um calor insuportável. Chovera um pouco dias antes, mas toda a água fora absorvida mais que depressa pela terra. O solo gritava pedindo mais. Se a chuva viesse, e tudo apontava para isso, a temperatura cairia e todos voltariam a se sentir melhor. Os ânimos exaltavam-se no auge do calor e irrompiam discussões por coisas mínimas. A chuva trazia paz às pessoas.

Mma Makutsi saiu do escritório e fechou a porta atrás de si. Os aprendizes estavam ocupados com um velho furgão levado até lá pela mulher que transportava verduras de Lobatse para vender aos supermercados. Soubera da oficina por uma amiga, que tinha lhe dito que lá era um bom lugar para uma mulher levar seu veículo.

"É uma oficina de mulheres, eu acho", a amiga dissera. "Eles entendem as mulheres e cuidam bem delas. É o melhor lugar para uma senhora levar seu carro."

A reputação de oficina para mulheres mantinha os aprendizes ocupados. Sob a direção de Mma Makutsi, os dois haviam reagido bem ao desafio; trabalhavam até tarde e faziam tudo com o maior cuidado. Periodicamente ela conferia o serviço e fazia questão de que eles explicassem o trabalho realizado. Ambos gostavam disso e a explicação ajudava a enfocar melhor o problema a ser resolvido. A capacidade de diagnóstico deles — uma arma poderosa no arsenal de qualquer bom mecânico — melhorara bastante e os dois perdiam menos tempo falando de mulher.

"Nós gostamos de trabalhar para a senhora", o aprendiz mais velho dissera a ela, certa manhã. "É bom ter uma mulher nos vigiando o tempo todo."

"Alegro-me em saber disso", Mma Makutsi respondera. "O trabalho de vocês está melhorando a cada dia que passa. Não vai demorar muito e serão mecânicos tão famosos quanto o sr. J. L. B. Matekoni. Não é impossível, isso."

Mma Makutsi foi ter com os aprendizes. Naquele momento, eles lidavam com um filtro de óleo.

"Quando terminarem aqui", ela disse, "gostaria que um de vocês me levasse à universidade."

"Estamos ocupadíssimos, Mma", queixou-se o mais novo. "Temos de ver mais dois carros ainda hoje. Não podemos ficar para lá e para cá o tempo todo. Não somos motoristas de táxi."

Mma Makutsi suspirou. "Nesse caso, eu tomo um táxi. Tenho um negócio importante, relacionado com um concurso de beleza. Preciso falar com algumas moças."

"Eu posso levá-la", apressou-se em dizer o mais velho. "Estou quase terminando. O mano aqui acaba o serviço sozinho."

"Ótimo. Eu sabia que poderia contar com o lado mais requintado de sua natureza."

Estacionaram debaixo de uma árvore, no campus universitário, não muito longe do bloco pintado de branco que o homem no portão indicara a Mma Makutsi quando ela lhe mostrou o endereço. Um pequeno grupo de estudantes mulheres conversava embaixo de um toldo, na entrada do prédio de três andares. Deixando o aprendiz no furgão, Mma Makutsi aproximou-se e apresentou-se.

"Estou à procura de Motlamedi Matluli", disse ela. "Disseram-me que ela mora aqui neste bloco."

Uma das estudantes deu uma risadinha. "É, mora sim. Se bem que eu acho que ela gostaria de morar num lugar mais grandioso."

"Feito o Hotel do Sol", completou outra, provocando risos nas demais.

Mma Makutsi sorriu. "Quer dizer então que ela é muito importante, é?"

A pergunta provocou ainda mais risadas. "Ela pensa que é", disse uma. "Só porque todos os garotos vivem atrás dela, Motlamedi se acha dona de Gaborone. Só vendo para crer!"

"Pois eu gostaria de vê-la." Mma Makutsi resolveu ir direto ao ponto. "Foi para isso que vim até aqui."

"A senhora vai encontrá-la na frente do espelho", informou outra moça. "Ela está no primeiro andar, quarto 114."

Mma Makutsi agradeceu as informações e encaminhou-se para a escadaria de concreto que levava ao primeiro andar. Reparou que alguém rabiscara algo ofensivo na parede da escada, um comentário sobre alguma jovem. Um dos rapazes estudantes, sem dúvida, que fora rejeitado e resolvera desabafar com grafite. Ficou irritada: aqueles jovens eram uns privilegiados — as pessoas comuns de Botsuana jamais teriam oportunidade de receber uma educação como aquela, todinha paga pelo governo, pula por pula —, e tudo o que sabiam fazer era escrever nas paredes. E essa moça, Motlamedi, por que viver se empetecando toda, participando de concursos de beleza, em vez de pegar firme nos livros e estudar com afinco? Se Mma Makutsi fosse a reitora da universidade, diria a pessoas assim para tomarem uma decisão na vida. Ou você é uma coisa ou é outra. Ou você cuida da mente ou cuida do penteado. As duas coisas, não dá.

Encontrou o quarto 114 e bateu bem forte na porta. Ouviu um ruído de rádio lá dentro, de modo que bateu outra vez, mais forte ainda.

"Já vai!", gritou uma voz. "Já estou indo."

A porta se abriu e lá estava Motlamedi Matluli, a sua frente. A primeira coisa em que Mma Makutsi reparou foi nos olhos, que eram extraordinariamente grandes. Eles dominavam o rosto, dando-lhe uma qualidade doce, inocente, que lembrava muito a expressão de um macaquinho africano de hábitos noturnos que os ingleses chamam de *baby bush*, "bebê do mato".

Motlamedi mediu a visita de alto a baixo.

"Pois não, Mma?", perguntou. "Em que posso ajudá-la?"

Foi uma forma muito rude de receber alguém e Mma

Makutsi sentiu-se ofendidíssima. Se esta moça tivesse um pingo de bons modos, teria me convidado a entrar, pensou. Está ocupada demais se olhando no espelho, que por sinal, como as estudantes lá fora haviam previsto, achava-se apoiado em sua escrivaninha, rodeado de cremes e loções.

"Sou jornalista", disse Mma Makutsi. "Estou escrevendo um artigo sobre as finalistas do concurso Miss Beleza e Integridade. Tenho algumas perguntas que gostaria que respondesse."

A mudança na atitude de Motlamedi foi visível. Mais que depressa e com uma efusividade excessiva, convidou Mma Makutsi a entrar, tirou algumas roupas de cima de uma cadeira e pediu que sentasse.

"Meu quarto em geral é bem menos bagunçado do que isto", ela disse com uma risada, gesticulando na direção de pilhas de roupas espalhadas por todos os cantos. "Mas é que eu estou resolvendo umas coisas, bem agora. A senhora sabe como é."

Mma Makutsi meneou a cabeça. Tirando o questionário da pasta, entregou-o à jovem, que deu uma olhada e sorriu.

"Estas respostas são muito fáceis de dar. Já vi perguntas muito parecidas antes."

"Por favor, responda a todas elas", solicitou Mma Makutsi. "Em seguida, gostaria de poder trocar uma palavrinha. Coisa rápida. Depois eu a deixo estudar."

Este último comentário foi feito enquanto espiava o aposento, que estava, até onde lhe era possível ver, desprovido de livros.

"Pois é", disse Motlamedi, voltando-se para o questionário, "nós, estudantes, estamos sempre às voltas com os estudos."

Enquanto a moça redigia as respostas, Mma Makutsi disfarçadamente observou sua cabeça. Pena que o estilo de penteado que a finalista escolhera era de tal ordem que tornava impossível ver o formato do crânio. Até o próprio Lombroso, pensou Mma Makutsi, teria tido uma certa dificuldade em obter um parecer a respeito da jovem. Contudo, no fundo isso importava pouco. Vira o suficiente daquela pessoa, desde a falta de educação na porta até o olhar de quase desdém (disfarçado assim que Mma Makutsi declarou ser jornalista), e tudo o que vira lhe dizia que aquela moça seria uma má escolha para o posto de Miss Beleza e Integridade. Era muito improvável que viesse a ser acusada de roubo, claro, mas havia outras formas de desonrar tanto o concurso quanto o sr. Pulani, entre as quais — e a mais provável —, o envolvimento escandaloso com algum homem casado. Moças daquele tipo não respeitavam o matrimônio e costumavam ir atrás de qualquer um que pudesse promover-lhes a carreira, independentemente do fato de o homem ter ou não uma mulher. E que exemplo seria esse para a juventude de Botsuana?, era o que Mma Makutsi se perguntava. Ficou irritada só de pensar nisso e pegou-se sacudindo a cabeça, num gesto involuntário de desaprovação.

Motlamedi ergueu os olhos do questionário.

"Por que está sacudindo a cabeça, Mma? Eu estou escrevendo a coisa errada?"

"Não, não está, não." A resposta veio apressada. "Escreva a verdade. É só no que estou interessada."

Motlamedi sorriu. "Eu sempre digo a verdade. Sou assim desde criança. Não suporto gente que conta mentiras."

"É mesmo?"

A moça terminou de responder e entregou o papel para Mma Makutsi.

"Espero não ter me estendido demais. Sei que vocês jornalistas são pessoas muito ocupadas."

Mma Makutsi pegou o papel e deu uma olhada nas respostas.

1. *A África tem uma história grandiosa, embora pouca gente preste atenção nisso. A África pode ensinar ao*

mundo como cuidar das pessoas. E há outras coisas, também, que podemos ensinar ao mundo.
2. Minha maior ambição é trabalhar para ajudar os outros. Não vejo a hora de poder ajudar mais gente. Esse é um dos motivos pelos quais mereço vencer o concurso: sou uma garota que gosta de ajudar os outros. Não sou uma pessoa egoísta.
3. É melhor ser uma pessoa íntegra. Uma moça honesta é rica de alma. Essa é a verdade. Moças que se preocupam com a aparência não são tão felizes quanto as que pensam primeiro nos outros. Eu sou das que pensam nos outros e é por isso que entendo do assunto.

Motlamedi vigiou a leitura das respostas.

"E então, Mma? Gostaria de me fazer mais alguma pergunta sobre o que escrevi?"

Mma Makutsi dobrou a folha de papel e guardou-a na pasta.

"Não, muito obrigada, Mma. Já sei tudo o que precisava saber. Não preciso lhe fazer mais nenhuma pergunta."

Motlamedi parecia meio ansiosa.

"E uma fotografia? Se o jornal quiser mandar um fotógrafo, acho que posso permitir que tirem algumas fotos. Vou estar aqui a tarde toda."

Mma Makutsi encaminhou-se para a porta.

"Talvez", disse ela. "Mas ainda não sei. As respostas que me deu foram muito úteis. Vou publicá-las no jornal. Sinto como se a conhecesse muito bem, agora."

Motlamedi achou que já poderia se dar ao luxo de ser gentil.

"Fico contente de termos nos conhecido. E aguardo ansiosa nosso próximo encontro. Talvez a senhora queira ir ao concurso... e levar um fotógrafo."

"Talvez", repetiu Mma Makutsi ao partir.

O aprendiz conversava com duas jovens quando Mma Makutsi saiu do prédio. Explicava alguma coisa sobre carros e elas escutavam, na maior atenção. Mma Makutsi não pegou a conversa toda, mas chegou a tempo de ouvir o final: "... pelo menos cento e vinte quilômetros por hora. E o motor é supersilencioso. Se um cara estiver sentado com a garota no banco de trás e quiser dar um beijo nela dentro do carro, vai ter que ser muito discreto, senão eles ouvem no banco da frente".

As estudantes riram.

"Não dêem atenção a ele, meninas", falou Mma Makutsi. "Este jovem está proibido de falar com pessoas do sexo oposto. Tem mulher e três filhos, e a mulher dele fica furiosa quando sabe que ele conversou com alguma moça. Furiosa."

As estudantes recuaram. Uma delas olhou para o aprendiz com cara de censura.

"Mas isso não é verdade", protestou o rapaz. "Eu não sou casado."

"Isso é o que todos dizem", retrucou uma das estudantes, agora muito brava. "Vocês aparecem por aqui, conversam com garotas como nós, e o tempo todo estão pensando em suas mulheres. Que comportamento é esse?"

"Um péssimo comportamento", interveio Mma Makutsi, enquanto abria a porta do carro e se preparava para entrar. "Seja como for, está na hora de irmos embora. Este jovem tem que me levar a outro lugar."

"Cuidado com ele, Mma", falou uma das estudantes. "Nós conhecemos bem o tipo."

O aprendiz deu a partida, de boca franzida, e acelerou.

"A senhora não devia ter dito aquilo, Mma. A senhora me fez ficar com cara de tacho."

Mma Makutsi soltou uma risadinha zombeteira. "Você não precisa da minha ajuda para ficar com cara de tacho. Por que vive correndo atrás das moças? Por que vive tentando impressioná-las?"

"Porque é assim que eu me divirto", disse ele, na defensiva. "Eu gosto de conversar com as garotas. Temos tanta garota linda aqui no país e não há ninguém para conversar com elas. Estou prestando um serviço ao país."

Mma Makutsi lançou-lhe um olhar de desdém. Embora os dois jovens estivessem se dedicando ao trabalho e reagindo bem às suas sugestões, pareciam sofrer ambos de uma fraqueza crônica de caráter: aquela incessante preocupação com mulheres. Será que daria para fazer alguma coisa a respeito? Era muito improvável, pensou ela, se bem que, com o tempo, o defeito fosse passar; os dois se tornariam homens mais sérios. Ou talvez não. As pessoas nunca mudam muito. Mma Ramotswe lhe dissera isso uma vez e ela nunca mais esquecera. As pessoas não mudam, mas isso não significa que permaneçam o tempo todo as mesmas. O que se pode fazer é descobrir o lado bom da personalidade delas e trazer esse lado à tona. Aí, sim, elas talvez até dêem a impressão de que mudaram, o que não é verdade; mas ficam diferentes, ficam melhores. Pelo menos era o que Mma Ramotswe tinha dito — ou algo parecido. E se havia uma pessoa em Botsuana — uma pessoa — que merecia ser ouvida com cuidado, essa pessoa era Mma Ramotswe.

16
HISTÓRIA DO COZINHEIRO

Deitada na cama, Mma Ramotswe observava as tábuas brancas do teto. O estômago parecia mais assentado e o pior da tontura já tinha passado. Mas, quando fechou os olhos e tornou a abri-los em seguida, havia um anel branco em volta de tudo, uma auréola de luz que dançou por alguns instantes, depois se dissolveu. Em outras circunstâncias, poderia ter sido uma sensação agradável, mas ali, à mercê de alguém colocando veneno na comida, era alarmante. Que substância produziria tal efeito? Os venenos às vezes atacam a visão, Mma Ramotswe sabia disso. Quando criança, haviam lhe ensinado sobre as plantas que podiam ser colhidas no mato, sobre as moitas que causavam sono, sobre as cascas de árvores capazes de interromper uma gravidez indesejada, sobre raízes que curavam coceiras. Mas existiam muitas outras; eram várias as plantas que davam o *muti* que os curandeiros usavam, plantas com jeito inofensivo capazes de matar a um simples toque, ou pelo menos era o que as pessoas diziam. E não restava dúvida de que uma dessas plantas fora posta em seu prato pela mulher de seu anfitrião, ou, o que era mais provável, posta numa travessa inteira de comida — que a envenenadora, é claro, evitara. Se uma pessoa era má o suficiente para envenenar o marido, não se deixaria deter pela possibilidade de acabar com a vida de mais alguém.

Mma Ramotswe olhou o relógio. Passava das sete horas e as janelas estavam escuras. Não vira sequer o entar-

decer e já estava na hora da refeição noturna; não que estivesse com vontade de comer, mas a família haveria de estar se perguntando onde ela se metera, por isso teria de ir avisá-los de que não passava bem e que não lhes faria companhia ao jantar.
　　Sentou-se na cama e piscou com força. A luz branca continuava presente, mas bem mais fraca. Passou as pernas pela beirada do colchão, pisou no chão e curvou os dedos dos pés para colocar os sapatos, torcendo para que nenhum escorpião tivesse entrado neles durante sua sesta. Sempre espiava dentro dos sapatos em busca de escorpiões desde o dia em que, ainda criança, enfiara o pé no sapato da escola, uma manhã, e levara uma picada tremenda de um escorpião marrom enorme que se abrigara lá dentro para passar a noite. O pé inchara de tal maneira que ela fora carregada até o Hospital Holandês, no sopé do monte. Uma enfermeira fizera um curativo e lhe dera remédio para a dor. Depois lhe dissera para sempre dar uma espiada nos sapatos antes de calçá-los, conselho que ela nunca mais esquecera.
　　"Nós vivemos aqui", tinha dito a enfermeira, segurando a mão dela na altura do peito. "Eles moram lá embaixo. Lembre-se disso."
　　Mais tarde, pareceu-lhe que o conselho poderia ser aplicado em vários sentidos. Não se referia apenas a escorpiões e cobras — sobre os quais era evidentemente verdade —, mas englobava também as pessoas. Havia um mundo por baixo do mundo habitado por pessoas decentes, cumpridoras das leis; um mundo de egoísmos e desconfianças, habitado por gente preocupada em manipular e conspirar. Era preciso ficar de olho nos sapatos.
　　Retirou os pés de dentro deles antes que os dedos tivessem alcançado a ponta. Curvando-se, apanhou o pé direito e emborcou-o. Nada. Apanhou o esquerdo e fez o mesmo. Lá de dentro saiu uma minúscula criatura reluzente, que dançou no chão por um breve instante, como se

em desafio, antes de escafeder-se para um canto escuro do quarto.

Mma Ramotswe atravessou o corredor. Ao chegar ao fim, no ponto onde o corredor virava uma sala de estar, cruzou com uma criada saindo de outro aposento. A empregada cumprimentou-a.

"Eu estava indo avisá-la, Mma. Eles fizeram comida e está quase pronta."

"Obrigada, Mma. Eu estava dormindo. Não andei me sentindo muito bem, embora já esteja bem melhor. Acho que não vou conseguir comer mais nada esta noite, mas gostaria de um chá. Estou com muita sede."

A empregada cobriu a boca com as mãos. "Ai, ai, ai! Isto é muito ruim, Mma! Todo mundo nesta casa ficou doente. A velha senhora está muito enjoada, ainda não melhorou. O filho e a mulher estão gemendo e segurando a barriga. Até o menino passou mal, se bem que não muito. A carne devia estar estragada."

Mma Ramotswe fitou a empregada. "Todo mundo?"

"É. Todos, todos. O filho está berrando, dizendo que vai pegar o açougueiro que vendeu esta carne. Ele está muito bravo."

"E a mulher dele? O que ela está fazendo?"

A empregada olhou para o assoalho. Aquelas eram questões íntimas do estômago humano e sentia-se constrangida de falar no assunto tão abertamente.

"Não parou nada no estômago dela. Ela tentou tomar água — fui eu que levei —, mas voltou tudo, na hora. Mas agora pelo menos está de estômago vazio, de modo que acho que se sente melhor. Eu banquei a enfermeira a tarde toda. Aqui, lá. Inclusive dei uma espiada no seu quarto, da porta mesmo, para ver se a senhora estava bem. Vi que dormia na santa paz. Eu não sabia que a senhora também tinha passado mal."

192

Mma Ramotswe permaneceu alguns momentos em silêncio. Com a informação dada pela empregada, as coisas mudavam de figura. A principal suspeita, a nora, fora envenenada, assim como a sogra, de quem ela também desconfiava. Isso significava que, das duas, uma: ou acontecera algum acidente na distribuição do veneno ou então nenhuma delas tinha culpa no cartório. E dessas duas possibilidades, no entender de Mma Ramotswe, a segunda era a mais provável. Ao se sentir mal, foi logo imaginando ter sido envenenada de propósito, mas talvez estivesse enganada. Agora, com a cabeça mais fria, passadas as ondas de náusea que a haviam engolfado, parecia ridículo pensar que o responsável pelos envenenamentos fosse atacar tão depressa, e de forma tão óbvia, uma visita qualquer. Levantaria suspeitas, não seria sutil, e os envenenadores, pelo que já tinha lido, eram pessoas em geral de uma sutileza extrema.

A empregada olhou para Mma Ramotswe com um ar esperançoso, como se achasse que a hóspede poderia assumir a administração da casa.

"Ninguém está precisando de um médico, está?", perguntou ela.

"Não. Estão todos bem melhor, eu acho. Mas não sei mais o que fazer. Eles gritam um bocado comigo e eu não consigo fazer nada quando estão todos berrando."

"É", concordou Mma Ramotswe. "Não deve estar sendo fácil."

Observou a empregada atentamente. Eles gritam um bocado comigo. Devia ter muita gente com algum motivo, pensou ela, mas a idéia era absurda. A empregada era uma mulher honesta. Tinha uma fisionomia franca e sorria ao falar. Os segredos deixam sombras no rosto, e não havia sombra nenhuma no dela.

"Bem", disse Mma Ramotswe, "quem sabe a senhora poderia me fazer um chá. Em seguida, depois de fazer o chá, é melhor ir para seu quarto e deixar que a família se restabeleça. Talvez eles gritem menos pela manhã."

A empregada sorriu, aprovando a idéia. "É o que eu vou fazer, Mma. Levo o chá para a senhora no quarto. E depois a senhora volta a dormir."

Ela dormiu, mas foi um sono irrequieto. De vez em quando acordava e ouvia vozes na casa, ou o barulho de alguém se mexendo, uma porta batendo, uma janela sendo aberta, os estalos noturnos de uma casa velha. Pouco antes de amanhecer, quando percebeu que não voltaria a dormir, levantou-se, vestiu o roupão e foi lá para fora. Um cachorro que estava na porta dos fundos ergueu-se, ainda zonzo de sono, e farejou-lhe os pés, desconfiado; uma ave de porte, que passara a noite pousada no telhado, levantou vôo com um certo esforço e desapareceu.

Mma Ramotswe olhou em volta. O sol levaria mais uma meia hora a nascer, mas já havia luz suficiente para divisar as coisas e, a cada momento, ela ia ficando mais forte e mais clara. As árvores continuavam formando uma massa indistinta, volumes escuros, porém seus galhos e folhas logo mais surgiriam em detalhes, qual uma tela sendo aos poucos revelada. Era uma hora do dia que ela adorava e ali, naquele local isolado, distante de ruas, pessoas e dos barulhos que faziam, o encanto de sua terra mostrava-se destilado. O sol não demoraria a surgir, embrutecendo o mundo; por enquanto, porém, o mato, o céu e a própria terra pareciam modestos, abrandados.

Mma Ramotswe respirou fundo. O cheiro do mato, cheiro de pó e capim, atingiu-a em cheio no peito, como sempre fazia; sentiu também um leve bafo de fumaça de lenha, um cheiro penetrante, maravilhoso, que se insinua no ar calmo do amanhecer enquanto as pessoas preparam o desjejum e aquecem as mãos junto às chamas. Virou-se. Havia um fogo por perto; o fogo matinal para esquentar a água da caldeira, quem sabe, ou talvez a fogueira de um vigia que tivesse passado a noite em volta de algumas poucas brasas.

Foi até os fundos da casa, seguindo uma trilha estreita, marcada com pedras chatas pintadas de branco, um hábito adquirido com os administradores coloniais, que mandavam caiar as pedras em volta de acampamentos e alojamentos. Os europeus tinham feito isso por toda a África; eles caiavam inclusive a parte inferior dos troncos das árvores que plantavam ao longo de compridas avenidas. Por quê? Por causa da África.

Virou a quina da casa e viu o homem agachado diante da velha caldeira embutida numa armação de tijolos. Essas caldeiras eram uma característica muito comum das construções mais antigas, dos tempos em que não havia luz elétrica, e claro que eram uma necessidade ali, onde toda a eletricidade disponível vinha de um gerador. Além disso, saía bem mais barato aquecer a água utilizada pela casa numa caldeira daquelas do que usar o gerador movido a diesel. E lá estava a caldeira, sendo alimentada com a lenha que aqueceria a água dos banhos a serem tomados pela manhã.

O homem a viu chegando e levantou-se, limpando a calça cáqui. Mma Ramotswe cumprimentou-o na forma tradicional, e ele respondeu com polidez. Era um homem alto, de uns quarenta anos de idade, musculoso, com feições fortes e bonitas.

"Está fazendo um belo fogo, Rra", ela observou, apontando para o brilho que vinha da frente da caldeira.

"As árvores daqui são boas de queimar", respondeu ele com simplicidade. "E há muitas. O que não falta aqui é lenha."

Mma Ramotswe meneou a cabeça. "Quer dizer que é este seu trabalho."

Ele franziu o cenho. "Este e outras coisas."

"Ah, é?" O tom da resposta intrigou-a. As *outras coisas* eram obviamente malvistas. "Que outras coisas, Rra?"

"Sou o cozinheiro", disse ele. "Estou encarregado da cozinha e de preparar a comida."

E olhou para ela na defensiva, como se esperasse uma reação.

"Isso é bom", disse Mma Ramotswe. "É muito bom saber cozinhar. Hoje em dia existem ótimos cozinheiros em Gaborone. São chamados de chefs e usam uns chapéus brancos muito estranhos."

O homem meneou a cabeça. "Eu trabalhava num hotel em Gaborone. Era cozinheiro de lá. Não era o chefe da cozinha, apenas um assistente. Isso já faz alguns anos."

"Por que veio para cá?", perguntou Mma Ramotswe. Parecia-lhe algo extraordinário de se fazer. Um cozinheiro daqueles devia ganhar bem mais em Gaborone do que em casas de fazenda.

O cozinheiro estendeu uma perna e empurrou um pedaço de lenha de volta para o fogo com o pé.

"Eu nunca gostei desse trabalho. Não gostava de ser cozinheiro lá, e não gosto de ser cozinheiro aqui."

"Então por que continua no ramo, Rra?"

Ele suspirou.

"É uma história complicada, Mma. Contá-la levaria um tempão, e tenho de voltar ao trabalho assim que o sol sair. Mas posso lhe contar uma parte agora, se quiser. Sente-se ali, Mma, naquele tronco. Isso. Assim está ótimo. Vou contar-lhe, já que perguntou.

"Eu venho de lá, daquele lado lá, perto do morro, bem ali, só que de trás do morro, uns quinze quilômetros mais para trás. Tem uma aldeia lá que ninguém conhece porque não é importante e não acontece nada. Ninguém presta a menor atenção nela porque seu povo é muito quieto. Ninguém berra e ninguém cria caso. De modo que nunca acontece nada.

"Tinha uma escola, na aldeia, com um professor muito sábio. Havia dois outros professores para ajudá-lo, mas ele era o principal, e todo mundo escutava o que ele dizia. Ninguém fazia muita conta dos outros dois. Um dia ele me disse: 'Simon, você é um menino muito inteligente. Consegue se lembrar do nome dos bois e de quem foram os pais e as mães desses bois. Não existe ninguém melhor que você nisso. Um menino como você poderia ir para Gaborone arrumar emprego'.

"Eu não via nada de estranho em ser capaz de lembrar do nome deles porque eu amava o gado mais do que tudo neste mundo. Eu queria trabalhar nisso um dia, mas não havia trabalho com gado onde eu morava, de modo que precisei pensar em outra coisa. Eu não acreditava que era bom o suficiente para ir para Gaborone, mas, quando estava com dezesseis anos, o professor me deu um dinheiro que o governo dera a ele e com isso comprei uma passagem de ônibus para lá. Meu pai não tinha dinheiro, mas me deu um relógio que ele achara na beira de uma estrada de asfalto. Era sua posse mais preciosa, mas ele deu o relógio para mim e me disse para trocá-lo por dinheiro e comprar comida quando chegasse a Gaborone.

"Eu não queria vender o relógio, mas no fim, quando meu estômago ficou vazio e começou a doer, fui obrigado. Recebi cem pulas por ele, porque era um bom relógio, e gastei esse dinheiro em comida, para ficar forte.

"Levei vários dias para encontrar serviço; meu dinheiro para a comida não iria durar para sempre. Por fim encontrei trabalho num hotel, onde eles me faziam carregar coisas e abrir portas para os hóspedes. Às vezes os hóspedes vinham de muito longe e eram muito ricos. Viviam com os bolsos cheios de dinheiro. De vez em quando me davam uma gorjeta e eu guardei o dinheiro na agência do correio. Quem me dera ainda ter aquele dinheiro.

"Depois de uns tempos, eles me transferiram para a cozinha, onde eu ajudava os chefs. Então descobriram que eu cozinhava bem e me deram um uniforme. Passei dez anos ali, cozinhando, embora eu detestasse. Não gostava do calor que fazia na cozinha nem do cheiro de todas aquelas comidas, mas era meu serviço, e eu, obrigado a fazê-lo. E foi no tempo que eu trabalhava lá, naquele hotel, que fiquei conhecendo o irmão do homem que mora nesta casa. Pode ser que a senhora até conheça — o bambambã que vive em Gaborone. Ele disse que iria me dar um emprego aqui, como gerente assistente, e eu fiquei muito feliz. Contei a ele que sabia tudo sobre gado e que cuidaria bem da fazenda.

"Vim para cá com minha mulher. Ela é desta região e ficou muito feliz de voltar. Eles nos deram um bom lugar para morar e minha mulher agora vive contente. A senhora sabe, Mma, como é importante ter uma mulher satisfeita, ou um marido, claro. Quando não se tem, não existe paz na vida. Nunca. Também tenho uma sogra satisfeita. Ela se mudou para cá e mora nos fundos da casa. Vive cantando, porque está ao lado da filha e dos netos.

"Eu não via a hora de trabalhar com gado, mas, assim que fiquei conhecendo o irmão que mora aqui, ele me perguntou o que eu fazia antes e eu contei que era cozinheiro. Ele ficou muito contente e resolveu que eu deveria trabalhar de cozinheiro na casa. Disse que eles estão sempre recebendo gente muito importante que vem de Gaborone e que todos ficariam impressionados se houvesse um cozinheiro de verdade na casa. Eu disse a ele que não queria fazer isso, mas ele me forçou. Falou com minha mulher e ela tomou o partido dele. Ela disse que este era um lugar muito bom e que só um tolo deixaria de fazer o que os donos da casa queriam que fosse feito. Minha sogra começou a gemer. Disse que estava velha e que morreria se tivéssemos que nos mudar. Minha mulher me perguntou: 'Você quer matar minha mãe? É isso que está querendo fazer?'.

"E assim foi que tive de ficar como cozinheiro daqui e continuar cercado por cheiro de comida, quando tudo o que eu queria na vida era cuidar do gado. É por esse motivo que não estou contente, Mma, ao passo que minha família toda vive feliz. É uma história estranha, a senhora não acha?"

* * *

Ele terminou a história e olhou tristonho para Mma Ramotswe. Ela sustentou o olhar, depois desviou os olhos. Estava raciocinando; a cabeça trabalhando a todo vapor. Diversas possibilidades se acotovelaram lá dentro até surgir uma hipótese que foi examinada antes de a conclusão ser alcançada.

Olhou para o cozinheiro de novo. Ele levantara do chão e fechara a porta da caldeira. De lá de dentro da caixa-d'água, um velho tambor de gasolina reformado para essa finalidade, vinha o borbulhar de água aquecendo. Seria melhor falar ou permanecer calada? Se dissesse alguma coisa, corria o risco de estar enganada e de despertar objeções violentas por parte dele. Mas, se por acaso se calassse, perderia o melhor momento. De modo que tomou uma decisão.

"Tem uma coisa que eu queria lhe perguntar, Rra."

"Sim?" Ele deu uma espiada rápida nela, depois voltou a se ocupar com o arranjo de uma pilha de lenha.

"Eu vi o senhor colocar alguma coisa na comida, ontem. O senhor não me viu, mas eu o vi. Por que fez aquilo?"

Ele parou, imobilizado. Estava pegando uma acha grande de lenha, as mãos espalmadas em volta da madeira, as costas encurvadas, pronto para erguer o peso. Com vagar, as mãos se desprenderam e ele endireitou o corpo.

"A senhora me viu?" A voz saiu tensa, quase inaudível.

Mma Ramotswe engoliu em seco. "Vi. Vi, sim. O senhor pôs alguma coisa na comida. Alguma coisa ruim."

Ele então olhou para ela e Mma Ramotswe viu que o olhar estava apático. O rosto, antes tão animado, não tinha mais expressão nenhuma.

"O senhor não está tentando matar ninguém, está?"

Ele abriu a boca para responder, mas não saiu nenhum som.

Mma Ramotswe sentiu-se mais segura. Tomara a decisão correta e agora era preciso terminar o que havia começado.

"O senhor só queria parar de ser cozinheiro, não é isso? Achou que, se sua comida tivesse um gosto ruim, eles então abririam mão de seus serviços como cozinheiro e o senhor poderia ir fazer o trabalho que sempre quis fazer. Estou certa, não estou?"

Ele fez que sim com a cabeça.

"O senhor foi muito tolo, Rra", disse Mma Ramotswe. "Poderia ter machucado alguém."

"Não com o que eu usei. É uma coisa perfeitamente segura."

Mma Ramotswe abanou a cabeça. "Essas coisas nunca são seguras."

O cozinheiro olhava para as mãos.

"Eu não sou um assassino. Não sou desse tipo de homem."

Mma Ramotswe soltou um riso zombeteiro. "O senhor tem é muita sorte de eu ter descoberto o que estava fazendo. Claro que eu não vi nada, mas bastou ouvir sua história para entender tudo."

"E agora?", disse o cozinheiro. "A senhora vai contar para eles e eles vão chamar a polícia. Por favor, Mma, não se esqueça de que eu tenho uma família. Se eu não puder trabalhar para essa gente, vai ser muito difícil encontrar outro emprego. Estou ficando velho. Eu não posso..."

Mma Ramotswe erguera a mão para interrompê-lo. "Não sou desse tipo de mulher", disse ela. "Vou dizer a eles que a comida que o senhor usou estava estragada, mas que o senhor não tinha percebido. Vou dizer ao irmão caçula para lhe dar outro emprego."

"Ele não fará isso. Eu já pedi."

"Mas eu sou mulher. Eu sei como fazer os homens fazerem coisas."

O cozinheiro sorriu. "A senhora é muito boa, Mma."

"Boa demais", disse Mma Ramotswe, virando-se para voltar à casa. O sol começava a sair e tudo, árvores, morros e a própria terra estavam dourados. Era um lindo lugar aquele, e ela gostaria de se demorar um pouco mais. Mas não restava nada a fazer ali. Sabia o que teria de dizer ao Homem Público e era melhor voltar a Gaborone e terminar o serviço.

17
UM EXCELENTE TIPO DE MOÇA

Fora fácil determinar que Motlamedi não servia para o importante cargo de Miss Beleza e Integridade. No entanto, havia três outras moças na lista e todas teriam de ser entrevistadas para que ela pudesse chegar a uma conclusão. Talvez não fossem tão transparentes; era muito raro que Mma Makutsi se sentisse absolutamente segura sobre alguém logo num primeiro encontro, porém não tinha a menor dúvida de que Motlamedi era, para falar com franqueza, uma *moça mundana*. Uma qualificação por sinal bastante específica, que não guardava nenhuma semelhança com a expressão *mulher mundana* nem com *senhora mundana* — categorias muito diversas. A mulher mundana era uma prostituta, ao passo que a senhora mundana era mais velha, gostava de manipular todo mundo, costumava ser casada com homens bem mais velhos e interferia nos assuntos alheios para seus próprios fins egoístas. Já a expressão *moça mundana* dizia respeito a alguém em geral bem mais jovem (com menos de trinta anos), que só queria saber de se divertir. Essa, de fato, era a essência — se divertir. Havia inclusive uma subcategoria de moças mundanas, que eram as *moças da fuzarca*. Freqüentadoras assíduas dos bares, essas garotas estavam sempre acompanhadas de homens exibidos e, ao que tudo indicava, divertiam-se à beça. Alguns desses homens exibidos, claro, se viam como *parte da turma,* fato que, no entender deles, fornecia uma desculpa para diversos tipos de comportamento egoísta. Mas não pela cartilha de Mma Makutsi.

Na outra ponta do espectro, estavam as *boas moças*. Moças que trabalham com afinco e que eram apreciadas por suas famílias. Eram as que visitavam os mais velhos; que tomavam conta das crianças pequenas, que ficavam sentadas horas e horas sob uma árvore, vendo a meninada brincar; que, no devido tempo, estudavam enfermagem ou, como no caso de Mma Makutsi, faziam o curso de secretariado geral no Centro de Formação de Secretárias de Botsuana. Infelizmente, essas boas moças, que carregavam meio mundo nos ombros, não tinham uma vida lá muito divertida.

Não havia a menor dúvida de que Motlamedi não era uma boa moça. Mas existiria alguma chance, Mma Makutsi agora se perguntava um tanto deprimida, de que as outras fossem um pouquinho melhores? A dificuldade estava no fato de ser muito improvável que uma boa moça se inscrevesse num concurso de beleza, para início de conversa. No geral, essa não era uma providência que ocorria às boas moças tomar. E, caso seu pessimismo se visse confirmado, dizer o que ao sr. Pulani, quando este viesse buscar o relatório? Não adiantaria grande coisa avisar que nenhuma delas era uma boa moça, que nenhuma das finalistas era digna do título. Na verdade, seria extremamente improfícuo, isso; desconfiava até que não teria nem como cobrar as despesas por uma informação dessas.

Sentada no carro, Mma Makutsi olhava desconsolada para sua lista de nomes.

"E agora, para onde?", perguntou o aprendiz. O tom foi malcriado, mas não muito; afinal de contas, o rapaz sabia que ela continuava sendo gerente interina, e tanto ele como o colega tinham um respeito considerável por essa mulher notável que entrara na oficina deles e pusera todas as práticas de trabalho de cabeça para baixo.

Mma Makutsi suspirou. "Tenho que ver três moças, ainda. E não consigo decidir qual deve ser a próxima."

O aprendiz riu. "Eu entendo um bocado de garotas. Eu poderia lhe dizer qual."

Mma Makutsi lançou um olhar desdenhoso na direção dele. "Você e suas garotas!", reclamou ela. "É só no que você pensa, não é? Você e aquele preguiçoso do seu amigo. Garotas, garotas, garotas..."

E interrompeu o que ia dizer. Sim, ela estava ao lado de um especialista em garotas — todo mundo sabia disso — e Gaborone não era assim tão grande. Havia uma chance, talvez uma chance bem razoável, de que ele soubesse alguma coisa a respeito daquelas moças. Se elas fossem moças mundanas, e deviam ser, ou, mais especificamente, da fuzarca, então era muito provável que ele tivesse cruzado com elas em algum bar. Fez sinal para que o rapaz parasse o carro no meio-fio.

"Pare. Pare aqui. Quero lhe mostrar a lista."

O aprendiz estacionou e pegou a lista das mãos de Mma Makutsi. Depois de ler, abriu um sorriso.

"Esta é uma bela lista de garotas!", falou, todo entusiasmado. "Aqui estão algumas das melhores garotas da cidade. Ou pelo menos três são as melhores que há na cidade. Garotas de peso, mesmo. Garotas fantásticas. Garotas que nós apreciamos demais. O tipo certo de garota. Uau! Demais!"

O coração de Mma Makutsi começou a bater descompassado. Sua intuição funcionara; ele tinha a resposta e tudo o que precisaria fazer era convencê-lo a dizer.

"Então me fale. Quais são as três que você conhece?"

O aprendiz riu. "Esta daqui", disse ele. "Esta daqui, chamada Makita. Eu conheço bem. Ela é muito engraçada e ri um bocado, principalmente quando alguém faz cócegas nela. Depois tem esta aqui, a Gladys, minha nossa! Puxa! Uma, duas, três! Eu conheço esta aqui também, a Motlamedi, ou melhor, meu irmão conhece. Ele diz que ela é uma garota muito esperta, que ela faz faculdade, mas que não perde muito tempo com livros. Que tem muito miolo na cabeça, mas um belo traseiro também. Falou que ela está mais interessada em ser glamourosa."

Mma Makutsi meneou a cabeça. "Acabei de conversar com essa Motlamedi. Seu irmão tem toda a razão. Mas e essa outra moça, a Patricia, a que mora em Tlokweng? Você a conhece?"

O aprendiz abanou a cabeça. "Essa daí é desconhecida total", acrescentando logo em seguida, "mas tenho certeza de que deve ser uma garota muito legal, também. A gente nunca sabe."

Mma Makutsi pegou o papel das mãos dele e enfiou-o no bolso do vestido. "Nós vamos a Tlokweng. Preciso ver essa Patricia."

Rumaram para Tlokweng em silêncio. O aprendiz parecia perdido em divagações — possivelmente estava pensando nas moças da lista —, ao passo que Mma Makutsi pensava no aprendiz. Era uma grande injustiça, mas inteiramente condizente com a injustiça que imperava nas relações entre os sexos, que não houvesse uma expressão equivalente a *moça da fuzarca* para rapazes como aquele ridículo aprendiz. Eles eram tão nocivos quanto as próprias *moças da fuzarca*, se não piores, mas ninguém parecia culpá-los por isso. Ninguém falava em *rapaz de bar*, por exemplo, e ninguém qualificaria um garoto com mais de doze anos de *rapaz mundano*. As mulheres, como sempre, tinham de se comportar melhor que os homens e inevitavelmente atraíam censuras por fazer coisas que os homens podiam fazer com toda a impunidade. Não era justo; nunca fora justo, e com toda a certeza jamais viria a ser justo no futuro. Os homens dariam um jeito de se safar de alguma forma, mesmo que fossem amarrados a uma Constituição. Juízes homens chegariam à conclusão de que a Constituição na verdade dizia algo muito diferente daquilo que estava escrito no papel e interpretariam a lei a favor dos interesses masculinos. *Todas as pessoas, tanto homens quanto mulheres, têm direito a tratamento igual no local de trabalho* viraria *As mulheres podem obter determinados trabalhos, mas não podem fazer outros determinados trabalhos (para a própria segu-*

rança delas), uma vez que os homens fazem esses trabalhos melhor, de qualquer maneira.

Por que os homens se comportavam dessa forma? Sempre fora um mistério para Mma Makutsi, embora nos últimos tempos estivesse começando a divisar os contornos de uma explicação. Achava que talvez tivesse algo a ver com o modo como as mães tratavam seus filhos. Se as mães davam chance para os meninos se acharem especiais — e toda mãe fazia isso, até onde Mma Makutsi tinha conhecimento —, lógico que esses meninos adquiriam determinadas atitudes, que depois eram mantidas vida afora. Se permitiam que os meninos pensassem que elas estavam ali só para cuidar deles, claro que esses meninos iriam continuar pensando a mesma coisa depois de grandes; e era justamente isso o que ocorria. Mma Makutsi já tinha visto tantos exemplos que não imaginava que pudesse haver alguém capaz de, em sã consciência, refutar sua teoria. Aquele aprendiz ali ao lado dela era um exemplo típico. Mma Makutsi conhecia a mãe dele porque um dia ela aparecera na oficina levando uma melancia inteira para o filho; vira a mãe partir a fruta enorme e dar para ele aos bocadinhos, do mesmo jeito como a gente alimenta uma criança pequena. Aquela senhora não deveria estar fazendo aquilo; ela deveria, isso sim, incentivar o filho a comprar suas próprias melancias e a parti-las ele mesmo. Era justamente esse tipo de tratamento que fazia dele uma pessoa tão imatura no relacionamento com as mulheres. As mulheres eram brinquedinhos para ele; cortadoras de melancia; eternas mães substitutas.

Chegaram ao lote 2456, diante do portão de uma casa pequena, muito limpa, pintada de vermelho-escuro, com um galinheiro nos fundos e, coisa inusitada, dois latões tradicionais de grãos no quintal. A comida das galinhas devia ficar guardada ali, pensou ela: os grãos de sorgo que seriam dispersos toda manhã, no quintal muito bem varrido, para serem ciscados pelas aves quando saíssem da gaiola. Estava óbvio, aos olhos de Mma Makutsi, que havia uma mulher mais velha morando na casa, porque só uma mulher mais velha se daria ao trabalho de manter o quintal daquele jeito tão tradicional e bem cuidado. Devia ser a avó de Patricia — uma daquelas africanas notáveis que trabalham sem descanso até os oitenta anos ou mais e que representam o coração da família.

O aprendiz estacionou o carro enquanto Mma Makutsi atravessava a entrada que levava à porta da casa. Tinha chamado, como mandava a boa educação, mas achava que ninguém escutara; no entanto, surgiu uma mulher enxugando as mãos num pano, a cumprimentá-la calorosamente.

Mma Makutsi explicou sua missão. Não disse que era jornalista, como fizera durante a visita a Motlamedi; seria errado fazer isso ali, naquela casa tradicional, com a mulher que revelou ser a mãe de Patricia.

"Estou em busca de mais informações sobre as moças que participam do concurso", falou. "Pediram-me para falar com elas."

A mulher meneou a cabeça. "Podemos nos sentar na porta de casa", disse ela. "Tem sombra lá. Vou chamar minha filha. Aquele ali é o quarto dela."

Apontou para uma porta na lateral da casa. A tinta verde que outrora cobria a madeira estava descascando e havia ferrugem nas dobradiças. Embora o quintal desse a impressão de bem cuidado, a casa em si parecia estar carecendo de alguns reparos. Mma Makutsi viu que por ali não sobrava dinheiro e, por alguns instantes, refletiu sobre o que o prêmio em dinheiro concedido a quem fosse eleita Miss Beleza e Integridade significaria em circunstâncias como aquela. O prêmio era de quatro mil pulas, mais um vale para gastar numa loja de roupas. Dinheiro que não seria desperdiçado, pensou Mma Makutsi, reparando na barra esgarçada da saia da mulher.

Sentando-se, pegou a caneca de água que a mãe de Patricia lhe oferecera.

"Está quente hoje", disse a mãe. "Mas vai vir chuva, logo mais. Tenho certeza que vai."

"Vai vir chuva", concordou Mma Makutsi. "Nós precisamos dessa chuva."

"E como precisamos, Mma. Nosso país vive precisando de chuva."

"A senhora tem razão, Mma. Chuva."

Permaneceram em silêncio por algum tempo, pensando na chuva. Quando não há chuva, você pensa nela o tempo todo e mal ousa esperar pelo início do milagre. E, quando chegam as chuvas, tudo em que você consegue pensar é quanto tempo elas irão durar. *Deus está chorando. Deus está chorando por nosso país. Vejam, crianças, aqui estão Suas lágrimas. As chuvas são as lágrimas de Deus.* Fora isso que um professor em Bobonong tinha dito, um belo dia, quando Mma Makutsi ainda era pequena, e ela nunca mais esquecera.

"Aqui está minha filha."

Mma Makutsi ergueu os olhos. Patricia surgira sem fazer barulho e estava parada a sua frente. Sorriu para a jovem, que baixou os olhos e fez uma ligeira mesura. *Eu não sou tão velha assim!*, pensou Mma Makutsi, mas ficou impressionada com o gesto.

"Sente-se, filha", disse a mãe. "Esta senhora quer conversar com você sobre o concurso de beleza."

Patricia meneou a cabeça. "Estou muito emocionada com o concurso, Mma. Sei que não vou ganhar, mas estou muito emocionada."

Não tenha tanta certeza assim, pensou Mma Makutsi, sem dizer nada.

"A tia dela fez um vestido lindo para o concurso", disse a mãe. "Gastou muito dinheiro no vestido, que é de um tecido ótimo. É um vestido muito bom."

"Mas as outras meninas são mais bonitas", falou Patricia. "São meninas muito inteligentes. Moram em Gaborone. Tem até uma que faz faculdade. Essa é muito inteligente mesmo."

E mundana, pensou Mma Makutsi.

"Não deve ficar pensando que vai perder o concurso", interveio a mãe. "Não é assim que se compete. Se você acha que vai perder, então não conseguirá ganhar nunca. Imagine se por acaso Seretse Khama tivesse dito: Nós nunca vamos chegar a parte alguma. Então, onde estaria Botsuana hoje em dia? Onde, me diga?"

Mma Makutsi inclinou a cabeça, concordando plenamente. "Não é assim que se compete, de fato. Você deve pensar: Eu posso vencer. Então talvez vença. Nunca se sabe."

Patricia sorriu. "A senhora tem razão. Vou tentar ser mais firme. Vou fazer o possível."

"Ótimo", disse Mma Makutsi. "Agora me diga, o que você gostaria de fazer da sua vida?"

Houve um silêncio. Tanto Mma Makutsi quanto a mãe olhavam ansiosas para Patricia.

"Eu gostaria de ir para o Centro de Formação de Secretárias de Botsuana", a jovem respondeu.

Mma Makutsi olhou para ela, vigiando bem os olhos de Patricia. Ela não estava mentindo. Era uma moça maravilhosa, uma moça sincera, uma das melhores moças de Botsuana, sem a menor sombra de dúvida.

"É uma escola excelente", disse. "Eu mesma me formei lá." Calou-se por alguns instantes, depois resolveu ir em frente. "Na verdade, eu me formei com 9,7 de média."

Patricia quase perdeu o fôlego. "Uau! Foi uma nota altíssima, Mma. A senhora deve ser muito inteligente."

Mma Makutsi riu, dando de ombros. "Que nada, eu dei um duro danado. Mais nada."

"Mas é muito bom, isso", disse Patricia. "A senhora tem muita sorte, Mma, de ser bonita e inteligente também."

Mma Makutsi não sabia o que dizer. Nunca fora chamada de bonita na vida, pelo menos não por estranhos. As tias diziam para ela tentar fazer alguma coisa com o que a natureza lhe dera, e a mãe fizera um comentário semelhante uma vez; mas ninguém a chamara de bonita, a não ser aquela jovem, ainda quase na adolescência, que era, ela mesma, tão visivelmente bonita.
"Você é muito gentil", falou.
"Ela é uma boa moça", disse a mãe. "Sempre foi uma boa moça."
Mma Makutsi sorriu. "Ótimo. E a senhora sabe de uma coisa? Eu acho que ela tem boas chances de vencer o concurso. Na verdade, eu tenho certeza de que ela vai ganhar. Certeza absoluta."

18
O PRIMEIRO PASSO

Mma Ramotswe voltou para Gaborone na mesma manhã em que falou com o cozinheiro. Houve mais alguns papos na casa — num dos casos, bem longo — com todos os membros da família. Tinha conversado com a nora, que a escutara com a maior seriedade e que depois baixara a cabeça. Conversara com a velha senhora, que de início fora um tanto presunçosa, sem querer dar o braço a torcer, mas que no fim acabara admitindo a verdade do que Mma Ramotswe havia dito e concordara com ela. E por fim ela enfrentara o marido, o irmão de seu cliente, que arregalara os olhos, de queixo caído, até a mãe intervir e colocá-lo de volta nos trilhos. No final de tudo, Mma Ramotswe estava se sentindo como que esfolada; assumira um risco enorme, mas sua intuição se mostrara correta e sua estratégia funcionara. Restava só mais uma pessoa com quem precisava conversar e essa pessoa, que morava em Gaborone, podia não ser assim tão fácil de convencer.

A viagem de volta foi agradável. As chuvas do dia anterior já tinham surtido algum efeito e havia um quê de verde esparramado pela terra. Em alguns lugares, poças de água refletiam o céu em manchas azuis-prateadas. Além do mais, a poeira assentara, e isso talvez fosse o mais aprazível: aquele pó fininho e onipresente que, lá pelo fim da seca, infiltrava-se em tudo quanto é canto, entupindo o que fosse e tornando as roupas rígidas e desconfortáveis, sumira.

Mma Ramotswe foi direto para Zebra Drive, onde as crianças a receberam com animação, o menino cercando a pequenina van branca com gritos de contentamento e a menina impelindo a cadeira de rodas pela entrada para carros para recebê-la. E, na janela da cozinha, olhando para ela, o rosto de Rose, sua empregada, que tomara conta das crianças durante sua rápida ausência.

Rose fez um chá enquanto Mma Ramotswe escutava os acontecimentos da escola, narrados pelas crianças. Tinha havido uma competição esportiva e um colega de classe ganhara um prêmio que lhe dava direito a gastar cinqüenta pulas com livros. Um dos professores quebrara o braço e aparecera na escola de tipóia. Uma menina do primeiro ano comera um tubo inteirinho de pasta de dente e adoecera, o que não era de espantar, não é mesmo?

Mas havia outras notícias. Mma Makutsi ligara do escritório pedindo para ela telefonar logo que chegasse, imaginando que isso só aconteceria no dia seguinte.

"Ela estava com uma voz muito animada", disse Rose. "Falou que tinha uma coisa muito importante para contar."

Com uma xícara fumegante de chá a sua frente, Mma Ramotswe discou para a Tlokweng Road Speedy Motors, para o número que os dois escritórios dividiam. O telefone tocou um bom tempo, antes que pudesse ouvir a voz familiar de Mma Makutsi.

"Oficina Nº 1 de Mulheres...", começou dizendo. "Não, Agência de Detetives Tlokweng Road..."

"Sou só eu, Mma", falou Mma Ramotswe. "E sei direitinho o que está querendo dizer."

"Vivo misturando as duas coisas", respondeu Mma Makutsi, rindo. "É isso que dá tentar administrar dois negócios ao mesmo tempo."

"Estou certa de que administrou um e outro muito bem", disse Mma Ramotswe.

"Bem, é verdade. Na realidade, liguei para a senhora porque queria contar que acabei de pegar um cheque bem polpudo de honorários. Dois mil pulas por um caso. O cliente ficou felicíssimo."

"A senhora se saiu muito bem. Estarei aí mais tarde, e então poderei ver como a senhora desempenhou bem suas funções. Mas, antes, quero que marque uma hora para mim. Ligue para o Homem Público e diga a ele que preciso vê-lo às quatro da tarde."

"E se ele estiver ocupado?"

"Diga-lhe para não estar ocupado nessa hora. Diga-lhe que é uma questão muito importante, que não pode esperar."

Terminou o chá e em seguida comeu um belo sanduíche de carne que Rose lhe preparara. Mma Ramotswe perdera o hábito de almoçar comida de verdade, a não ser nos fins de semana, e contentava-se com um sanduíche e um copo de leite. Porém, tinha uma queda por açúcar e isso significava que, depois do sanduíche, em geral vinha um *doughnut* ou um pedaço de bolo. Mas ela era uma senhora de porte tradicional, afinal de contas, e não precisava se preocupar com o manequim de seus vestidos, ao contrário daquelas pobres mulheres neuróticas que passavam o tempo inteiro se olhando no espelho, se achando gordas demais. O que era ser gorda demais, por falar nisso? Quem é que sabia de que tamanho os outros deviam ser? Era uma forma de ditadura exercida pelos magros e ela não queria nem ouvir falar nesse assunto. Se o pessoal magro começasse a insistir demais, o pessoal mais generosamente dotado não teria alternativa senão sentar em cima deles. Sim, isso daria uma lição neles! Ora, se daria!

Passava das três da tarde quando chegou ao escritório. Os aprendizes estavam cuidando de um carro, mas a cumprimentaram animadamente, sem um pingo do ressentimento amuado que tanto a aborrecia no passado.

"Vejo que estão cheios de trabalho", ela disse. "E esse carro que vocês estão arrumando é um belo carro."

O aprendiz mais velho limpou a boca na manga. "É um carro magnífico. Pertence a uma senhora. Agora todas as senhoras estão trazendo o carro para consertar aqui. Estamos tão sobrecarregados que vamos ter que contratar aprendizes para trabalhar conosco! Vai ser ótimo! Vamos ter escrivaninhas e um escritório, com aprendizes correndo de lá para cá, fazendo o que nós mandarmos."

"Você é um rapazinho muito divertido", disse Mma Ramotswe, sorrindo. "Mas não tente dar o passo maior que as pernas. Lembre-se de que por enquanto você ainda é um aprendiz e que aquela senhora ali de óculos é o patrão, agora."

O aprendiz riu. "Ela é um bom patrão. Nós gostamos dela." Depois calou-se por uns momentos, olhando atentamente para Mma Ramotswe. Em seguida acrescentou: "Mas e o sr. J. L. B. Matekoni? Está melhor?".

"Ainda é cedo para saber", Mma Ramotswe respondeu. "O dr. Moffat disse que o remédio pode levar umas duas semanas para fazer efeito. Ainda temos de esperar alguns dias."

"Ele está sendo bem tratado?"

Mma Ramotswe fez que sim com a cabeça. O simples fato de o aprendiz ter feito aquela pergunta já era um bom sinal. Sugeria que ele estava começando a se interessar pelo bem-estar dos outros. Talvez estivesse crescendo. Talvez tivesse alguma coisa a ver com Mma Makutsi; quem sabe ela andara ensinando alguma coisa acerca de moralidade para eles, bem como sobre o que significa trabalhar com afinco.

Entrou no escritório e encontrou Mma Makutsi ao telefone. Ela encerrou a conversa rapidamente e levantou-se para cumprimentar sua chefe.

"Cá está", disse, entregando um papelucho a Mma Ramotswe.

Mma Ramotswe olhou o cheque. Dois mil pulas, ao que tudo indica, aguardavam a Agência Nº 1 de Mulheres Detetives no Banco Standard. E lá estava, na parte de baixo do cheque, o famoso nome que fez Mma Ramotswe prender a respiração.

"O homem dos concursos de beleza...?"

"Ele mesmo. Era ele o cliente."

Mma Ramotswe guardou o cheque no seu corpete. Não tinha nada contra os métodos modernos de trabalho, pensou, mas, quando se tratava de pôr o dinheiro em segurança, certos lugares eram insuperáveis.

"A senhora deve ter trabalhado bem depressa", disse Mma Ramotswe. "Qual era o problema? Dificuldades com a esposa?"

"Não. As coisas giraram todas em volta de moças bonitas e era preciso descobrir uma moça bonita em quem confiar."

"Muito intrigante. E pelo visto você conseguiu achar uma."

"Consegui. Achei a moça certa para vencer o concurso dele."

Mma Ramotswe estava perplexa, mas não havia tempo suficiente para perguntar detalhes, já que precisava se preparar para o encontro das quatro horas. Durante os sessenta minutos seguintes, cuidou da correspondência, ajudou Mma Makutsi a arquivar alguns papéis referentes à oficina e tomou uma rápida xícara de chá de *rooibos*. Até o grande carro negro parar diante do escritório e expelir de lá de dentro o Homem Público, a sala estava arrumada, organizada, e Mma Makutsi, corretíssima atrás de sua mesa, fingia datilografar uma carta.

"Pois então!", falou o Homem Público, recostando-se na cadeira e cruzando as mãos sobre a barriga. "A senhora não ficou muito tempo por lá. Presumo que tenha conseguido pegar a pessoa responsável pelos envenenamentos. Espero de coração que sim!"

215

Mma Ramotswe deu uma olhada rápida para Mma Makutsi. Estavam ambas acostumadas à arrogância masculina, mas aquilo superava de longe as demonstrações de hábito.

"Fiquei exatamente o tempo que eu precisava ficar, Rra", disse ela, muito calma. "Depois voltei para discutir o caso com o senhor."

O lábio do Homem Público retorceu-se. "Eu quero uma resposta, Mma. Não vim aqui para ficar de conversa demorada com a senhora."

A máquina de escrever estalava secamente em algum lugar da sala. "Nesse caso", falou Mma Ramotswe, "o senhor pode voltar para o seu gabinete. Porque ou o senhor quer escutar o que eu tenho a dizer, ou não quer."

O Homem Público permaneceu calado. Depois falou, em voz baixa: "A senhora é uma mulher muito insolente. Talvez não tenha um marido que possa lhe ensinar a falar com os homens de forma respeitosa".

O ruído da máquina de escrever aumentou sensivelmente.

"E talvez o senhor esteja precisando de uma esposa que possa lhe ensinar a falar com as mulheres de forma respeitosa", retrucou Mma Ramotswe. "Mas não quero detê-lo aqui por mais tempo. A porta está lá, Rra. E está aberta. Pode ir agora."

O Homem Público não se mexeu.

"Ouviu o que eu disse, Rra? Será que vou precisar pôr o senhor para fora? Tenho dois rapazes aqui bem musculosos, com todo o trabalho que eles fazem nos motores. E temos também Mma Makutsi, a quem o senhor nem sequer cumprimentou, por falar nisso. Sem esquecermos de mim. O que perfaz quatro pessoas. Seu motorista é um velho. O senhor está em desvantagem, Rra."

Ainda assim o Homem Público não se mexeu. Estava de olhos postos no chão.

"E então, Rra?" Mma Ramotswe tamborilou os dedos no tampo da mesa.

O Homem Público ergueu os olhos.
"Eu sinto muito, Mma. Eu fui rude."
"Obrigada", disse Mma Ramotswe. "E agora, depois que o senhor tiver cumprimentado Mma Makutsi como se deve, da forma tradicional, por favor, aí então começaremos a conversa."

"Eu vou lhe contar uma história", disse Mma Ramotswe ao Homem Público. "Essa história começa com uma família que teve três filhos. O pai ficou muito satisfeito de que o primogênito tivesse nascido homem e deu ao menino tudo o que ele quis. A mãe do menino também se sentia tão contente de ter dado um filho homem ao marido que vivia em volta da criança, enchendo-a de mimos. Depois nasceu outro menino, e foi muito triste para os pais ver que havia algo errado com a cabeça dele. A mãe escutava o que as pessoas diziam pelas costas, que o motivo de o menino ser como era fora ela ter estado com outro homem quando grávida. Isso não era verdade, é claro, mas todas aquelas palavras maldosas foram calando fundo e chegou uma hora em que ela não tinha mais coragem nem para sair de casa. Mas a criança era feliz; gostava de conviver com o gado e de contar as cabeças, embora não soubesse contar direito.

"O primogênito era inteligente e saiu-se bem na vida. Veio para Gaborone e tornou-se um homem conhecido nos meios políticos. Mas, à medida que foi ficando mais poderoso e famoso, também foi ficando mais arrogante.

"No entanto, um outro filho nascera. O primogênito ficou muito feliz com isso, e amou seu irmão caçula. Porém, junto com o amor havia o medo de que o novo filho roubasse o amor que a família tinha por ele, primogênito, e que o pai acabasse preferindo o caçula. Tudo que o pai fazia era visto como um sinal de que preferia o filho mais novo, o que não era verdade, é claro, porque o velho amava todos os seus filhos.

"Quando o mais novo se casou, o primogênito ficou muito bravo. Não disse a ninguém que estava bravo, mas a raiva borbulhava dentro dele. Era orgulhoso demais para conversar com alguém a respeito, porque tinha se tornado uma pessoa muito importante, muito grande no governo. Achou que a cunhada iria lhe roubar o irmão e que então ficaria sem nada. Achou que a moça iria tentar roubar a fazenda e o gado da família. Não lhe passou pela cabeça perguntar se isso era verdade.

"Começou a acreditar que a cunhada planejava matar o marido, o irmão a quem ele tanto amava. Não conseguia mais dormir de tanto pensar nisso, porque havia muito ódio crescendo dentro dele. De modo que, no fim, procurou uma certa senhora — e essa senhora sou eu — e pediu a ela que fosse buscar as provas de que era justamente isso o que estava ocorrendo. Achou que, dessa forma, ela poderia ajudá-lo a se livrar da cunhada.

"Essa senhora na época não sabia o que estava por trás de tudo isso, de modo que foi passar uns dias com essa família desventurada, na fazenda deles, para ver se esclarecia o mistério. Falou com todos eles e descobriu que não havia ninguém tentando matar ninguém e que toda essa conversa fiada sobre veneno era fruto de um cozinheiro descontente que se confundira nos temperos. E ele ficou descontente porque foi forçado pelo irmão mais novo a fazer coisas que não queria fazer. E assim foi que essa senhora de Gaborone conversou com todos os membros da família, um por um. Depois voltou para Gaborone e conversou com o irmão mais velho. Ele foi muito rude com ela, porque tinha adquirido hábitos descorteses e também porque estava acostumado a que tudo fosse do seu jeito. Entretanto, essa senhora percebeu que sob a pele de um valentão existia alguém assustado e infeliz. E ela pensou então em conversar com esse homem assustado e infeliz.

"Ela sabia, claro, que ele não conseguiria conversar com a família, de modo que o fez em seu nome. Contou-lhes o que ele sentia e como o amor pelo irmão o levara a agir movido pele ciúme e pela inveja. A cunhada dele entendeu e prometeu que faria tudo a seu alcance para mostrar que nunca iria roubar o amor que o marido dedicava ao irmão mais velho. Depois foi a vez da mãe, que também entendeu a situação; ela se deu conta de que, junto com o marido, havia deixado o primogênito preocupado com a perda da fazenda e prometeu que os dois iriam cuidar desse assunto. Disse que eles iriam providenciar para que tudo fosse dividido igualmente e que o primogênito não precisaria temer pelo futuro.

"Depois essa senhora disse à família que iria ter uma conversa com o homem que morava em Gaborone e que ela tinha certeza de que ele entenderia. Disse que transmitiria a ele qualquer recado que quisessem lhe enviar. E também que o verdadeiro veneno no seio das famílias não é o veneno que se põe na comida e sim o veneno que cresce no coração, quando as pessoas sentem inveja umas das outras e não conseguem falar desses sentimentos e expulsá-los de si.

E assim foi que ela voltou a Gaborone com algumas das palavras que a família enviou ao primogênito. E as palavras do irmão caçula foram estas: *Eu amo muito meu irmão. Jamais vou me esquecer dele. E jamais tiraria alguma coisa dele. A terra e o gado são para dividir com ele.* E a mulher desse homem disse: *Eu admiro o irmão de meu marido e jamais roubaria dele o amor que ele merece receber do irmão.* E a mãe disse: *Tenho imenso orgulho de meu filho. Há espaço aqui para todos nós. Minha preocupação era que meus filhos se afastassem um do outro, que suas mulheres se interpusessem entre nós e dividissem a família. Não me preocupo mais com isso. Por favor, peça a meu filho que venha me ver em breve. Eu não tenho mais muito tempo.* E o velho pai não falou muita coisa, a não ser: Nenhum homem poderia pedir filhos melhores.

A máquina de escrever silenciara. A própria Mma Ramotswe parara de falar e olhava atentamente o Homem Público, que continuava muito quieto; apenas o peito se movia de leve, quando ele inspirava e soltava o ar. Depois ele levou a mão ao rosto, num gesto lento, e debruçou-se na cadeira. Em seguida, levou a outra mão ao rosto.

"Não tenha vergonha de chorar, Rra", disse Mma Ramotswe. "É assim que as coisas começam a melhorar. É o primeiro passo."

19
AS PALAVRAS PARA ÁFRICA

Choveu pelos quatro dias seguintes. Toda tarde, as nuvens se acumulavam e aí, entre borrões de raios e grandes estrondos de trovões, a chuva caía sobre a terra. As estradas, em geral tão secas e poeirentas, ficavam inundadas e as terras cultivadas viravam lagoas tremeluzentes. Porém o solo sedento logo enxugava toda a água e o terreno reaparecia; ao menos as pessoas sabiam que a água estava lá, acumulada e segura na represa, e se infiltrando pelo solo no qual seus poços haviam sido perfurados. Todos pareciam aliviados; mais outra seca teria sido insuportável, se bem que as pessoas a teriam suportado, como sempre haviam feito. O clima estava mudando, diziam, e todo mundo se sentia vulnerável. Num país como Botsuana, onde a terra e os animais viviam com reservas mínimas, a menor mudança poderia ser desastrosa. Mas as chuvas haviam chegado, e isso é que importava.

A Tlokweng Road Speedy Motors estava cada vez mais cheia de clientes e Mma Makutsi resolveu, como gerente interina, que o único remédio seria contratar outro mecânico por alguns meses, para ver como as coisas se encaminhavam. Pôs um pequeno anúncio no jornal e um homem que trabalhara nas minas de diamante como mecânico de motores a diesel, mas que já estava aposentado, apareceu e ofereceu-se para trabalhar três dias por semana. Começou na mesma hora e se deu bem com os aprendizes.

"O sr. J. L. B. Matekoni vai gostar dele", disse Mma Ramotswe, "quando ele voltar e conhecê-lo."

"Quando é que ele volta?", perguntou Mma Makutsi. "Já faz mais de duas semanas agora."

"Qualquer dia desses ele volta", disse Mma Ramotswe. "Não vamos apressá-lo."

Naquela tarde, foi até a fazenda dos órfãos e parou sua pequenina van branca bem em frente à janela de Mma Potokwani. A supervisora, que vira quando ela entrara, já estava com a chaleira no fogo quando Mma Ramotswe bateu na porta.

"Bem, Mma Ramotswe. Faz um tempinho que nós não a vemos por aqui."

"Andei viajando. Depois vieram as chuvas e a estrada para cá ficou muito enlameada. Eu não queria ficar encalhada na lama."

"Bem pensado", disse Mma Potokwani. "Tivemos de mandar os órfãos maiorzinhos para empurrar um ou dois caminhões que atolaram bem na nossa porteira. Foi muito difícil. Todos os órfãos ficaram cobertos de barro vermelho e tivemos de esguichar água neles, no pátio."

"Está me parecendo que vamos ter chuvas boas este ano", disse Mma Ramotswe. "O que será ótimo para o país."

A chaleira no canto da sala começou a apitar e Mma Potokwani levantou-se para fazer o chá.

"Hoje estou sem bolo para lhe oferecer. Fiz um bolo ontem, mas as pessoas comeram até a última migalha. É como se tivesse baixado uma nuvem de gafanhotos."

"As pessoas são muito gulosas. Eu teria achado muito bom comer um pedaço de bolo. Mas não vou remoer esse assunto."

Tomaram o chá num silêncio confortável. E foi Mma Ramotswe quem falou primeiro.

"Pensei em levar o sr. J. L. B. Matekoni para dar uma volta de carro", sugeriu. "Acha que ele gostaria de sair um pouco?"

Mma Potokwani sorriu. "Gostaria muitíssimo. Ele anda muito quieto desde que veio para cá, mas eu descobri que tem feito coisas. E acho que esse é um bom sinal."

"Que coisas?"

"Anda ajudando a cuidar daquele menino", disse Mma Potokwani. "Lembra-se dele? Aquele sobre quem eu lhe pedi para conseguir alguma informação. Lembra-se?"

"Lembro", respondeu Mma Ramotswe, hesitante. "Lembro-me bem do menino."

"E obteve alguma coisa?", perguntou Mma Potokwani.

"Não. Não creio que haja muita coisa que eu possa descobrir. Mas tenho uma idéia sobre o menino. Não é mais do que uma idéia."

Mma Potokwani colocou mais uma colher de açúcar em seu chá e mexeu-o delicadamente com a colher.

"Ah, é? E que idéia é essa?"

Mma Ramotswe franziu o cenho. "Acho que esta minha idéia não ajudaria muito. Na verdade, acho que não ajudaria nada."

Mma Potokwani levou a xícara até os lábios. Tomou um longo gole de chá, depois repôs com todo o cuidado a xícara sobre a mesa.

"Acho que sei o que está querendo dizer, Mma. Acho que eu também tive a mesma idéia. Mas não consigo acreditar. Não pode ser."

Mma Ramotswe abanou a cabeça. "Foi o que eu disse a mim mesma. As pessoas falam disso, mas nunca conseguiram provar, não é mesmo? Dizem que essas crianças selvagens existem e que de vez em quando alguém encontra uma. Mas algum dia alguém chegou a provar que as crianças foram criadas por animais? Existe alguma prova?"

"Eu nunca soube de nenhuma."

"E se nós contássemos a alguém o que achamos desse menino, o que aconteceria? Os jornais encheriam páginas e páginas com o assunto. Haveria gente vindo do mundo inteiro para ver. Provavelmente iriam tentar levar o menino para morar em algum lugar onde pudessem vigiá-lo o tempo todo. Eles o levariam embora de Botsuana."

"Não", disse Mma Potokwani. "O governo jamais permitira uma coisa dessas."

"Não sei, não. Talvez permitissem. Nunca se pode ter certeza."

Calaram-se de novo. Depois Mma Ramotswe voltou ao assunto. "Eu acho que existem coisas em que é melhor a gente não mexer. Não se pode querer saber a resposta para tudo."

"Concordo", falou Mma Potokwani. "Às vezes é mais fácil ser feliz quando não se sabe tudo."

Mma Ramotswe refletiu por alguns momentos. Aquela era uma idéia interessante, mas não sabia se valeria para todas as coisas; seria preciso pensar um pouco mais no assunto. Porém, tinha uma tarefa mais imediata pela frente, que era levar o sr. J. L. B. Matekoni até Mochudi, onde escalariam o *kopje* para espiar as planícies lá do alto. Ela tinha certeza de que ele adoraria ver toda aquela água; isso o alegraria.

"O sr. J. L. B. Matekoni tem ajudado um pouco com aquele menino", repetiu Mma Potokwani. "É bom para ele ter o que fazer. Eu o vi ensinando o menino a usar uma catapulta. Também fiquei sabendo que andou ensinando umas palavras para ele — ensinando o menino a falar. Tem sido muito bondoso com ele, e isso, eu acho, é bom sinal."

Mma Ramotswe sorriu. Imaginou o sr. J. L. B. Matekoni ensinando ao menino selvagem as palavras para as coisas que ele via em volta; ensinando-lhe as palavras para seu mundo, as palavras para África.

O sr. J. L. B. Matekoni não se mostrou muito comunicativo durante a viagem a Mochudi, ali sentado no banco dos passageiros da pequenina van branca, olhando pela janela para as planícies onduladas e para outros viajantes na estrada. No entanto, fez alguns comentários e chegou mesmo a perguntar o que estava acontecendo na oficina, coisa que ele não havia feito na última visita dela ao quartinho calmo dele, na fazenda dos órfãos.

"Espero que Mma Makutsi esteja controlando aqueles meus aprendizes", ele disse. "São tão preguiçosos, aqueles rapazes. Só pensam em mulheres."

"Eles continuam com esse problema de mulheres. Mas ela está conseguindo fazer com que eles trabalhem bastante e os dois estão indo bem."

Chegaram à bifurcação que levava a Mochudi e logo depois estavam na estrada que ia dar direto no hospital, na *kglota* e, depois, no *kopje* salpicado de pedras que havia atrás.

"Acho que devíamos subir até o topo do *kopje*", disse Mma Ramotswe. "Tem uma vista muito linda lá do alto. Vai dar para ver a diferença que as chuvas fizeram na paisagem."

"Estou muito cansado para subir até lá. Vá a senhora. Eu espero aqui."

"Não", Mma Ramotswe disse com firmeza. "Nós vamos subir os dois. Me dê o braço."

A subida não demorou muito e em pouco tempo estavam ambos no topo do morro, parados na beirada, espiando Mochudi lá embaixo: a igreja, com seu telhado vermelho de zinco, o pequeno hospital onde, com recursos mínimos, era travada a heróica batalha diária contra inimigos potentes e, mais adiante, as planícies do sul. Com as chuvas, havia água no rio, que corria largo e preguiçoso, serpenteando por entre amontoados de árvores, moitas e casas que formavam a aldeia esparramada. Um pequeno rebanho marchava ao longo de uma trilha perto do rio e, de onde estavam, os bois pareciam minúsculos, como se fossem de brinquedo. O vento, entretanto, estava soprando na direção do morro e o som dos cincerros alcançava o topo, um ruído suave e longínquo, tão sugestivo da terra de Botsuana, um som de casa. Mma Ramotswe parou, imóvel; uma mulher num rochedo na África, que era quem ela queria ser e onde queria estar.

"Veja", disse ela. "Veja lá embaixo. A casa onde eu morei com meu pai. Aquela é minha casa."

O sr. J. L. B. Matekoni olhou para baixo e sorriu. Ele sorriu, e ela reparou.

"Acho que está se sentindo um pouco melhor, não está?"

O sr. J. L. B. Matekoni meneou a cabeça.

ESTA OBRA FOI COMPOSTA PELO GRUPO DE CRIAÇÃO EM GARAMOND E
IMPRESSA PELA GEOGRÁFICA EM OFSETE SOBRE PAPEL PÓLEN SOFT DA
SUZANO BAHIA SUL PARA A EDITORA SCHWARCZ EM ABRIL DE 2005